STS

山田社

U0080318

STS

山田社

山田社
日檢書

ここまでやる、だから合格できる　竭盡所能，所以絕對合格

絕對合格全攻略！

新制日檢　必背 かならず あんしょう　かならずでる　必出 閲讀

N3

吉松由美・田中陽子・西村惠子・
山田社日檢題庫小組

◉ 合著

前言
Preface

《合格班日檢閱讀 N3—逐步解說＆攻略問題集》精心出版較小的 25 開本，方便放入包包，以便利用等公車、坐捷運、喝咖啡，或是等人的時間，走到哪，學到哪，一點一滴增進日語力，無壓力通過新制日檢！

愛因斯坦說「人的差異就在業餘時間」，業餘時間生產著人才。

從現在開始，每天日語進步一點點，可別小看日復一日的微小累積，它可以水滴石穿，讓您從 N5 到 N1 都一次考上。

多懂一種語言，就多發現一個世界，
多一份能力，多一份大大的薪水！

還有適合 25 開本的全新漂亮版型，好設計可以讓您全神貫注於內文，更能一眼就看到重點！

- N3 最終秘密武器，一舉攻下閱讀測驗！
- 金牌教師群秘傳重點式攻略，幫助您制霸考場！
- 選擇最聰明的戰略，快速完勝取證！
- 考題、日中題解攻略、單字文法一本完備，祕技零藏私！
- 教您如何 100% 掌握考試技巧，突破自我極限！

「還剩下 5 分鐘。」在考場聽到這句話時，才發現自己來不及做完，只能猜題？
沮喪的離開考場，為半年後的戰役做準備？
不要再浪費時間！靠攻略聰明取勝吧！

讓我們為您披上戰袍，教您如何快速攻下日檢閱讀！
讓這本書成為您的秘密武器，一舉攻下日檢證照！

100% 充足
題型完全掌握

本書考題共有 3 大重點：完全符合新制日檢的出題形式、完全符合新制日檢的場景設計、完全符合新制日檢的出題範圍。本書依照新日檢官方出題模式，完整收錄 6 回閱讀模擬試題，幫助您正確掌握考試題型，100% 充足您正需要的練習，短時間內有效提升實力！

為了掌握最新出題趨勢，《絕對合格 全攻略！新制日檢 N3 必背必出閱讀》特別邀請多位金牌日籍教師，在日本長年持續追蹤新日檢出題內容，分析並比對近 10 年新、舊制的日檢 N3 閱讀出題頻率最高的題型、場景等，盡心盡力為 N3 閱讀量身定做攻略秘笈，100% 準確命中考題，直搗閱讀核心！

100% 準確
命中精準度高

100% 擬真
題型完全掌握

本書出題形式、場景設計、出題範圍，完全模擬新日檢官方試題，讓您提早體驗考試臨場感。有本書做為您的秘密武器，金牌教師群做為您的左右護法，完善的練習讓您不用再害怕閱讀怪獸，不用再被時間壓迫，輕鬆作答、輕鬆交卷、輕鬆取證。100% 擬真體驗考場，幫助您旗開得勝！

100% 有效
日、中解題
完全攻略

本書 6 回模擬考題皆附金牌教師的日文、中文詳細題解，藉由閱讀日文、中文兩種題解，可一舉數得，增加您的理解力及翻譯力，並了解如何攻略閱讀重點，抓出每題的「重要關鍵」。只要學會利用「關鍵字」的解題術，就能對症下藥，快速解題。100% 有效的重點式攻擊，立馬 K.O 閱讀怪獸！

看到文字密密麻麻的長文章也不必慌張，本書用史上最詳盡的解題教學，將考題歸類為 8 大類型，詳細介紹每題的考點及破題關鍵，再用解題 SOP 一步步教您如何迅速、精準的命中答案。了解文章結構和出題秘辛，讓您往後遇到任何題型都能輕鬆看破，用最少時間，拿下最多分數！

100% 掌握
8 大題型破題
祕技傳授

100% 滿意
單字、文法
全面教授

閱讀測驗中出現的單字和文法往往都是解讀的關鍵，因此本書細心的補充 N3 單字和文法，讓您方便對應與背誦。另建議搭配《精修版新制對應絕對合格！日檢必背單字 N3》和《精修版新制對應絕對合格！日檢必背文法 N3》，建構腦中的 N3 單字、文法資料庫，學習效果包準 100% 滿意！

做完閱讀測驗後，本書以活潑的小專欄帶您深入日本。內容包括找房子、看醫生、倒垃圾等生活大小事，並配合逗趣的插圖，用翻閱雜誌般的 100% 趣味，讓讀者輕鬆認識您所不知道的日本！另外再加碼補充相關活用例句，幫您累積更多生活語彙！

100% 趣味
日本小知識
大補給

目錄
contents

JLPT

一、什麼是新日本語能力試驗呢

1. 新制「日語能力測驗」

從2010年起實施的新制「日語能力測驗」（以下簡稱為新制測驗）。

1－1 實施對象與目的

新制測驗與舊制測驗相同，原則上，實施對象為非以日語作為母語者。其目的在於，為廣泛階層的學習與使用日語者舉行測驗，以及認證其日語能力。

1－2 改制的重點

改制的重點有以下四項：

1 測驗解決各種問題所需的語言溝通能力
新制測驗重視的是結合日語的相關知識，以及實際活用的日語能力。因此，擬針對以下兩項舉行測驗：一是文字、語彙、文法這三項語言知識；二是活用這些語言知識解決各種溝通問題的能力。

2 由四個級數增為五個級數
新制測驗由舊制測驗的四個級數（1級、2級、3級、4級），增加為五個級數（N1、N2、N3、N4、N5）。新制測驗與舊制測驗的級數對照，如下所示。最大的不同是在舊制測驗的2級與3級之間，新增了N3級數。

N1	難易度比舊制測驗的1級稍難。合格基準與舊制測驗幾乎相同。
N2	難易度與舊制測驗的2級幾乎相同。
N3	難易度介於舊制測驗的2級與3級之間。（新增）
N4	難易度與舊制測驗的3級幾乎相同。
N5	難易度與舊制測驗的4級幾乎相同。

＊「N」代表「Nihongo（日語）」以及「New（新的）」。

3 施行「得分等化」

由於在不同時期實施的測驗，其試題均不相同，無論如何慎重出題，每次測驗的難易度總會有或多或少的差異。因此在新制測驗中，導入「等化」的計分方式後，便能將不同時期的測驗分數，於共同量尺上相互比較。因此，無論是在什麼時候接受測驗，只要是相同級數的測驗，其得分均可予以比較。目前全球幾種主要的語言測驗，均廣泛採用這種「得分等化」的計分方式。

4 提供「日本語能力試驗Can-do自我評量表」（簡稱JLPT Can-do）

為了瞭解通過各級數測驗者的實際日語能力，新制測驗經過調查後，提供「日本語能力試驗Can-do自我評量表」。該表列載通過測驗認證者的實際日語能力範例。希望通過測驗認證者本人以及其他人，皆可藉由該表格，更加具體明瞭測驗成績代表的意義。

1－3 所謂「解決各種問題所需的語言溝通能力」

我們在生活中會面對各式各樣的「問題」。例如，「看著地圖前往目的地」或是「讀著說明書使用電器用品」等等。種種問題有時需要語言的協助，有時候不需要。

為了順利完成需要語言協助的問題，我們必須具備「語言知識」，例如文字、發音、語彙的相關知識、組合語詞成為文章段落的文法知識、判斷串連文句的順序以便清楚說明的知識等等。此外，亦必須能配合當前的問題，擁有實際運用自己所具備的語言知識的能力。

舉個例子，我們來想一想關於「聽了氣象預報以後，得知東京明天的天氣」這個課題。想要「知道東京明天的天氣」，必須具備以下的知識：「晴れ（晴天）、くもり（陰天）、雨（雨天）」等代表天氣的語彙；「東京は明日は晴れでしょう（東京明日應是晴天）」的文句結構；還有，也要知道氣象預報的播報順序等。除此以外，尚須能從播報的各地氣象中，分辨出哪一則是東京的天氣。

如上所述的「運用包含文字、語彙、文法的語言知識做語言溝通，進而具備解決各種問題所需的語言溝通能力」，在新制測驗中稱為「解決各種問題所需的語言溝通能力」。

新制測驗將「解決各種問題所需的語言溝通能力」分成以下「語言知識」、「讀解」、「聽解」等三個項目做測驗。

語言知識	各種問題所需之日語的文字、語彙、文法的相關知識。
讀　解	運用語言知識以理解文字內容，具備解決各種問題所需的能力。
聽　解	運用語言知識以理解口語內容，具備解決各種問題所需的能力。

作答方式與舊制測驗相同，將多重選項的答案劃記於答案卡上。此外，並沒有直接測驗口語或書寫能力的科目。

2. 認證基準

新制測驗共分為N1、N2、N3、N4、N5五個級數。最容易的級數為N5，最困難的級數為N1。

與舊制測驗最大的不同，在於由四個級數增加為五個級數。以往有許多通過3級認證者常抱怨「遲遲無法取得2級認證」。為因應這種情況，於舊制測驗的2級與3級之間，新增了N3級數。

新制測驗級數的認證基準，如表1的「讀」與「聽」的語言動作所示。該表雖未明載，但應試者也必須具備為表現各語言動作所需的語言知識。

N4與N2主要是測驗應試者在教室習得的基礎日語的理解程度；N1與N2是測驗應試者於現實生活的廣泛情境下，對日語理解程度；至於新增的N3，則是介於N1與N2，以及N4與N5之間的「過渡」級數。關於各級數的「讀」與「聽」的具體題材（內容），請參照表1。

級數		認證基準
		各級數的認證基準,如以下【讀】與【聽】的語言動作所示。各級數亦必須具備為表現各語言動作所需的語言知識。
困難 ＊	N1	能理解在廣泛情境下所使用的日語 【讀】・可閱讀話題廣泛的報紙社論與評論等論述性較複雜及較抽象的文章,且能理解其文章結構與內容。 ・可閱讀各種話題內容較具深度的讀物,且能理解其脈絡及詳細的表達意涵。 【聽】・在廣泛情境下,可聽懂常速且連貫的對話、新聞報導及講課,且能充分理解話題走向、內容、人物關係、以及說話內容的論述結構等,並確實掌握其大意。
	N2	除日常生活所使用的日語之外,也能大致理解較廣泛情境下的日語 【讀】・可看懂報紙與雜誌所刊載的各類報導、解說、簡易評論等主旨明確的文章。 ・可閱讀一般話題的讀物,並能理解其脈絡及表達意涵。 【聽】・除日常生活情境外,在大部分的情境下,可聽懂接近常速且連貫的對話與新聞報導,亦能理解其話題走向、內容、以及人物關係,並可掌握其大意。
	N3	能大致理解日常生活所使用的日語 【讀】・可看懂與日常生活相關的具體內容的文章。 ・可由報紙標題等,掌握概要的資訊。 ・於日常生活情境下接觸難度稍高的文章,經換個方式敘述,即可理解其大意。 【聽】・在日常生活情境下,面對稍微接近常速且連貫的對話,經彙整談話的具體內容與人物關係等資訊後,即可大致理解。
＊ 容易	N4	能理解基礎日語 【讀】・可看懂以基本語彙及漢字描述的貼近日常生活相關話題的文章。 【聽】・可大致聽懂速度較慢的日常會話。
	N5	能大致理解基礎日語 【讀】・可看懂以平假名、片假名或一般日常生活使用的基本漢字所書寫的固定詞句、短文、以及文章。 【聽】・在課堂上或周遭等日常生活中常接觸的情境下,如為速度較慢的簡短對話,可從中聽取必要資訊。

＊N1最難,N5最簡單。

3. 測驗科目

新制測驗的測驗科目與測驗時間如表2所示。

■ 表2 測驗科目與測驗時間＊①

級數	測驗科目 （測驗時間）			
N1	語言知識（文字、語彙、文法）、讀解 （110分）		聽解 （60分）	→	測驗科目為「語言知識（文字、語彙、文法）、讀解」；以及「聽解」共2科目。
N2	語言知識（文字、語彙、文法）、讀解 （105分）		聽解 （50分）	→	
N3	語言知識 （文字、語彙） （30分）	語言知識 （文法）、讀解 （70分）	聽解 （40分）	→	測驗科目為「語言知識（文字、語彙）」；「語言知識（文法）、讀解」；以及「聽解」共3科目。
N4	語言知識 （文字、語彙） （30分）	語言知識 （文法）、讀解 （60分）	聽解 （35分）	→	
N5	語言知識 （文字、語彙） （25分）	語言知識 （文法）、讀解 （50分）	聽解 （30分）	→	

N1與N2的測驗科目為「語言知識（文字、語彙、文法）、讀解」以及「聽解」共2科目；N3、N4、N5的測驗科目為「語言知識（文字、語彙）」、「語言知識（文法）、讀解」、「聽解」共3科目。

由於N3、N4、N5的試題中，包含較少的漢字、語彙、以及文法項目，因此當與N1、N2測驗相同的「語言知識（文字、語彙、文法）、讀解」科目時，有時會使某幾道試題成為其他題目的提示。為避免這個情況，因此將「語言知識（文字、語彙、文法）、讀解」，分成「語言知識（文字、語彙）」和「語言知識（文法）、讀解」施測。

＊①：聽解因測驗試題的錄音長度不同，致使測驗時間會有些許差異。

4. 測驗成績

4－1　量尺得分

舊制測驗的得分，答對的題數以「原始得分」呈現；相對的，新制測驗的得分以「量尺得分」呈現。

「量尺得分」是經過「等化」轉換後所得的分數。以下，本手冊將新制測驗的「量尺得分」，簡稱為「得分」。

4－2　測驗成績的呈現

新制測驗的測驗成績，如表3的計分科目所示。N1、N2、N3的計分科目分為「語言知識（文字、語彙、文法）」、「讀解」、以及「聽解」3項；N4、N5的計分科目分為「語言知識（文字、語彙、文法）、讀解」以及「聽解」2項。

會將N4、N5的「語言知識（文字、語彙、文法）」和「讀解」合併成一項，是因為在學習日語的基礎階段，「語言知識」與「讀解」方面的重疊性高，所以將「語言知識」與「讀解」合併計分，比較符合學習者於該階段的日語能力特徵。

■ 表3　各級數的計分科目及得分範圍

級數	計分科目	得分範圍
N1	語言知識（文字、語彙、文法）	0～60
	讀解	0～60
	聽解	0～60
	總分	0～180
N2	語言知識（文字、語彙、文法）	0～60
	讀解	0～60
	聽解	0～60
	總分	0～180

N3	語言知識（文字、語彙、文法）	0～60
	讀解	0～60
	聽解	0～60
	總分	0～180
N4	語言知識（文字、語彙、文法）、讀解	0～120
	聽解	0～60
	總分	0～180
N5	語言知識（文字、語彙、文法）、讀解	0～120
	聽解	0～60
	總分	0～180

　　各級數的得分範圍，如表3所示。N1、N2、N3的「語言知識（文字、語彙、文法）」、「讀解」、「聽解」的得分範圍各為0～60分，三項合計的總分範圍是0～180分。「語言知識（文字、語彙、文法）」、「讀解」、「聽解」各占總分的比例是1：1：1。

　　N4、N5的「語言知識（文字、語彙、文法）、讀解」的得分範圍為0～120分，「聽解」的得分範圍為0～60分，二項合計的總分範圍是0～180分。「語言知識（文字、語彙、文法）、讀解」與「聽解」各占總分的比例是2：1。還有，「語言知識（文字、語彙、文法）、讀解」的得分，不能拆解成「語言知識（文字、語彙、文法）」與「讀解」二項。

　　除此之外，在所有的級數中，「聽解」均占總分的三分之一，較舊制測驗的四分之一為高。

4－3　合格基準

　　舊制測驗是以總分作為合格基準；相對的，新制測驗是以總分與分項成績的門檻二者作為合格基準。所謂的門檻，是指各分項成績至少必須高於該分數。假如有一科分項成績未達門檻，無論總分有多高，都不合格。

新制測驗設定各分項成績門檻的目的，在於綜合評定學習者的日語能力，須符合以下二項條件才能判定為合格：①總分達合格分數（＝通過標準）以上；②各分項成績達各分項合格分數（＝通過門檻）以上。如有一科分項成績未達門檻，無論總分多高，也會判定為不合格。

N1～N3及N4、N5之分項成績有所不同，各級總分通過標準及各分項成績通過門檻如下所示：

級數	總分		分項成績					
			言語知識 （文字・語彙・文法）		讀解		聽解	
	得分範圍	通過標準	得分範圍	通過門檻	得分範圍	通過門檻	得分範圍	通過門檻
N1	0～180分	100分	0～60分	19分	0～60分	19分	0～60分	19分
N2	0～180分	90分	0～60分	19分	0～60分	19分	0～60分	19分
N3	0～180分	95分	0～60分	19分	0～60分	19分	0～60分	19分

級數	總分		分項成績			
			言語知識 （文字・語彙・文法）・讀解		聽解	
	得分範圍	通過標準	得分範圍	通過門檻	得分範圍	通過門檻
N4	0～180分	90分	0～120分	38分	0～60分	19分
N5	0～180分	80分	0～120分	38分	0～60分	19分

※上列通過標準自2010年第1回(7月)【N4、N5為2010年第2回(12月)】起適用。

缺考其中任一測驗科目者，即判定為不合格。寄發「合否結果通知書」時，含已應考之測驗科目在內，成績均不計分亦不告知。

4－4　測驗結果通知

　　依級數判定是否合格後，寄發「合否結果通知書」予應試者；合格者同時寄發「日本語能力認定書」。

■ N1, N2, N3

とくてんくぶんべつとくてん 得点区分別得点 Scores by Scoring Section			そうごうとくてん 総合得点 Total Score
げんごちしき もじ ごい ぶんぽう 言語知識(文字・語彙・文法) Language Knowledge(Vocabulary/Grammar)	どっかい 読解 Reading	ちょうかい 聴解 Listening	
50/60	30/60	40/60	120/180

さんこうじょうほう 参考情報 ReferenceInformation	
もじ ごい 文字・語彙 Vocabulary	ぶんぽう 文法 Grammar
A	B

■ N4, N5

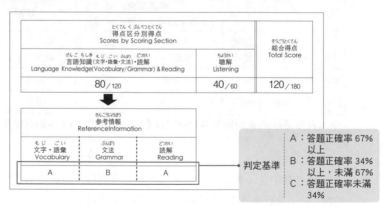

とくてんくぶんべつとくてん 得点区分別得点 Scores by Scoring Section		そうごうとくてん 総合得点 Total Score
げんごちしき もじ ごい ぶんぽう どっかい 言語知識(文字・語彙・文法)・読解 Language Knowledge(Vocabulary/Grammar) & Reading	ちょうかい 聴解 Listening	
80/120	40/60	120/180

さんこうじょうほう 参考情報 ReferenceInformation		
もじ ごい 文字・語彙 Vocabulary	ぶんぽう 文法 Grammar	どっかい 読解 Reading
A	B	A

判定基準

A：答題正確率 67%
　　以上
B：答題正確率 34%
　　以上，未滿 67%
C：答題正確率未滿
　　34%

※ 各節測驗如有一節缺考就不予計分，即判定為不合格。雖會寄發「合否結果通知書」但所有分項成績，含已出席科目在內，均不予計分。各欄成績以「＊」表示，如「＊＊/60」。

※ 所有科目皆缺席者，不寄發「合否結果通知書」。

N3 題型分析

測驗科目 (測驗時間)			題型	小題 題數 ＊	分析
					試題內容
語言知識 (30分)	文字、語彙	1	漢字讀音 ◇	8	測驗漢字語彙的讀音。
		2	假名漢字寫法 ◇	6	測驗平假名語彙的漢字寫法。
		3	選擇文脈語彙 ○	11	測驗根據文脈選擇適切語彙。
		4	替換類義詞 ○	5	測驗根據試題的語彙或說法，選擇類義詞或類義說法。
		5	語彙用法 ○	5	測驗試題的語彙在文句裡的用法。
語言知識、讀解＊ (70分)	文法	1	文句的文法1 （文法形式判斷） ○	13	測驗辨別哪種文法形式符合文句內容。
		2	文句的文法2 （文句組構） ◆	5	測驗是否能夠組織文法正確且文義通順的句子。
		3	文章段落的文法 ◆	5	測驗辨別該文句有無符合文脈。
	讀解＊	4	理解內容 （短文） ○	4	於讀完包含生活與工作等各種題材的撰寫說明文或指示文等，約150～200字左右的文章段落之後，測驗是否能夠理解其內容。
		5	理解內容 （中文） ○	6	於讀完包含撰寫的解說與散文等，約350字左右的文章段落之後，測驗是否能夠理解其關鍵詞或因果關係等等。
		6	理解內容 （長文） ○	4	於讀完解說、散文、信函等，約550字左右的文章段落之後，測驗是否能夠理解其概要或論述等等。
		7	彙整資訊 ◆	2	測驗是否能夠從廣告、傳單、提供各類訊息的雜誌、商業文書等資訊題材（600字左右）中，找出所需的訊息。
聽解 (40分)		1	理解問題 ◇	6	於聽取完整的會話段落之後，測驗是否能夠理解其內容（於聽完解決問題所需的具體訊息之後，測驗是否能夠理解應當採取的下一個適切步驟）。
		2	理解重點 ◇	6	於聽取完整的會話段落之後，測驗是否能夠理解其內容（依據剛才已聽過的提示，測驗是否能夠抓住應當聽取的重點）。
		3	理解概要 ◇	3	於聽取完整的會話段落之後，測驗是否能夠理解其內容（測驗是否能夠從整段會話中理解說話者的用意與想法）。
		4	適切話語 ◆	4	於一面看圖示，一面聽情境說明時，測驗是否能夠選擇適切的話語。
		5	即時應答 ◆	9	於聽完簡短的詢問之後，測驗是否能夠選擇適切的應答。

＊「小題題數」為每次測驗的約略題數，與實際測驗時的題數可能未盡相同。此外，亦有可能會變更小題題數。

＊ 有時在「讀解」科目中，同一段文章可能會有數道小題。

＊ 符號標示：「◆」舊制測驗沒有出現過的嶄新題型；「◇」沿襲舊制測驗的題型，但是更動部分形式；「○」與舊制測驗一樣的題型。

資料來源：《日本語能力試驗JLPT官方網站：分項成績・合格判定・合否結果通知》。2016年1月11日，取自：http://www.jlpt.jp/tw/guideline/results.html

N3 Part1 讀解對策

閱讀的目標是，從各種題材中，得到自己要的訊息。因此，新制考試的閱讀考點就是「從什麼題材」和「得到什麼訊息」這兩點。

❶ 解題重點

問題 4
⇨ 理解內容（短文）

閱讀約 200 字的短篇文章，測驗是否能夠理解文章內容。以生活（環境、動物、人際關係等）、工作、學習及書信、電子郵件等為主題的說明文、指示文。預估有 4 題。

言語知識・讀解

N3 第1回 もんだい4 模擬試題

次の (1) から (4) の文章を読んで、質問に答えなさい。答えは、1・2・3・4から最もよいものを一つえらびなさい。

(1)

　　ヘッドフォンで音楽を聞きながら作業をすると集中できる、という人が多い。その理由をたずねると、まわりがうるさい環境で仕事をしているような時でも、音楽を聞くことによって、うるさい音や自分に関係のない話を聞かずにすむし、じゃまをされなくてすむからだという。最近では、ヘッドフォンをつけて仕事をすることを認めている会社もある。

　　しかし、実際に調査を行った結果、ヘッドフォンで音楽を聞くことによって集中力が上がるというデータは、ほとんど出ていないという。また、ヘッドフォンを聞きながら仕事をするのは、オフィスでの作法やマナーに反すると考える人も多い。

24 調査は、どんな調査か。

1 うるさい環境で仕事をすることによって、集中力が下がるかどうかの調査
2 ヘッドフォンで音楽を聞くことで、集中力が上がるかどうかの調査
3 不要な情報を聞くことで集中力が下がるかどうかの調査
4 好きな音楽と嫌いな音楽の、どちらを聞けば集中できるかの調査

44

提問一般用「作者は～どう思っているか」（作者對…有什麼看法？）、「～理由はどれか」（…理由是哪一個？）的表達方式。文章中也常出現慣用語及諺語。也會出現同一個意思，改用不同詞彙的作答方式。考試時建議先看提問及選項，再看文章。

⇨ 理解內容（中文）

閱讀約 350 字的中篇文章，測驗是否能夠理解文章中的因果關係或理由、概要或作者的想法等等。以生活、工作、學習等為主題的，簡單的評論文、說明文及散文。預估有 6 題。

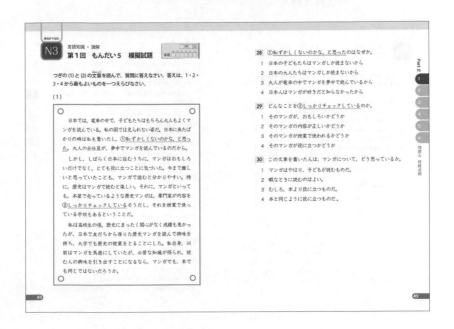

提問一般用，造成某結果的理由「～とあるが、それはなぜか」、文章中的某詞彙的意思「～とはどのような意味か」、作者的想法或文章內容「この文章の内容と合っているものはどれか」的表達方式。這樣，解題關鍵就在掌握文章結構「開頭是主題、中間說明主題、最後是結論」了。

還有，選擇錯誤選項的「正しくないものどれか」也偶而會出現，要仔細看清提問喔！

⇨ 理解內容（長文）

閱讀一篇約 550 字的長篇文章，測驗能否理解作者的想法、主張等，還有能否理解文章大概及文章裡的某詞彙某句話的意思。主要以一般常識性的、抽象的說明文、散文、書信為主。預估有 4 題。

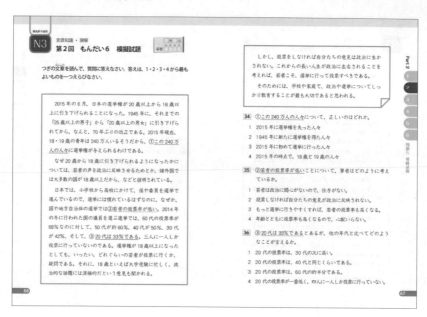

文章較長，應考時關鍵在快速掌握談論內容的大意。提問一般是用「～のは、どんなことか」（…是什麼意思？）、「この文章の內容と合っているのはどれか」（作符合文章內容的是哪一個？）、「～のはなぜか」（…是為什麼？）。

> 有時文章中也包含與作者意見相反的主張，要多加注意！

問題 7

⇨ 釐清資訊

閱讀約 600 字的廣告、傳單、手冊等，測驗能否從其中找出需要的訊息。主要以報章雜誌、商業文書等文章為主，預估有 2 題。

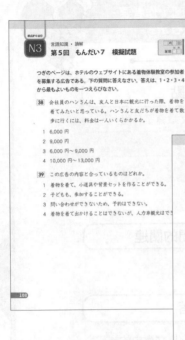

表格等文章一看很難，但只要掌握原則就容易了。首先看清提問的條件，接下來快速找出符合該條件的內容在哪裡。最後，注意有無提示「例外」的地方。不需要每個細項都閱讀。

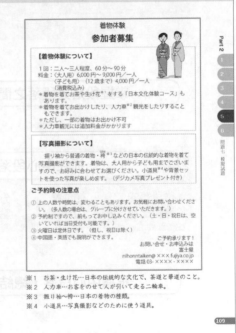

平常可以多看日本報章雜誌上的廣告、傳單及手冊，進行模擬練習。

❷ 題型解題訣竅 - 8大題型

這不是一個有限的框架，而是奠定一個厚實的閱讀基礎！讓您在8大題型的基礎上套用、延伸或結合，靈活應用在各種題目或是閱讀資訊上。測驗前，先掌握8大題型，建構解題原則，提升閱讀力！讓您面對任何題目都能馬上掌握最關鍵的解題訣竅，大幅縮短考試時間，正確答題！

題型 1
主旨題

主旨可以指作者寫作的意圖，作者要告訴我們的觀點、論點、看法。

──── 答題方法 ────

掌握段落的要點

閱讀整篇文章，大致掌握文章寫了什麼

再次閱讀每一段落

匯集要點

▼

掌握段落與段落之間的關連

▼

抓住中心段落

| 從段落的連接上找 | 從位置上找 | 分析文章中的詳寫點，探尋文章的中心 |

▼

根據中心段落，總結出主旨

▼

關鍵文法、句型，確定正確答案

▼

看文章的出處、作者信息

✓ 掌握段落的要點

1 閱讀整篇文章，**大致掌握文章寫了什麼**。

2 **再次閱讀每一段落，**那時要注意：

✓ 作者要傳達什麼訊息給讀者，作者寫了什麼。

✓ 看到述說意見時劃上單線。

✓ 看到重點意見時劃上雙線。

3 **匯集要點**。把劃上雙線的重點匯集起來，並進行取捨。

✓ 可以捨去的部分：開場白、比喻、引用、理由、修飾詞。

✓ 需要匯集的部分：不斷重複的事情、意思承接前一段的內容、意思跨到下一段落的內容。

✓ 掌握段落與段落之間的關連

為了便於把握文章之間的關係，再次閱讀每一段落時，**用一句話歸納一個段落的意思**。

✓ 抓住中心段落

▪ 中心段落是為了突出文章的中心思想，抓住它就能準確的概括作者要告訴我們的觀點、論點、看法了。

▪ **中心段落就是文章的主旨所在。**因此，找準了它就就特別重要了。

1 從段落的連接上找出來。

✓ 如果意見只集中在一個段落，那麼這一段落就是中心段落。

✓ 如果意見集中在多個段落，那麼最重要的意見是在哪一個段落，該段落就是中心段落。

2 從位置上找出來。

✓ 表示主旨的中心段落，一般是在文章的開頭或結尾。

✓ **特別是最後一段落，往往都是主旨所在的地方。**

3 **分析文章中的詳寫點**，探尋文章的中心。

✓ 一般表現中心的材料，作者是會用筆墨詳加敘寫。

✓ 有時作者對真正要表現的中心用墨甚少，但對次要訊息卻很詳細，這時就要找出作者詳寫此人此事的意圖，發現這一意圖也就找到了文章的中心了。

✓ 根據中心段落，總結出主旨

▪ 找到中心段落，據此再加入其他段落的重要內容，並加以彙整。

▪ 用言簡意賅的**一句話概括出文章的主旨**。

✓ 關鍵文法、句型，確定正確答案

▪ 找到表達觀點的關鍵文法、句型，確定正確答案。

▪ 例如「〜ではないか（不就是…嗎？）」就是「私は〜と思っています（我是…的看法）」。

✓ 看文章的出處、作者信息

這類訊息跟主旨大都有內在的關連，可以幫助判斷文章的主旨，更能提高答題的準確性。

題型 2 細節題

細節提是要看考生是否對文章的細節能理解和把握。

細節項目 4W2H

when ▶ いつ（時間）[什麼時候發生的] ▶ 時間

where ▶ どこ（場所、空間、場面）[在哪裡發生的] ▶ 場所

who ▶ だれ（人物）[誰做的？誰有參予其中？] ▶ 人

what ▶ なに（物・事）[是什麼？目的是什麼？做什麼工作？] ▶ 物

how much ▶ どれくらい [做到什麼程度？數量如何？水平如何？費用多少？] ▶ 多少

how ▶ どのように、どうやって（手段、樣子、程度）[怎麼做？如何提高？方法怎樣？怎麼發生的？] ▶ 手段

問題形式

- ～何をする～ ………………………（…做什麼…？）
- ～いつ～しますか …………（…什麼時候…做呢？）
- ～どんなことが～ ………………（…什麼事情…？）
- ～どうやって～ ……………………（…怎麼做…？）
- ～何と言いますか ………………（…怎麼說呢？）
- ～次のどれですか …………（…下面的哪一個呢？）

從關鍵詞、詞組給的提示去找答案。 ▶ 從句子的結構來找出答案。 ▶ 從文章的結構來找出答案。

✓ 從關鍵詞、詞組給的提示去找答案

1 答案可能在跟問題句相同、近似或相關的關鍵詞或詞組裡。

2 看到近似的關鍵詞或詞組，必須用心斟酌、仔細推敲。

3 題目如果是關於 4W2H，就要注意文章裡表示 4W2H 的詞。

✓ 從句子的結構來找出答案

1 **透過關鍵詞找到答案句**，再經過簡化句子結構，來推敲答案。

2 答案的主語是 **who（だれ→人）**，**what（なに→物）**，**how（どうやって→手段）** 等問題時，從句子結構來找答案，是非常有效的方法。

3 文章中如果有較難的地方，可以做句子結構分析：

❶ √ 主語 + 述語。
√ 主語 + 補語 + 述語。
√ 主語 + 目的語 + 述語。
√ 主語 + 間接目的語 + 直接目的語 + 述語。

❷ √ 主題 + 主語 + 述語。

√ 主題 + 主語 + 補語 + 述語。
√ 主題 + 主語 + 目的語 + 述語。
√ 主題 + 主語 + 間接目的語 + 直接目的語 + 述語。

❸ **其他還有：修飾語、接續語、獨立語。**

√ 問題的關鍵詞不一定與原文一模一樣，而往往出現原文的同義釋義、反義詞、或者同義詞和近義詞。

√ 有時還要注意句子的言外之意。

√ 帶著問題閱讀原文，找到答案後再從選項中尋找出相應的內容，就可以順利解題。

✓ 從文章的結構來找出答案

1 **略讀整篇文章**，也就是先快速瀏覽各個段落，掌握每一段大概的內容與段落之間的脈絡，判斷文章結構，進而確實掌握細節。

2 看清楚題目，注意文章裡表示 4W2H 的關鍵詞。可以**試著問自己，4W2H 各是什麼**：發生了什麼事（what）、在什麼地方發生（where）、什麼時候發生（when）、影響到誰或誰參與其中（who）、如何發生（how）和發生的程度（how much），透過這些重要線索，就能迅速找到答案。

3 例如題目問場所，就注意文章裡跟選項，表示場所的關鍵詞，就能迅速地找到答案。

題型 3 指示題

表示コ・ソ・ア・ド及前後文所指。

單詞

詞組

指示的內容

長文

一個段落

指示詞的作用

1 用來表示文章或會話中出現的某個人、某句話或某個情報。也就是，替換前面出現過的詞。

2 指示詞是替換曾經敘述過的事物時
➡ **答案在指示詞之前。**

3 指示詞用來表示預告時 ➡ **答案在指示詞之後。**

答案在指示詞之前

指示詞用在避免同樣的詞語重複出現的情況。因此,所指示的事物就從指示詞前面的文章開始找起,甚至更前面的文章。

※ **大部分的指示詞,所指的內容都在前面。**

步驟 ▶ 從指示詞**後面**內容**得到提示**。 ▶ 從指示詞**前面**的文章**找答案**。 ▶ 最後把答案跟指示詞調換,也就是將答案代入原文,確認意思是否恰當。

答案在指示詞之後

有時文章或段落的開頭就是指示詞。例如:「こんな話を聞いた(聽過這麼一件事)」。

這時指示詞所指的內容就在後面。

這樣的指示詞起著「何を言うのだろう(想說什麼呢)」的作用,這是作者為了引起讀者的注意力而用的手法。

步驟 ▶ 從指示詞**前面**內容**得到提示**。 ▶ 從指示詞**後面**的文章**找答案**。 ▶ 最後把答案跟指示詞調換,也就是將答案代入原文,確認意思是否恰當。

題型 4
因果關係題

因果關係題是指從文章裡提到的人事物之間，因果聯繫來提問的題目。

常見的提問方式

- ～のはどうしてですか ……………（…是為什麼呢？）
- ～どうして～ですか ……………（…是…為什麼呢？）
- ～のはなぜですか ………………（…是為什麼呢？）
- 私はなぜ～か ……………………（我為什麼…呢？）
- ～なぜ～ませんか ………………（…為什麼…不呢？）
- なぜ～ましたか ……………………（為什麼做…呢？）
- ～どんなことの理由か ……（…什麼事情為理由呢？）
- ～なんのために～か …………（…為了什麼…呢？）

答題方法

題目中經常會出現表示因果關係的詞語

▼

從關鍵詞、詞組、句子來判斷因果關係，
確定正確答案

▼

以助詞「で（因為）」當線索，
找出因果關係，確定正確答案

▼

從句子中去歸納出因果句，從結果句來找出原因句

▼

隱性的因果，也就是沒有明顯的因果關係關鍵詞時

✓ 題目中經常會出現表示因果關係的詞語

1 先仔細閱讀題目，根據關鍵詞等，再回原文中去找出它的對應詞。

2 確實掌握關鍵詞，或因果相關所在的段落內容。

3 注意原文中表示因果關係的詞語。

✓ 從關鍵詞、詞組、句子來判斷因果關係，確定正確答案

1 直接在文章裡抓住關鍵詞、詞組、句子，就可以選出正確答案。因為答案就在其前後。

2 N3 閱讀的因果關係題，一般都直接的、明顯的在文章中出現關鍵詞、詞組及句子，來表示因果關係。

3 相關指標字詞：「から（因為）」、「ので（因為）」、「ために（為了）」、「これは～のです（這是因為…）」、「これは～からです（這是因為…）」。

4 先看題目是問什麼原因，再回到文章中相應的線索詞－因果關係關鍵詞。

5 然後去文章裡面速讀找到因果關係關鍵句，再把句子簡化，最後判斷答案。

6 正確答案經常是原文語句的改寫。因此，要對表示因果關係詞特別敏感。

✓ 以助詞「で（因為）」當線索，找出因果關係，確定正確答案

1 「で」在表示因果關係時，雖然語氣輕微、含糊，但還是可以作為因果關係句的線索詞。

2 利用仔細推敲「で」前後的文章，來判斷「で」是否為因果關係意思。

✓ 從句子中去歸納出因果句，從結果句來找出原因句

1 找出結果的接續詞：「それで（因此）」、「それゆえ（所以）」、「だから（因此）」、「ですから（因為）」、「したがって（因此，從而）」、「によって（由於）」、「というわけで（所以）」、「そういうわけで（這就是為什麼）」。

2 要能夠知道哪些地方預示著考點出沒，因此，看到提示結果的接續詞，就知道原因就在它們的附近。

✓ 隱性的因果，也就是沒有明顯的因果關係關鍵詞時

1 從文章內容進行分析、判斷。

2 看到表達原因說明情況意義的「のだ」、「のです」，大都也可以充分判斷為是有因果關係的邏輯在內。

3 找出題目的關鍵詞，再看前後文，答案句往往就在附近。

4 題目句如果有括號，一般是引用原句，也可以當作一種線索詞。例如：「半分しか使わない」的ははなぜですか（為何「只使用一半」呢）。

題型 5
心情題

注意對作者心情、態度的表達詞,例如:正面評價「よかった(太好了)」;負面評價「困った(糟糕)」、「しまった(完了,不好了)」等。

— 答題方法 —

什麼是人物
的心情

從動作
讀懂人物的心情

從語言
讀懂人物的心情

什麼是心情描寫

✔ 什麼是人物的心情

- 要讀懂人物的心情,必須深入理解、體會文章的內容。
- 心情就是心的想法,除了直接在字面上說明之外,是無法用肉眼看出來的。
- 怎麼讀懂人物的心情,可以從**動作**跟**語言**著手。

✔ 從動作讀懂人物的心情

- 從**態度、行動**著手。人物的心情,是透過態度來表現的。人物個性鮮明的態度、動作往往能傳神地體現出人物的心情。
- 從**表情**著手,人物的內心感情,最容易從表情透露出來。譬如,人物對正在進行的談話不滿意,就會有厭惡的表情;心平氣和的時候,就會有溫和安詳的表情。

✔ 從語言讀懂人物的心情

- 人物的語言最能反映了人物的內心世界。
- 從**形容聲音的文詞**去揣摩：當我們從臉部表情、動作、言辭都無法掌握對方心態時，往往可從一些與聲音有關的詞語去揣摩其喜怒哀樂等情緒變化。可以說，聲音是洞察人心的線索。

グラグラ	大笑
☑ ガンガン	生氣
しくしく	抽答的哭

- 從**說話口氣、措辭**去揣摩：從說話口氣，就可以揣摩人物的喜怒哀樂等情緒變化。

✔ 什麼是心情描寫

- 心情描寫就是將人物內心的喜、怒、哀、樂呈現出來。方法可分直接描寫跟間接描寫。

- -

1 從直接描寫去揣摩。

✓ 直接描寫人物的想法、感受、打算等。是人物感情、情緒的自然流露。

✓ 直接描寫人物的心願或思想感情，如能詳細準確地描繪出來，就是人物內心的最好寫照。

- -

2 從間接描寫去揣摩。

✓ 從人物如何看風景或事物等描寫，來刻畫人物的心情。

✓ 從人物如何行動等描寫，來刻畫人物的心情。

推斷題　細節推論、後續行為、結果推斷

推斷題又叫推理題

1 以文章中的文字信息為依據，以具體事實為前提，來推論文章中的具體細節。

2 主要根據字面意思，推斷後續內容及結果等深層信息的題目。

3 需要考生在文中找到相關依據，還要根據已知的信息走一步推理的過程，才能得出答案。

推斷題跟細節題不同之處

細節題

答案一般可以在文章中找到。

推斷題

需要用到簡單的邏輯推理，更多是還需要排除法，甚至是計算的。

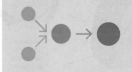

推斷不是臆斷

必需基於文章的信息（事實依據）能夠推斷出來的。

必須利用相關部分的背景知識，甚至常識推理

只要說得不夠完善、含糊不清、故意誇大、隱瞞事實或無中生有，都不正確。而正確的答案看起來都讓人很舒服的。

捕捉語言線索，按圖索驥

與細節題不同的是，推理題在找到原文中對應點之後考察的是學生對於文中信息的總結概括，或者正反向推理的能力。

不需要推得太遠

但做題時也不需要推得太遠，基本上考察的還是對原文信息的概括和總結的能力。

顧名思義，就是在文章某處挖空，應該填入選項 1,2,3,4 哪個詞或哪一句話。
考法大多是句型搭配、接續詞跟意思判斷。

問題形式

● 「　」に入れる文はどれですか（「　」裡面應該填入以下哪一句）。

● 「　」に適当なのは次のどれか（以下何者最適合填入「　」）。

● 「　」のところに何を入れますか（「　」處應該填入什麼）。

位　置

句首
填空題

填空的地方在句子開頭或段落開頭。

▪ 填空的位置如果在全文第一句，這時前方就沒有任何參照句。

▪ 填空位置如果是某一個段落的第一句。一般來說會跟前段內容形成內容上的銜接。

句中
填空題

空的位置在一個句子的中間，或兩個句子的中間。

句尾
填空題

填空的位置在句子的結尾。

- 常見的填空考法有：句首句型搭配、句首接續詞。

訣竅

1 透過**句型推斷**，選擇搭配的句型。

2 **掌握前後句關係**，如果稍有模糊就容易造成語意的不清楚，進而不容易判斷出空格處接續詞的選擇。

3 注意**句子跟句子之間的邏輯關係、連貫關係**，並仔細比較，選擇接續詞。

4 **讀懂緊接著空格後面的意思**，大多是一句或兩句，並根據後面的文章意思找到答案，進行填空。

ポイント 注意邏輯關係接續詞，例如：順接、逆接、並列、添加、對比、選擇、說明、補足、轉換、因果、條件、程度、轉折、讓步、時間等。

順接

それで（因此）、だから（所以）、そこで（於是）、すると（於是）。

逆接

しかし（可是）、だが（雖然…可是）、けれども（但是）、ところが（不過）。

並列、添加

また（再）、そして（而且）、なお（而且）。

對比、選擇

それとも（還是）、または（或者）、もしくは（或者）。

說明、補足

つまり（就是說）、なぜなら（原因是）、すなわち（也就是說）。

轉換

ところで（那麼）、さて（那麼、且說）、では（那麼）、ときに（可是、我說）。

因果

ので（因為）、のに（因為）、から（因為）、ために（為了）、そのため
に（為了）、それで（因此）、ように（為了能）、だから（因此）。

條件

たら（要是）、なら（如果…的話）、ば（如果）、と（就要）、すると（這
樣的話）、では〈ては〉（如果那樣）、それでは（要是那樣的話）。

轉折

しかし（可是）、のに（卻）、が（可是）、でも（但是）、けれども（不
過）、ただ（只是）、それなのに（儘管那樣）。

讓步

でも〈ても〉（即使）、とも（儘管）。

時間

それから（之後）、そして（然後）。

✓ **句中填空題**

▪ 常見的填空考法有：根據文法結構、句中句型搭配、句中意思判斷。

a

**找出句中語法結構、句型
關係**來填空。

b

**細讀前後句之間的句義、
關係**，抓住文章所給的全
部信息，準確理解文章意
思，不能出現漏讀或誤讀。

訣竅

c

**根據前後句子之間的意思，
可推出兩句間的邏輯關係**，
加以判斷後，選出正確的
接續詞、呼應形式等填空。

d

最好先掌握作者意圖，而不
能僅根據一般常識或看法。

✓ 句尾填空題

- 常見的填空考法有：句尾句型搭配、句尾意思判斷（根據上文的意思，判斷後句）。

訣竅

1 仔細地閱讀前文，就像用放大鏡，字斟句酌的瞭解文本，仔細地分析文章，理解句義。

2 **句尾空格判斷大多是利用句型結構關係，再據此推論填空後句。**
例如空格前是「あまり」就到選項裡找否定意思的呼應形式「ない」；例如空格前是「たぶん」，就到選項裡找推測意思的呼應形式「だろう」等等。

呼應式解題法主要運用在句型搭配邏輯填空題中，解題步驟主要是：

第一步 閱讀選項，藉助關鍵詞或句之間關係，確定邏輯關係。

第二步 根據邏輯關係，尋找空格的呼應點，確定空格含義。

第三步 根據空格含義，辨析句型搭配的呼應形式得出答案。

3 也可以把自己覺得正確的答案，放入文章裡驗證是否符合邏輯，如果是的話，那就是正確答案了。

ポイント

常見的呼應形式

推測形式

たぶん〜だろう（也許…吧）、きっと〜だろう（一定是…吧）、きっと〜と思う（我認為一定是…）。

否定形式

しか〜ない（只有…）、まだ〜ない（還沒…）、あまり〜ない（不怎麼…）、それほど〜ない（並不那麼…）。

過去形式

もう〜た（已經…了）。

假定形式

もし〜たら（如果…的話）。

正誤判斷題

正誤判斷題，要確實掌握不正確的敘述。又叫是非題。意思就是非黑即白的選擇，沒有折中的答案。

- 正誤判斷題做起題來總是讓人很糾結，因為考生經常無法快速找到每個選項對應的內容，因此難以判斷真假。
- 正誤判斷題要問的是選項跟文章所敘述或作者所提出的是否符合，還是不符合，或文章中沒有提到的資訊。
- 一般針對的是文章的主題、主旨或細節。

提問方式	問題形式
一正三誤 一誤三正	● 正しいものはどれですか（哪一項是正確的）。 ● 上と同じ意味の文を選びなさい（選出與上述相同的項目來）。 ● しなくてもよいことは、下のどれか（不進行也可以的是下面哪一項）。

━━━━● 答題方法 ●━━━━

1 詳細閱讀並理解問題句

先注意問題是問正確選項，還是錯誤選項。

▼

2 確實掌握問題句

要注意在判斷正誤時，必須嚴格根據文章的意思來進行理解和推斷，不可以自己提前做假設，所有的答案都來自文章裡。

▼

3 找出選項的關鍵詞並理解整個陳述的含意

利用關鍵詞，在文章中確定對應的句子，這就是答案的位置了。

4 根據答題所在的位置，再以不同方式解題

1 解答的材料都在某個句子裡。

✓ 答題時，先看選項，圈上關鍵詞並理解整個陳述的含意。找到答案句，認真仔細地閱讀並進行比較，選出答案。

✓ 仔細查看文章中的關鍵語所在句子中的含意，必要時應查看關鍵詞所在句子前後的含意，區分是與選項符合或不符合、相衝突或不相衝突。

2 解答的材料在某個段落裡。

✓ 如果四個選項的材料，都集中在某個段落裡，這時候眼睛就不用跑太遠，答題時從選項中的線索詞從原文中找到相關的句子，與選項進行比較進而確定答案。

✓ 建議平常背單字就要跟可以替換的單字或詞組一起背，答案一定跟文章裡的某個段落或是某一句話有類似意思或同意替換的。

✓ 文法跟句型也是一個很重要的線索，利用它來判斷答案所在相關句子，是肯定或否定的意思。

3 解答的材料在整篇文章裡。

✓ 也就是四個選項的材料分散在全篇文章裡，答題時要有耐心。

✓ 看選項，知道文章類型或內容。

✓ 先看選項，再回去找答案。一邊閱讀文章一邊找需要的答案，可以增加答題速度。

✓ 掌握段落的要點，用選項線索找關鍵字、句。

✓ 找關鍵字、句還是沒辦法得到答案，看整句、再看前後句，段落主題句。

✓ 有些問題，無法從字面上直接找到答案，需要透過推敲細節，來做出判斷。

✓ 如果遇到難以判斷的選項，可以留到後面解決，先處理容易判斷的選項。

③ 本書使用說明

Part 2
試題

可根據言語知識、讀解的 70 分鐘測驗時間，扣除文法部分，為自己分配限制讀解試題的作答時間。

Part 3
解題

試試看再答一次，接著搭配單字、文法解析，並對照翻譯，檢視自己對文章意思的理解度，最後按「題型解題訣竅」和「日中解題說明」一步一步透徹解析問題。

（題目與翻譯）............

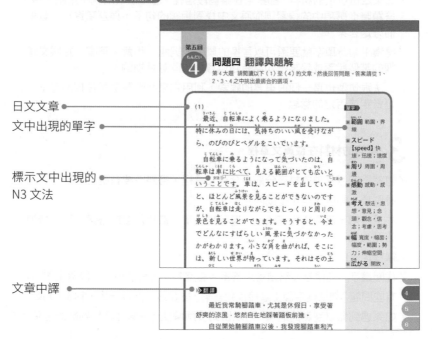

日文文章 ●

文中出現的單字 ●

標示文中出現的 N3 文法 ●

文章中譯 ●

題型解題訣竅

每題都幫您整理出題型類別、考點、關鍵解法，以及答案在文章中的位置，並
靈活運用 Part1 讀解對策中「題型解題訣竅：8 大題型」。

Step 1 先看提問及選項。
Step 2 回頭看文章內容。

Step 3 回到問題選項，從「題型解題訣竅：8 大題型」找到適用的解題法。

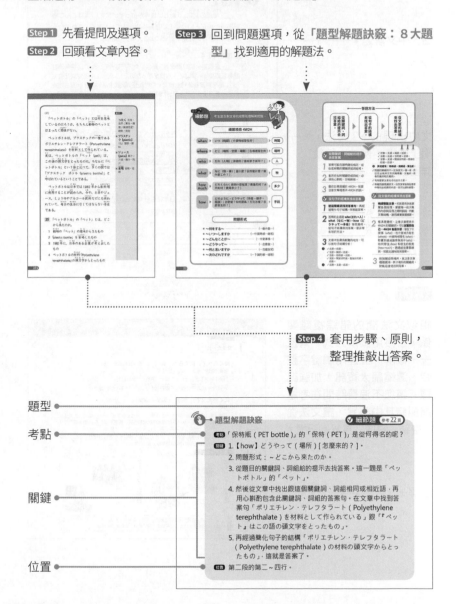

Step 4 套用步驟、原則，
整理推敲出答案。

題型
考點
關鍵
位置

題型解題訣竅　　　　　✔ 細節題　參考22頁

考點「保特瓶（PET bottle）」的「保特（PET）」是從何得名的呢？

解題 1.【how】どうやって（場所）[怎麼來的？]。

2. 問題形式：～どこから来たのか。

3. 從題目關鍵詞、詞組給的提示去找答案。這一題是「ペットボトル」的「ペット」。

4. 然後從文章中找出跟這個關鍵詞、詞組相同或相近語，再用心斟酌包含此關鍵詞、詞組的答案句。在文章中找到答案句「ポリエチレン・テレフタラート（Polyethylene terephthalate）を材料として作られている」跟「『ペット』はこの語の頭文字をとったもの」。

5. 再經過簡化句子的結構「ポリエチレン・テレフタラート（Polyethylene terephthalate）の材料の頭文字からとったもの」，這就是答案了。

位置 第二段的第二～四行。

日、中文解題 ●

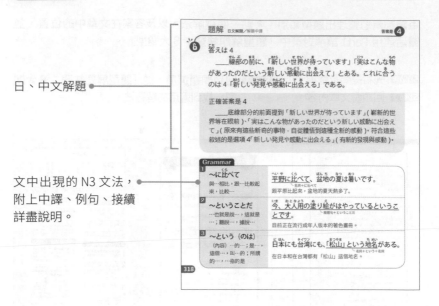

文中出現的 N3 文法，
附上中譯、例句、接續
詳盡說明。

相似文法間的錯綜複雜關
係，直接用圖解方式，幫您
一一破解，並運用關鍵字整
合、濃縮龐大資訊，加強記
憶。讓您不浪費時間在考題
前糾結其中差異，讓文法從
「複雜」變成「直覺」記憶。

圖解＋比較說明 ●

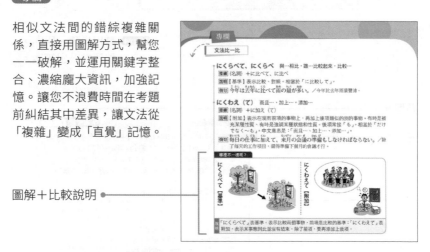

小知識：暮らしと文化

掌握日本最新生活資訊，感受日本
獨有的品味和文化，除了開闊國際
觀，更能提升閱讀日文文章的敏銳
度，加快答題速度。

圖解單字

日本實用生活資訊與文化

實用會話

JLPT・Reading

日本語能力試驗 試題開始

測驗前，請模擬演練，參考試前說明。讀解範圍是第 4 到第 7 大題。

70 分鐘測驗時間，請記得扣除文法的部分再控制安排！

解答用紙

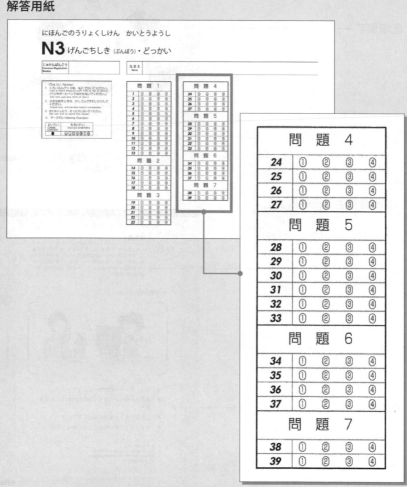

N3

言語知識（文法）・読解
げんごちしき　　（ぶんぽう）　　　どっかい

（70分）

注　意
Notes

1. 試験が始まるまで、この問題用紙を開けないでください。
   Do not open this question booklet until the test begins.

2. この問題用紙を持って帰ることはできません。
   Do not take this question booklet with you after the test.

3. 受験番号と名前を下の欄に、受験票と同じように書いてください。
   じゅけんばんごう　　　　　　　　　　　　らん　　　じゅけんひょう

   Write your examinee registration number and name clearly in each box below as written on your test voucher.

4. この問題用紙は、全部で＿＿＿ページあります。
   ぜんぶ
   This question booklet has ＿＿ pages.

5. 問題には解答番号の 1 、 2 、 3 … が付いています。解答
   かいとうばんごう　　　　　　　　　　　　　　　　　　　かいとう
   は、解答用紙にある同じ番号のところにマークしてください。
   かいとう　　　　　　　ばんごう
   One of the row numbers 1 , 2 , 3 … is given for each question. Mark your answer in the same row of the answer sheet.

受験番号　Examinee Registration Number	
じゅけんばんごう	

名　前　Name	

次の（1）から(4)の文章を読んで、質問に答えなさい。答えは、1・2・3・4から最もよいものを一つえらびなさい。

（1）

　　ヘッドフォンで音楽を聞きながら作業をすると集中できる、という人が多い。その理由をたずねると、まわりがうるさい環境で仕事をしているような時でも、音楽を聞くことによって、うるさい音や自分に関係のない話を聞かずにすむし、じゃまをされなくてすむからだという。最近では、ヘッドフォンをつけて仕事をすることを認めている会社もある。

　　しかし、実際に調査を行った結果、ヘッドフォンで音楽を聞くことによって集中力が上がるというデータは、ほとんど出ていないという。また、ヘッドフォンを聞きながら仕事をするのは、オフィスでの作法やマナーに反すると考える人も多い。

24　調査は、どんな調査か。

1　うるさい環境で仕事をすることによって、集中力が下がるかどうかの調査

2　ヘッドフォンで音楽を聞くことで、集中力が上がるかどうかの調査

3　不要な情報を聞くことで集中力が下がるかどうかの調査

4　好きな音楽と嫌いな音楽の、どちらを聞けば集中できるかの調査

（2）

　　変温動物※1 である魚は、氷がはるような冷たい水の中
では生きていけない。では、冬、寒くなって池などに氷が
はったとき、魚はどこにいるのだろう。実は、水の底でじっ
としているのだ。

　　気体や液体には、温度の高いものが上へ、低いものが下
へ行くという性質があるので、水の底は水面より水温が低
いはずである。それなのに、魚たちは、なぜ水の底にいる
のだろう。実は、水というのは変わった物質で、他の液体
や気体と同様、冷たい水は下へ行くのだが、ある温度より
下がると、反対に軽くなるのだそうだ。その温度が、4℃つ
まり、水温がぐっと下がると、4℃の水が一番重く、もっと冷
たい水はそれより軽いということである。冬、水面に氷が
はるようなときも、水の底には4℃という温かい水がある
ことを、魚たちは本能※2 として知っているらしい。

※1　変温動物…まわりの温度によって体温が変わる動物。
※2　本能…動物が生まれたときから自然に持っているはたらき。

25 水というのは変わった物質 とあるが、どんなことが変わってい
　　るのか。

1　冬、気温が下がり寒くなると水面がこおること

2　温かい水は上へ、冷たい水は下へ行くこと

3　冷たい水は重いが、4℃より下がると逆に軽くなること

4　池の表面がこおるほど寒い日は、水は0℃以下になること

（3）

秋元さんの机の上に、西田部長のメモがおいてある。

秋元さん、

お疲れさまです。

コピー機が故障したので山川OAサービスに修理をたのみました。

電話をして、秋元さんの都合に合わせて来てもらう時間を決めてください。

コピー機がなおったら、会議で使う資料を、人数分コピーしておいてください。

資料は、Aのファイルに入っています。

コピーする前に内容を確認してください。

西田

26 秋元さんが、しなくてもよいことは、下のどれか。

1 山川OAサービスに、電話をすること

2 修理が終わったら、西田部長に報告をすること

3 資料の内容を、確認すること

4 資料を、コピーしておくこと

（4）
次は、山川さんに届いたメールである。

あて先：jlpt1127.kukaku@group.co.jp
件名：製品について
送信日時：2020 年 7 月 26 日

:::

前田化学
営業部　山川様

いつもお世話になっております。

　昨日は、新製品「スラーインキ」についての説明書をお送りいた
だき、ありがとうございました。くわしいお話をうかがいたいので、
一度おいでいただけないでしょうか。現在の「グリードインキ」か
らの変更についてご相談したいと思います。どうぞよろしくお願い
いたします。

新日本デザイン
鈴木

27　このメールの内容について、正しいのはどれか。

1　前田化学の社員は、新日本デザインの社員に新しい製品の説明
　　書を送った。

2　新日本デザインは、新しい製品を使うことをやめた。

3　新日本デザインは、新しい製品を使うことにした。

4　新日本デザインの社員は、前田化学に行って、製品の説明をする。

第1回　もんだい5　模擬試題

つぎの (1) と (2) の文章を読んで、質問に答えなさい。答えは、1・2・3・4から最もよいものを一つえらびなさい。

(1)

　　日本では、電車の中で、子どもたちはもちろん大人もよくマンガを読んでいる。私の国では見られない姿だ。日本に来たばかりの時は私も驚いたし、①恥ずかしくないのかな、と思った。大人の会社員が、夢中でマンガを読んでいるのだから。

　　しかし、しばらく日本に住むうちに、マンガはおもしろいだけでなく、とても役に立つことに気づいた。今まで難しいと思っていたことも、マンガで読むと分かりやすい。特に、歴史はマンガで読むと楽しい。それに、マンガといっても、本屋で売っているような歴史マンガは、専門家が内容を②しっかりチェックしているそうだし、それを授業で使っている学校もあるということだ。

　　私は高校生の頃、歴史にまったく関心がなく成績も悪かったが、日本で友だちから借りた歴史マンガを読んで興味を持ち、大学でも歴史の授業をとることにした。私自身、以前はマンガを馬鹿にしていたが、必要な知識が得られ、読む人の興味を引き出すことになるなら、マンガでも、本でも同じではないだろうか。

28 ①恥ずかしくないのかな、と思ったのはなぜか。

1 日本の子どもたちはマンガしか読まないから

2 日本の大人たちはマンガしか読まないから

3 大人が電車の中でマンガを夢中で読んでいるから

4 日本人はマンガが好きだと知らなかったから

29 どんなことを②しっかりチェックしているのか。

1 そのマンガが、おもしろいかどうか

2 そのマンガの内容が正しいかどうか

3 そのマンガが授業で使われるかどうか

4 そのマンガが役に立つかどうか

30 この文章を書いた人は、マンガについて、どう思っているか。

1 マンガはやはり、子どもが読むものだ。

2 暇なときに読むのはよい。

3 むしろ、本より役に立つものだ。

4 本と同じように役に立つものだ。

（2）

　　最近、パソコンやケータイのメールなどを使ってコミュニケーションをすることが多く、はがきは、年賀状ぐらいしか書かないという人が多くなったそうだ。私も、メールに比べて手紙やはがきは面倒なので、特別な用事のときしか書かない。

　　ところが、昨日、友人からはがきが来た。最近、手紙やはがきをもらうことはめったにないので、なんだろうと思ってどきどきした。見てみると、「やっと暖かくなったね。庭の桜が咲きました。近いうちに遊びに来ない？　待っています。」と書いてあった。なんだか、すごく嬉しくて、すぐにも遊びに行きたくなった。

　　私は、今まで、手紙やはがきは形式をきちんと守って書かなければならないと思って、①ほとんど書かなかったが、②こんなはがきなら私にも書けるのではないだろうか。長い文章を書く必要も、形式にこだわる必要もないのだ。おもしろいものに出会ったことや近況のお知らせ、小さな感動などを、思いつくままに軽い気持ちで書けばいいのだから。

　　私も、これからは、はがきをいろいろなことに利用してみようと思う。

31 「私」は、なぜ、これまで手紙やはがきを①ほとんど書かなかったか。正しくないものを一つえらべ。

1　パソコンやケータイのメールのほうが簡単だから

2　形式を重視して書かなければならないと思っていたから

3　改まった用事のときに書くものだと思っていたから

4　簡単な手紙やはがきは相手に対して失礼だと思っていたから

32 ②こんなはがき、とは、どんなはがきを指しているか。

1　形式をきちんと守って書く特別なはがき

2　特別な人にきれいな字で書くはがき

3　急な用事を書いた急ぎのはがき

4　ちょっとした感動や情報を伝える気軽なはがき

33 「私」は、はがきに関してこれからどうしようと思っているか。

1　特別な人にだけはがきを書こうと思っている。

2　いろいろなことにはがきを利用しようと思っている。

3　はがきとメールを区別したいと思っている。

4　メールをやめてはがきだけにしたいと思っている。

つぎの文章を読んで、質問に答えなさい。答えは、1・2・3・4から最もよいものを一つえらびなさい。

　　朝食は食べたほうがいい、食べるべきだということが最近よく言われている。その理由として、主に「朝食をとると、頭がよくなり、仕事や勉強に集中できる」とか、「朝食を食べないと太りやすい」などと言われている。本当だろうか。

　　初めの理由については、T大学の教授が、20人の大学院生を対象にして①実験を行ったそうだ。それによると、「授業開始30分前までに、ゆでたまごを一個朝食として食べるようにためしてみたが、発表のしかたや内容が上手になることはなく、ゆでたまごを食べなくても、発表の内容が悪くなることもなかった。」ということだ。したがって、朝食を食べると頭がよくなるという効果は期待できそうにない。

　　②あとの理由については、確かに朝早く起きる人が朝食を抜くと昼食を多く食べすぎるため、太ると考えられる。しかし、何かの都合で毎日遅く起きるために一日2食で済ませていた人が、無理に朝食を食べるようにすれば逆に当然太ってしまうだろう。また、脂質とでんぷん質ばかりの外食が続くときも、その上朝食をとると太ってしまう。つまり、朝食はとるべきだと思い込んで無理に食べることで、③体重が増えてしまうこともあるのだ。

　　確かに、朝食を食べると脳と体が目覚め、その日のエネルギーがわいてくるということは言える。しかし、朝食を食べるか食べないかは、その人の生活パターンによってちがっていいし、その日のスケジュールによってもちがっていい。午前中に重い仕事がある時は朝食をしっかり食べるべきだし、前の夜、食べ過ぎた時は、野菜ジュースだけでも十分だ。早く起きて朝食をとるのが理想だが、朝食は食べなければならないと思い込まず、自分の体にいちばん合うやり方を選ぶのがよいのではないだろうか。

34 この①実験では、どんなことがわかったか。

1　ゆでたまごだけでは、頭がよくなるかどうかはわからない。

2　朝食を食べると頭がよくなるとは言えない。

3　朝食としてゆでたまごを食べると、発表の仕方が上手になる。

4　朝食を抜くと、エネルギー不足で倒れたりすることがある。

35 ②あとの理由は、どんなことの理由か。

1　朝食を食べると頭がよくなるから、朝食は食べるべきだという理由

2　朝食を抜くと太るから、朝食はとるべきだという理由

3　朝早く起きる人は朝食をとるべきだという理由

4　朝食を食べ過ぎるとかえって太るという理由

36 ③体重が増えてしまうこともあるのはなぜか。

1 外食をすると、脂質やでんぷん質が多くなるから

2 一日三食をバランスよくとっているから

3 朝食をとらないといけないと思い込み無理に食べるから

4 お腹がいっぱいでも無理に食べるから

37 この文章の内容と合っているのはどれか。

1 朝食をとると、太りやすい。

2 朝食は、必ず食べなければならない。

3 肉体労働をする人だけ朝食を食べればよい。

4 朝食を食べるか食べないかは、自分の体に合わせて決めればよい。

N3

つぎのページは、あるショッピングセンターのアルバイトを集めるための広告である。これを読んで、下の質問に答えなさい。答えは、1・2・3・4から最もよいものを一つえらびなさい。

38 留学生のコニンさん(21歳)は、日本語学校で日本語を勉強している。授業は毎日9時～12時までだが、火曜日と木曜日はさらに13～15時まで特別授業がある。土曜日と日曜日は休みである。学校からこのショッピングセンターまでは歩いて5分かかる。

　　コニンさんができるアルバイトは、いくつあるか。

1　一つ

2　二つ

3　三つ

4　四つ

39 アルバイトがしたい人は、まず、何をしなければならないか。

1　8月20日までに、履歴書をショッピングセンターに送る。

2　一週間以内に、履歴書をショッピングセンターに送る。

3　8月20日までに、メールか電話で、希望するアルバイトの種類を伝える。

4　一週間以内に、メールか電話で、希望するアルバイトの種類を伝える。

さくらショッピングセンター

アルバイトをしませんか？

締め切り…8月20日！

【資格】18歳以上の男女。高校生不可。

【応募】メールか電話で応募してください。その時、希望する仕事の種類をお知らせください。

面接は、応募から一週間以内に行います。写真をはった履歴書[※]をお持ち下さい。

【連絡先】Email：sakuraXXX@sakura.co.jp か、
電話：03-3818-XXXX　　　（担当：竹内）

仕事の種類	勤務時間	曜日	時給
レジ係	10:00 ～ 20:00（4時間以上できる方）	週に5日以上	900円
サービスカウンター	10:00 ～ 19:00	木・金・土・日	1000円
コーヒーショップ	14:00 ～ 23:00（5時間以上できる方）	週に4日以上	900円
肉・魚の加工	8:00 ～ 17:00	土・日を含み、4日以上	850円
クリーンスタッフ（店内のそうじ）	5:00 ～ 7:00	3日以上	900円

※　履歴書…その人の生まれた年や卒業した学校などを書いた書類。就職するときなどに提出する。

模式が6回分

N3　言語知識・讀解

第2回　もんだい4　模擬試題

月　日
答題 ✓ 24 25 26 27

Part 2

1
2
3
4
5
6

問題四　模擬試題

次の（1）から(4)の文章を読んで、質問に答えなさい。答えは、1・2・3・4から最もよいものを一つえらびなさい。

（1）

外国のある大学で、お酒を飲む人160人を対象に次のような心理学の実験を行った。

上から下まで同じ太さのまっすぐのグラス(A)と、上が太く下が細くなっているグラス(B)では、ビールを飲む速さに違いがあるかどうかという実験である。

その結果、Bのグラスのほうが、Aのグラスより、飲むスピードが2倍も速かったそうだ。

実験をした心理学者は、その理由を、ビールの残りが半分以下になると、人は話すことよりビールを飲み干す※ことを考えるからではないか、また、Bのグラスでは、自分がどれだけ飲んだのかが分かりにくいので、急いで飲んでしまうからではないか、と、説明している。

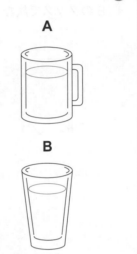

A

B

※　飲み干す…グラスに入った飲み物を飲んでしまうこと。

24 この実験で、どんなことが分かったか。

1 Aのグラスより、Bのグラスの方が、飲むのに時間がかかること

2 Aのグラスより、Bのグラスの方が、飲み干すのに時間がかからないこと

3 AのグラスでもBのグラスでも、飲み干す時間は変わらないこと

4 Bのグラスで飲むと、自分が飲んだ量が正確に分かること

（2）

　これは、中村さんにとどいたメールである。

あて先：jlpt1127.kukaku@group.co.jp
件　　名：資料の確認
送信日時：2020 年 8 月 14 日　13:15

===

海外事業部
中村　様

　お疲れさまです。
　8 月 10 日にインドネシア工場についての資料 4 部を郵便でお
送りしましたが、とどいたでしょうか。
　内容をご確認の上、何か問題があればご連絡ください。
　よろしくお願いします。

山下

===

東京本社　企画営業部
山下　花子
内線　XXXX

---

25 このメールを見た後、中村さんはどうしなければならないか。

1　インドネシア工場に資料がとどいたかどうか、確認する。

2　山下さんに資料がとどいたかどうか、確認する。

3　資料を見て、問題があればインドネシア工場に連絡する。

4　資料の内容を確認し、問題があれば山下さんに連絡する。

（3）

　これは、大学の学習室を使う際の申し込み方法である。

【学習室の利用申し込みについて】

① 利用が可能な曜日と時間

・月曜日～土曜日　9：00～20：45

② 申し込みの方法

・月曜日～金曜日　利用する1週間前から受け付けます。

・8：45～16：45に学生部の受付で申し込みをしてください。

＊なお、土曜日と平日の16：45～20：45の間は自由にご使用ください。

③ 使用できない日時

・上の①以外の時間帯

・日曜、祝日※、大学が決めた休日

※　祝日…国で決めたお祝いの日で、学校や会社は休みになる。

26　学習室の使い方で、正しいものはどれか。

1　月曜日から土曜日の9時から20時45分までに申し込む。

2　平日は、一日中自由に使ってもよい。

3　土曜日は、16時45分まで使うことができる。

4　朝の9時前は、使うことができない。

(4)

　　インターネットの記事によると、鼻で息をすれば、口で息をするより空気中のごみやウイルスが体の中に入らないということです。また、鼻で息をする方が、口で息をするより多くの空気、つまり酸素を吸うことができるといいます。

　（中略）

　　普段は鼻から呼吸をしている人も、ぐっすりねむっているときは、口で息をしていることが結構多いようですね。鼻で深く息をするようにすると、体に酸素が十分回るので、体が活発に働き、ストレスも早くなくなる。したがって、常に、鼻から深くゆっくりとした呼吸をするよう習慣づければ、体によいばかりでなく、精神もかなり落ち着いてくるということです。

27　鼻から息をすることによる効果でないものは、次のどれか。

1　空気中のウイルスが体に入らない。

2　ぐっすりねむることができる。

3　体が活発に働く。

4　ストレスを早くなくすことができる。

つぎの (1) と (2) の文章を読んで、質問に答えなさい。答えは、1・2・3・4 から最もよいものを一つえらびなさい。

(1)

　　亡くなった父は、いつも「人と同じことはするな」と繰り返し言っていました。子どもにとって、その言葉はとても不思議でした。なぜなら、周りの子どもたちは大人の人に「　①　」と言われていたからです。みんなと仲良く遊ぶには、一人だけ違うことをしないほうがいいという大人たちの考えだったのでしょう。

　　思い出してみると、父は②仕事の鬼で、高い熱があっても決して仕事を休みませんでした。小さい頃からいっしょに遊んだ思い出は、ほとんどありません。それでも、父の「人と同じことはするな」という言葉は、とても強く私の中に残っています。

　　今、私は、ある会社で商品の企画※の仕事をしていますが、父のこの言葉は、③非常に役に立っています。今の時代は新しい情報が多く、商品やサービスはあまっているほどです。そんな中で、ただ周りの人についていったり、真似をしたりしていたのでは勝ち残ることができません。自分の頭で人と違うことを考え出してこそ、自分の企画が選ばれることになるからです。

※　企画…あることをしたり、新しい商品を作るために、計画を
　　立てること。

28　「　①　」に入る文はどれか。

1　人と同じではいけない

2　人と同じようにしなさい

3　人の真似をしてはいけない

4　人と違うことをしなさい

29　筆者はなぜ父を②仕事の鬼だったと言うのか。

1　周りの大人たちと違うことを自分の子どもに言っていたから

2　高い熱があっても休まず、仕事第一だったから

3　子どもと遊ぶことがまったくなかったから

4　子どもには厳しく、まるで鬼のようだったから

30　③非常に役に立っていますとあるが、なぜか。

1　周りの人についていけば安全だから

2　人のまねをすることはよくないことだから

3　人と同じことをしていても仕事の場で勝つことはできないから

4　自分で考え自分で行動するためには、自信が大切だから

（2）

　　ある留学生が入学して初めてのクラスで自己紹介をした時、緊張していたためきちんと話すことができず、みんなに笑われて恥ずかしい思いをしたという話を聞きました。彼はそれ以来、人と話すのが苦手になってしまったそうです。①とても残念な話です。確かに、小さい失敗が原因で性格が変わることや、ときには仕事を失ってしまうこともあります。

　　では、失敗はしない方がいいのでしょうか。私はそうは思いません。昔、ある本で、「人の②心を引き寄せるのは、その人の長所や成功よりも、短所や失敗だ」という言葉を読んだことがあります。その時はあまり意味がわかりませんでしたが、今はわかる気がします。

　　その学生は、失敗しなければよかったと思い、失敗したことを後悔したでしょう。しかし、周りの人、特に先輩や先生から見たらどうでしょうか。その学生が失敗したことによって、彼に何を教えるべきか、どんなアドバイスをすればいいのかがわかるので、声をかけやすくなります。まったく失敗しない人よりもずっと親しまれ愛されるはずです。

　　そう思えば、失敗もまたいいものです。

31 なぜ筆者は、①とても残念と言っているのか。

1 学生が、自己紹介で失敗して、恥ずかしい思いをしたから

2 学生が、自己紹介の準備をしていなかったから

3 学生が、自己紹介で失敗して、人前で話すのが苦手になってしまったから

4 ある小さい失敗が原因で、仕事を失ってしまうこともあるから

32 ②心を引き寄せると、同じ意味の言葉は文中のどれか。

1 失敗をする

2 教える

3 叱られる

4 愛される

33 この文章の内容と合っているものはどれか。

1 緊張すると、失敗しやすくなる。

2 大きい失敗をすると、人に信頼されなくなる。

3 失敗しないことを第一に考えるべきだ。

4 失敗することは悪いことではない。

つぎの文章を読んで、質問に答えなさい。答えは、1・2・3・4から最も
よいものを一つえらびなさい。

　　2015年の6月、日本の選挙権が20歳以上から18歳以上に引き下げられることになった。1945年に、それまでの「25歳以上の男子」から「20歳以上の男女」に引き下げられてから、なんと、70年ぶりの改正である。2015年現在、18・19歳の青年は240万人いるそうだから、①この240万人の人々に選挙権が与えられるわけである。

　　なぜ20歳から18歳に引き下げられるようになったかについては、若者の声を政治に反映させるためとか、諸外国では大多数の国が18歳以上だから、などと説明されている。

　　日本では、小学校から高校にかけて、係や委員を選挙で選んでいるので、選挙には慣れているはずなのに、なぜか、国や地方自治体の選挙では②若者の投票率が低い。2014年の冬に行われた国の議員を選ぶ選挙では、60代の投票率が68％なのに対して、50代が約60％、40代が50％、30代が42％、そして、③20代は33％である。三人に一人しか投票に行っていないのである。選挙権が18歳以上になったとしても、いったい、どれぐらいの若者が投票に行くか、疑問である。それに、18歳といえば大学受験に忙しく、政治的な話題には消極的だという意見も聞かれる。

　　しかし、投票をしなければ自分たちの意見は政治に生かされない。これからの長い人生が政治に左右されることを考えれば、若者こそ、選挙に行って投票すべきである。

　　そのためには、学校や家庭で、政治や選挙についてしっかり教育することが最も大切であると思われる。

34 ①この 240 万人の人々について、正しいのはどれか。

1　2015 年に選挙権を失った人々

2　1945 年に新たに選挙権を得た人々

3　2015 年に初めて選挙に行った人々

4　2015 年の時点で、18 歳と 19 歳の人々

35 ②若者の投票率が低いことについて、筆者はどのように考えているか。

1　若者は政治に関心がないので、仕方がない。

2　投票しなければ自分たちの意見が政治に反映されない。

3　もっと選挙に行きやすくすれば、若者の投票率も高くなる。

4　年齢とともに投票率も高くなるので、心配いらない。

36 ③20 代は 33％であるとあるが、他の年代と比べてどのようなことが言えるか。

1　20 代の投票率は、30 代よりに高い。

2　20 代の投票率は、40 代と同じくらいである。

3　20 代の投票率は、60 代の約半分である。

4　20 代の投票率が一番低く、四人に一人しか投票に行っていない。

37 若者が選挙に行くようにするには、何が必要か。

1 選挙に慣れさせること

2 投票場をたくさん設けること

3 学校や家庭での教育

4 選挙に行かなかった若者の名を発表すること

第2回　もんだい7　模擬試題

つぎのページは、ある会社の社員旅行の案内である。これを読んで、下の質問に答えなさい。答えは、1・2・3・4から最もよいものを一つえらびなさい。

38 この旅行に参加したいとき、どうすればいいか。

1　7月20日までに、社員に旅行代金の15,000円を払う。

2　7月20日までに、山村さんに申込書を渡す。

3　7月20日までに、申込書と旅行代金を山村さんに渡す。

4　7月20日までに、山村さんに電話する。

39 この旅行について、正しくないものはどれか。

1　この旅行は、帰りは新幹線を使う。

2　旅行代金15,000円の他に、2日目の昼食代がかかる。

3　本社に帰って来る時間は、午後5時より遅くなることがある。

4　この旅行についてわからないことは、山村さんに聞く。

令和元年7月1日

総務部

社員旅行のお知らせ

　本年も社員旅行を次の通り行います。参加希望の方は、下の申込書にご記入の上、7月20日までに、山村（内線番号XX）に提出してください。多くの方のお申し込みを、お待ちしています。

記

1. 日時　　　9月4日（土）～5日（日）
2. 行き先　　静岡県富士の村温泉
3. 宿泊先　　星山温泉ホテル（TEL：XXX-XXX-XXXX）
4. 日程
   9月4日（土）
   午前9時　本社出発 ― 月川PA ― ビール工場見学 ― 富士の村温泉着　午後5時頃
   9月5日（日）
   午前9時　ホテル出発 ― ピカソ村観光(アイスクリーム作り)― 月川PA ― 本社着　午後5時頃　　＊道路が混雑していた場合、遅れます
5. 費用　一人15,000円(ピカソ村昼食代は別)

- -

申し込み書

氏名

部署名

ご不明な点は、総務部山村（内線番号XX）まで、お問い合わせ下さい。

第3回　もんだい4　模擬試題

つぎの（1）から（4）の文章を読んで、質問に答えなさい。答えは、1・2・3・4から最もよいものを一つえらびなさい。

（1）

　　私たち日本人は、食べ物を食べるときには「いただきます」、食べ終わったときには「ごちそうさま」と言う。自分で料理を作って一人で食べる時も、お店でお金を払って食べる時も、誰にということもなく、両手を合わせて「いただきます」「ごちそうさま」と言っている。

　　ある人に「お金を払って食べているんだから、レストランなどではそんな挨拶はいらないんじゃない？」と言われたことがある。

　　しかし、私はそうは思わない。「いただきます」と「ごちそうさま」は、料理を作ってくれた人に対する感謝の気持ちを表す言葉でもあるが、それよりも、私たち人間の食べ物としてその生命をくれた動物や野菜などに対する感謝の気持ちを表したものだと思うからである。

24 作者は「いただきます」「ごちそうさま」という言葉について、どう思っているか。

1　日本人としての礼儀である。

2　作者の家族の習慣である。

3　料理を作ってくれたお店の人への感謝の気持ちである。

4　食べ物になってくれた動物や野菜への感謝の表れである。

(2)

　　暑い時に熱いものを食べると、体が熱くなるので当然汗
をかく。その汗が蒸発※1するとき、体から熱を奪うので涼
しくなる。だから、インドなどの熱帯地方では熱くてから
いカレーを食べるのだ。

　　では、日本人も暑い時には熱いものを食べると涼しくな
るのか。

　　実は、そうではない。日本人の汗は他の国の人と比べる
と塩分濃度※2が高く、かわきにくい上に、日本は湿度が
高いため、ますます汗は蒸発しにくくなる。

　　だから、暑い時に熱いものを食べると、よけいに暑くなっ
てしまう。インド人のまねをしても涼しくはならないとい
うことである。

※1　蒸発…気体になること。
※2　濃度…濃さ。

25　暑い時に熱いものを食べると、よけいに暑くなってしまう 理
　由はどれか。

1　日本は、インドほどは暑くないから

2　カレーなどの食べ物は、日本のものではないから

3　日本人は、必要以上にあせをかくから

4　日本人のあせは、かわきにくいから

（3）

佐藤さんの机の上に、メモがおいてある。

佐藤さん、

お疲れ様です。

本日15時頃、北海道支社の川本さんより、電話がありました。

出張[※]の予定表を金曜日までに欲しいそうです。

また、ホテルの希望を聞きたいので、

今日中に携帯 090-XXXX-XXXX に連絡をください、とのことです。

よろしくお願いします。

18:00 田中

※　出張…仕事のためにほかの会社などに行くこと

26　佐藤さんは、まず、何をしなければならないか。

1　川本さんに、ホテルの希望を伝える。

2　田中さんに、ホテルの希望を伝える。

3　川本さんに、出張の予定表を送る。

4　田中さんに、出張の予定表を送る。

（4）

これは、病院にはってあったポスターである。

病院内では携帯電話をマナーモードにしてください

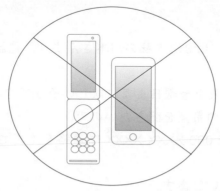

1. お電話は、決められた場所でしてください。
   （携帯電話コーナー、休憩室、病棟個室等）

2. 病院内では、電源 off エリアが決められています。
   （診察室、検査室、処置室、ICU 等）

3. 歩きながらのご使用はご遠慮ください。

4. 診察に邪魔になる場合は、使用中止をお願いすることが
   あります。

27 この病院の中の携帯電話の使い方で、正しくないものはどれか。

1 休憩室では、携帯電話を使うことができる。

2 検査室では、マナーモードにしなければならない。

3 携帯電話コーナーでは、通話してもよい。

4 歩きながら使ってはいけない。

つぎの (1) と (2) の文章を読んで、質問に答えなさい。答えは、1・2・3・4から最もよいものを一つえらびなさい。

(1)

　　私は、仕事で人と会ったり会社を訪問したりするとき、①服の色に気をつけて選ぶようにしている。

　　例えば、仕事でほかの会社を訪問するとき、私は、黒い色の服を選ぶ。黒い色は、冷静で頭がよく自立※1した印象を与えるため、仕事の場では有効な色だと思うからだ。また、初対面の人と会うときは、白い服を選ぶことが多い。初対面の人にあまり強すぎる印象は与えたくないし、その点、白は上品で清潔な印象を与えると思うからだ。

　　入社試験の面接※2などでは、濃い青色の服を着る人が多い「②リクルートスーツ」などと呼ばれているが、青は、まじめで落ち着いた印象を与えるので、面接等に適しているのだろう。

　　このように、服の色によって人に与える印象が変わるだけでなく、③服を着ている人自身にも影響を与える。私は、赤が好きなのだが、赤い服を着ると元気になり、行動的になるような気がする。

　　服だけでなく、色のこのような作用は、身の回りのさまざまなところで利用されている。

　　それぞれの色の特徴や作用を知って、改めて商品の広告や、道路や建物の中のマークなどを見ると、その色が選ばれている理由がわかっておもしろい。

※1　自立…人に頼らないで、自分の考えで決めることができること。

※2　面接…会社の入社試験などで、試験を受ける人に会社の人が直接考えなどを聞くこと。

28　①服の色に気をつけて選ぶようにしているとあるが、それはなぜか。

1　服の色は、その日の自分の気分を表しているから

2　服の色によって、人に与える印象も変わるから

3　服の色は服のデザインよりも人にいい印象を与えるから

4　服の色は、着る人の性格を表すものだから

29　入社試験などで着る②「リクルートスーツ」は、濃い青色が多いのはなぜだと筆者は考えているか。

1　青は、まじめで落ち着いた印象を人に与えるから

2　青は、上品で清潔な印象を人に与えるから

3　入社試験には、青い服を着るように決まっているから

4　青は、頭がよさそうな印象を人に与えるから

30　③服を着ている人自身にも影響を与えるとあるが、その例として、どのようなことが書かれているか。

1　白い服は、人に強すぎる印象を与えないこと

2　黒い服を着ると、冷静になれること

3　青い服を着ると、仕事に対するファイトがわくこと

4　赤い服を着ると、元気が出て行動的になること

（2）

　　最近、野山や林の中で昆虫採集※1をしている子どもを見かけることが少なくなった。私が子どものころは、夏休みの宿題といえば昆虫採集や植物採集だった。男の子はチョウやカブトムシなどの虫を捕る者が多く、虫捕り網をもって、汗を流しながら野山を走り回ったものである。うまく虫を捕まえた時の①わくわく、どきどきした気持ちは、今でも忘れられない。

　　なぜ、今、虫捕りをする子どもたちが減っているのだろうか。

　　一つには、近くに野山や林がなくなったからだと思われる。もう一つは、自然を守ろうとするあまり、学校や大人たちが、虫を捕ることを必要以上に強く否定し、禁止するようになったからではないだろうか。その結果、子どもたちは生きものに直接触れる貴重な機会をなくしてしまっている。

　　分子生物学者の平賀壯太博士は、「子どもたちが生き物に接したときの感動が大切です。生き物を捕まえた時のプリミティブ※2な感動が、②自然を知る入口だといって良いかもしれません。」とおっしゃっている。そして、実際、多くの生きものを捕まえて研究したことのある人の方が自然の大切さを知っているということである。

　　もちろんいたずらに生きものを捕まえたり殺したりすることは許されない。しかし、自然の大切さを強調するあまり、子どもたちの自然への関心や感動を奪ってしまわないように、私たち大人や学校は気をつけなければならないと思う。

※1　昆虫採集…勉強のためにいろいろな虫を集めること。

※2　プリミティブ…基本的な最初の。

31　①わくわく、どきどきした気持ちとは、どんな気持ちか。

　1　虫に対する恐怖心や不安感

　2　虫をかわいそうに思う気持ち

　3　虫を捕まえたときの期待感や緊張感

　4　虫を逃がしてしまった残念な気持ち

32　②自然を知る入口とはどのような意味か。

　1　自然から教えられること

　2　自然の恐ろしさを知ること

　3　自然を知ることができないこと

　4　自然を知る最初の経験

33　この文章を書いた人の意見と合うのは次のどれか。

　1　自然を守るためには、生きものを捕らえたり殺したりしないほうがいい。

　2　虫捕りなどを禁止してばかりいると、かえって自然の大切さを理解できなくなる。

　3　学校では、子どもたちを叱らず、自由にさせなければならない。

　4　自然を守ることを強く主張する人々は、自然を深く愛している人々だ。

第3回　もんだい6　模擬試題

つぎの文章を読んで、質問に答えなさい。答えは、1・2・3・4から最もよいものを一つえらびなさい。

　　二人で荷物を持って坂や階段を上がるとき、上と下ではどちらが重いかということが、よく問題になる。下の人は、物の重さがかかっているので下のほうが上より重いと言い、上の人は物を引き上げなければならないから、下より上のほうが重いと言う。

　　実際はどうなのだろうか。実は、力学※1的に言えば、荷物が二人の真ん中にあるとき、二人にかかる重さは全く同じなのだそうである。このことは、坂や階段でも平らな道を二人で荷物を運ぶときも同じだということである。

　　ただ、①これは、荷物の重心※2が二人の真ん中にある場合のことである。しかし、②もし重心が荷物の下の方にずれていると下の人、上の方にずれていると上の人の方が重く感じる。

　　③重い荷物を長い棒に結びつけて、棒の両端を二人でそれぞれ持つ場合、棒の真ん中に荷物があれば、二人の重さは同じであるが、そうでなければ、荷物に遠いほうが軽く、近いほうが重いということになる。

　　このように、重い荷物を二人以上で運ぶ場合、荷物の重心から、一番離れた場所が一番軽くなるので、④覚えておくとよい。

※1　力学…物の運動と力との関係を研究する物理学の一つ。
※2　重心…物の重さの中心

34 ① これは何を指すか。

1 物が二人の真ん中にあるとき、力学的には二人にかかる重さは
同じであること

2 坂や階段を上がるとき、下の方の人がより重いということ

3 坂や階段を上がるとき、上の方の人により重さがかかるということ

4 物が二人の真ん中にあるときは、どちらの人も重く感じるということ

35 坂や階段を上るとき、②もし重心が荷物の下の方にずれてい
ると、どうなるか。

1 上の人のほうが重くなる。

2 下の人のほうが重くなる。

3 重心の位置によって重さが変わることはない。

4 上の人も下の人も重く感じる。

36 ③重い荷物を長い棒に結びつけて、棒の両端を二人でそれぞれ持
つ場合、二人の重さを同じにするは、どうすればよいか。

1 荷物を長いひもで結びつける。

2 荷物をもっと長い棒に結びつける。

3 荷物を二人のどちらかの近くに結びつける。

4 荷物を棒の真ん中に結びつける。

37 ④覚えておくとよいのはどんなことか。

1 荷物の重心がどこかわからなければ、どこを持っても重さは変
わらないということ

2 荷物を二人で運ぶ時は、棒にひもをかけて持つと楽であるとい
うこと

3 荷物を二人以上で運ぶ時は、重心から最も離れたところを持つ
と軽いということ

4 荷物を二人以上で運ぶ時は、重心から一番近いところを持つと
楽であるということ

第3回　もんだい7　模擬試題

つぎのページは、ある図書館のカードを作る時の決まりである。これを読んで、下の質問に答えなさい。答えは、1・2・3・4から最もよいものを一つえらびなさい。

38 中松市に住んでいる留学生のマニラムさん(21歳)は、図書館で本を借りるための手続きをしたいと思っている。マニラムさんが図書館カードを作るにはどうしなければならないか。

1　お金をはらう。

2　パスポートを持っていく。

3　貸し出し申込書に必要なことを書いて、学生証か外国人登録証を持っていく。

4　貸し出し申込書に必要なことを書いて、お金をはらう。

39 図書館カードについて、正しいものはどれか。

1　図書館カードは、中央図書館だけで使うことができる。

2　図書館カードは、三年ごとに新しく作らなければならない。

3　住所が変わった時は、電話で図書館に連絡をしなければならない。

4　図書館カードをなくして、新しく作る時は一週間かかる。

図書館カードの作り方

① はじめて本を借りるとき

図書館カード

なまえ **マニラム・スレシュ**

中松市立図書館
〒 333-2212 中松市今中 1-22-3
☎ 0901-33-3211

- ● 中松市に住んでいる人
- ● 中松市内で働いている人
- ● 中松市内の学校に通学する人は、カードを作ることができます。
- ● また、坂下市、三田市及び松川町に住所がある人も作ることができます。

　カウンターにある「貸し出し申込書」に必要なことを書いて、図書館カードを受け取ってください。

　その際、氏名・住所が確認できるもの（運転免許証・健康保険証・外国人登録証・住民票・学生証など）をお持ちください。中松市在勤、在学で、その他の市にお住まいの人は、その証明も合わせて必要です。

② 続けて使うとき、住所変更、カードをなくしたときの手続き

- ● 図書館カードは 3 年ごとに住所確認手続きが必要です。登録されている内容に変更がないか確認を行います。手続きをするときは、氏名・住所が確認できる書類をお持ちください。

- ● 図書館カードは中央図書館、市内公民館図書室共通で利用できます。3 年ごとに住所確認のうえ、続けて利用できますので、なくさないようお願いいたします。

- ● 住所や電話番号等、登録内容に変更があった場合はカウンターにて変更手続きを行ってください。また、利用資格がなくなった場合は、図書館カードを図書館へお返しください。

- ● 図書館カードを紛失※された場合は、すぐに紛失届けを提出してください。カードをもう一度新しく作ってお渡しするには、紛失届けを提出された日から 1 週間かかります。

※　紛失…なくすこと

次の（1）から(4)の文章を読んで、質問に答えなさい。答えは、1・2・3・4から最もよいものを一つえらびなさい。

（1）

　　日本で、東京と横浜の間に電話が開通したのは1890年です。当時、電話では「もしもし」ではなく、「もうす、もうす（申す、申す）」「もうし、もうし（申し、申し）」とか「おいおい」と言っていたそうです。その当時、電話はかなりお金持ちの人しか持てませんでしたので、「おいおい」と言っていたのは、ちょっといばっていたのかもしれません。それがいつごろ「もしもし」に変わったかについては、よくわかっていません。たくさんの人がだんだん電話を使うようになり、いつのまにかそうなっていたようです。

　　この「もしもし」という言葉は、今は電話以外ではあまり使われませんが、例えば、前を歩いている人が切符を落とした時に、「もしもし、切符が落ちましたよ。」というように使うことがあります。

24 そうなっていた は、どんなことをさすのか。

1　電話が開通したこと

2　人々がよく電話を使うようになったこと

3　お金持ちだけでなく、たくさんの人が電話を使うようになったこと

4　電話をかける時に「もしもし」と言うようになったこと

（2）

> 「ペットボトル」の「ペット」とは何を意味している
> のだろうか。もちろん動物のペットとはまったく関係がな
> い。
>
> 　ペットボトルは、プラスチックの一種であるポリエチレ
> ン・テレフタラート（Polyethylene terephthalate）を材料
> として作られている。実は、ペットボトルの「ペット（pet）」
> は、この語の頭文字をとったものだ。ちなみに「ペットボ
> トル」という語と比べて、多くの国では「プラスチック
> ボトル（plastic bottle）」と呼ばれているということであ
> る。
>
> 　ペットボトルは日本では 1982 年から飲料用に使用する
> ことが認められ、今や、お茶やジュース、しょうゆやアル
> コール飲料などにも使われていて、毎日の生活になくては
> ならない存在である。

25 「ペットボトル」の「ペット」とは、どこから来たのか。

1　動物の「ペット」の意味からきたもの

2　「plastic bottle」を省略したもの

3　1982 年に、日本のある企業が考え出したもの

4　ペットボトルの材料「Polyethylene terephthalate」の頭文字
　　からとったもの

（3）
レストランの入り口に、お知らせが貼ってある。

お知らせ

2020年8月1日から10日まで、ビル外がわの階段工事を行います。

ご来店のみなさまには、大変ご迷惑をおかけいたしますが、どうぞよろしくお願い申し上げます。

なお、工事期間中は、お食事をご注文のお客様に、コーヒーのサービスをいたします。

みなさまのご来店を、心よりお待ちしております。

レストラン　サンセット・クルーズ
店主　山村

26 このお知らせの内容と、合っているものはどれか。

1 レストランは、8月1日から休みになる。

2 階段の工事には、10日間かかる。

3 工事の間は、コーヒーしか飲めない。

4 工事中は、食事ができない。

(4)

これは、野口さんに届いたメールである。

結婚お祝いパーティーのご案内

[koichi.mizutani @xxx.ne.jp]

送信日時：2020/8/10（月）10:14

宛先：2020danceclub@members.ne.jp

このたび、山口友之さんと三浦千恵さんが結婚されることになりました。

つきましてはお祝いのパーティーを行いたいと思います。

日時　2020 年 10 月 17 日（土）18:00 ～

場所　ハワイアンレストラン HuHu（新宿）

会費　5000 円

出席か欠席かのお返事は、8 月 28 日（金）までに、水谷
koichi.mizutani@xxx.ne.jp に、ご連絡ください。

楽しいパーティーにしたいと思います。ぜひ、ご参加ください。

世話係

水谷高一

koichi.mizutani@xxx.ne.jp

---

27 このメールの内容で、正しくないのはどれか。

1 山口友之さんと三浦千恵さんは、8 月 10 日（月）に結婚した。

2 パーティーは、10 月 17 日（土）である。

3 パーティーに出席するかどうかは、水谷さんに連絡をする。

4 パーティーの会費は、5000 円である。

N3

第4回　もんだい5　模擬試題

つぎの (1) と (2) の文章を読んで、質問に答えなさい。答えは、1・2・3・4から最もよいものを一つえらびなさい。

(1)

　　日本では毎日、数千万人もの人が電車や駅を利用しているので、①もちろんのことですが、毎日のように多くの忘れ物が出てきます。

　　JR 東日本※の方に聞いてみると、一番多い忘れ物は、マフラーや帽子、手袋などの衣類、次が傘だそうです。傘は、年間約30万本も忘れられているということです。雨の日や雨上がりの日などには、「傘をお忘れになりませんように。」と何度も車内アナウンスが流れるほどですが、②効果は期待できないようです。

　　ところで、今から 100 年以上も前、初めて鉄道が利用されはじめた明治時代には、③現代では考えられないような忘れ物が、非常に多かったそうです。

　　その忘れ物とは、いったい何だったのでしょうか。

　　それは靴（履き物）です。当時はまだ列車に慣れていないので、間違えて、駅で靴を脱いで列車に乗った人たちがいたのです。そして、降りる駅で、履きものがない、と気づいたのです。

日本では、家にあがるとき、履き物を脱ぐ習慣がありますので、つい、靴を脱いで列車に乗ってしまったということだったのでしょう。

※　JR東日本…日本の鉄道会社名

28　①もちろんのこととは、何か。

1　毎日、数千万人もの人が電車を利用していること

2　毎日のように多くの忘れ物が出てくること

3　特に衣類の忘れ物が多いこと

4　傘の忘れ物が多いこと

29　②効果は期待できないとはどういうことか。

1　衣類の忘れ物がいちばん多いということ

2　衣類の忘れ物より傘の忘れ物の方が多いこと

3　傘の忘れ物は少なくならないということ

4　車内アナウンスはなくならないということ

30　③現代では考えられないのは、なぜか。

1　鉄道が利用されはじめたのは、100年以上も前だから

2　明治時代は、車内アナウンスがなかったから

3　現代人は、靴を脱いで電車に乗ることはないから

4　明治時代の日本人は、履き物を脱いで家に上がっていたから

（2）

　挨拶は世界共通の行動であるらしい。ただ、その方法は、社会や文化の違い、挨拶する場面によって異なる。日本で代表的な挨拶といえばお辞儀※1であるが、西洋でこれに代わるのは握手である。また、タイでは、体の前で両手を合わせる。変わった挨拶としては、ポリネシアの挨拶が挙げられる。ポリネシアでも、現代では西洋的な挨拶の仕方に変わりつつあるそうだが、①伝統的な挨拶は、お互いに鼻と鼻を触れ合わせるのである。

　日本では、相手に出会う時間や場面によって、挨拶が異なる場合が多い。

　朝は「おはよう」や「おはようございます」である。これは、「お早くからご苦労様です」などを略したもの、昼の「こんにちは」は、「今日はご機嫌いかがですか」などの略である。そして、夕方から夜にかけての「こんばんは」は、「今晩は良い晩ですね」などが略されて短い挨拶の言葉になったと言われている。

　このように、日本の挨拶の言葉は、相手に対する感謝やいたわり※2の気持ち、または、相手の体調などを気遣う※3気持ちがあらわれたものであり、お互いの人間関係をよくする働きがある。時代が変わっても、お辞儀や挨拶は、最も基本的な日本の慣習※4として、ぜひ残していきたいものである。

※1　お辞儀…頭を下げて礼をすること。

※2　いたわり…親切にすること。

※3　気遣う…相手のことを考えること。

※4　慣習…社会に認められている習慣。

31 ポリネシアの①伝統的な挨拶は、どれか。

1　お辞儀をすること

2　握手をすること

3　両手を合わせること

4　鼻を触れ合わせること

32 日本の挨拶の言葉は、どんな働きを持っているか。

1　人間関係がうまくいくようにする働き

2　相手を良い気持ちにさせる働き

3　相手を尊重する働き

4　日本の慣習をあとの時代に残す働き

33 この文章に、書かれていないことはどれか。

1　挨拶は世界共通だが、社会や文化によって方法が違う。

2　日本の挨拶の言葉は、長い言葉が略されたものが多い。

3　目上の人には、必ず挨拶をしなければならない。

4　日本の挨拶やお辞儀は、ずっと残していきたい。

模式が6回分

N3

言語知識・讀解

第4回　もんだい6　模擬試題

月　日
答題　34 35 36 37

Part 2

1
2
3
4
5
6

問題六　模擬試題

つぎの<ruby>文章<rt>ぶんしょう</rt></ruby>を読んで、質問に答えなさい。答えは、1・2・3・4から最もよいものを一つえらびなさい。

　「必要は発明の母」という言葉がある。何かに不便を感じてある物が必要だと感じることから発明が生まれる、つまり、必要は発明を生む母のようなものである、という意味である。電気洗濯機も冷蔵庫も、ほとんどの物は必要から生まれた。

　しかし、現代では、必要を感じる前に次から次に新しい製品が生まれる。特にパソコンや携帯電話などの情報機器※がそうである。①その原因はいろいろあるだろう。

　第一に考えられるのは、明確な目的を持たないまま機械を利用している人々が多いからであろう。新製品を買った人にその理由を聞いてみると、「新しい機能がついていて便利そうだから」とか、「友だちが持っているから」などだった。その機能が必要だから買うのではなく、ただ単に珍しいからという理由で、周囲に流されて買っているのだ。

　第二に、これは、企業側の問題なのだが、②企業が新製品を作る競争をしているからだ。人々の必要を満たすことより、売れることを目指して、不必要な機能まで加えた製品を作る。その結果、人々は、機能が多すぎてかえって困ることになる。③新製品を買ったものの、十分に使うことができない人たちが多いのはそのせいだ。

次々に珍しいだけの新製品が開発されるため、古い携帯電話やパソコンは捨てられたり、個人の家の引き出しの中で眠っていたりする。ひどい資源のむだづかいだ。

　　確かに、生活が便利であることは重要である。便利な生活のために機械が発明されるのはいい。しかし、必要でもない新製品を作り続けるのは、もう、やめてほしいと思う。

※　情報機器 …パソコンや携帯電話など、情報を伝えるための機械。

34　①その原因は、何を指しているか。

1　ほとんどの物が必要から生まれたものであること

2　パソコンや携帯電話が必要にせまられて作られること

3　目的なしに機械を使っている人が多いこと

4　新しい情報機器が次から次へと作られること

35　②企業が新製品を作る競争をしている目的は何か。

1　技術の発展のため

2　工業製品の発明のため

3　多くの製品を売るため

4　新製品の発表のため

36 ③新製品を買ったものの、十分に使うことができない人たち

が多いのは、なぜか

1 企業側が、製品の扱い方を難しくするから

2 不必要な機能が多すぎるから

3 使う方法も知らないで新製品を買うから

4 新製品の説明が不足しているから

37 この文章の内容と合っていないのはどれか。

1 明確な目的・意図を持たないで製品を買う人が多い。

2 新製品が出たら、使い方をすぐにおぼえるべきだ。

3 どの企業も新製品を作る競争をしている。

4 必要もなく新製品を作るのは資源のむだ使いだ。

第4回　もんだい7　模擬試題

右のページは、あるNPOが留学生を募集するための広告である。これを読んで、下の質問に答えなさい。答えは、1・2・3・4から最もよいものを一つえらびなさい。

38 東京に住んでいる留学生のジャミナさんは、日本語学校の夏休みにホームステイをしたいと思っている。その前に、北海道の友達の家に遊びに行くため、北海道までは一人で行きたい。どのプランがいいか。

1　Aプラン

2　Bプラン

3　Cプラン

4　Dプラン

39 このプログラムに参加するためには、いつ申し込めばいいか。

1　8月20日までに申し込む。

2　6月23日が締め切りだが、早めに申し込んだ方がいい。

3　夏休みの前に申し込む。

4　6月23日の後で、できるだけ早く申し込む。

2020 年　第 29 回夏のつどい留学生募集案内

北海道ホームステイプログラム「夏のつどい^{※1}」

北海道

函館空港

東京駅

羽田空港

関西空港

福岡空港

日程	8 月 20 日（木）～ 9 月 2 日（水）14 泊 15 日
募集人数	100 名
参加費	A プラン 68,000 円 （東京駅集合・関西空港解散） B プラン 65,000 円 （東京駅集合・羽田空港解散） C プラン 70,000 円 （福岡空港集合・福岡空港解散） D プラン 35,000 円 （函館駅集合・現地^{※2} 解散^{※3}）
定員	100 名
申し込み 締め切り	6 月 23 日（火）まで

※ 毎年大人気のプログラムです。締め切りの前に定員に達する場合
　もありますので、早めにお申し込みください。

申し込み・問い合わせ先
(財) 北海道国際文化センター
〒 040-0054 函館市元町××ー 1
Tel : 0138-22-××××　**Fax** : 0138-22-××××
http://www.×××.or.jp/
E-mail : ×××@hif.or.jp

※ 1　つどい…集まり

※ 2　現地…そのことを行う場所。

※ 3　解散…グループが別れること

次の（1）から（4）の文章を読んで、質問に答えなさい。答えは、1・2・3・4から最もよいものを一つえらびなさい。

（1）

　　最近、自転車によく乗るようになりました。特に休みの日には、気持ちのいい風を受けながら、のびのびとペダルをこいでいます。

　　自転車に乗るようになって気づいたのは、自転車は車に比べて、見える範囲がとても広いということです。車は、スピードを出していると、ほとんど風景を見ることができないのですが、自転車は走りながらでもじっくりと周りの景色を見ることができます。そうすると、今までどんなにすばらしい風景に気づかなかったかがわかります。小さな角を曲がれば、そこには、新しい世界が待っています。それはその土地の人しか知らない珍しい店だったり、小さなすてきなカフェだったりします。いつも何となく車で通り過ぎていた街には、実はこんな物があったのだという新しい感動に出会えて、考えの幅も広がるような気がします。

24 考えの幅も広がるような気がするのは、なぜか。

1 自転車では珍しい店やカフェに寄ることができるから

2 自転車は思ったよりスピードが出せるから

3 自転車ではその土地の人と話すことができるから

4 自転車だと新しい発見や感動に出会えるから

（2）

　　仕事であちらこちらの会社や団体の事務所に行く機会があるが、その際、よくペットボトルに入った飲み物を出される。日本茶やコーヒー、紅茶などで、夏は冷たく冷えているし、冬は温かい。ペットボトルの飲み物は、清潔な感じがするし、出す側としても手間がいらないので、忙しい現代では、とても便利なものだ。

　　しかし、たまにその場でいれた日本茶をいただくことがある。茶葉を入れた急須※1から注がれる緑茶の香りやおいしさは、ペットボトルでは味わえない魅力がある。丁寧に入れたお茶をお客に出す温かいもてなし※2の心を感じるのだ。

　　何もかも便利で簡単になった現代だからこそ、このようなもてなしの心は大切にしたい。それが、やがてお互いの信頼関係へとつながるのではないかと思うからである。

※1　急須…湯をさして茶を煎じ出す茶道具。
※2　もてなし…客への心をこめた接し方。

[25] 大切にしたい のはどんなことか。

1　お互いの信頼関係

2　ペットボトルの便利さ

3　日本茶の味や香り

4　温かいもてなしの心

（3）

ホテルのロビーに、下のようなお知らせの紙が貼ってある。

8月11日(金)
屋外プール休業について

お客様各位

　平素は山花レイクビューホテルをご利用いただき、まことにありがとうございます。台風12号による強風・雨の影響により、8/11（金）、屋外※プールを休業とさせて頂きます。ご理解とご協力を、よろしくお願い申し上げます。

　8/12（土）については、天候によって、営業時間に変更がございます。前もってお問い合わせをお願いいたします。

山花ホテル　総支配人

※　屋外…建物の外

26 このお知らせの内容と合っているものはどれか。

1　11日に台風が来たら、プールは休みになる。

2　11日も12日も、プールは休みである。

3　12日はプールに入れる時間がいつもと変わる可能性がある。

4　12日はいつも通りにプールに入ることができる。

(4)

　これは、一瀬さんに届いたメールである。

株式会社 山中デザイン

一瀬さゆり様

　いつも大変お世話になっております。

　私事^{※1}ですが、都合により、8月31日をもって退職^{※2}いたすことになりました。

　在職中^{※3}はなにかとお世話になりました。心よりお礼を申し上げます。

　これまで学んだことをもとに、今後は新たな仕事に挑戦してまいりたいと思います。

　一瀬様のますますのご活躍をお祈りしております。

　なお、新しい担当は川島と申す者です。あらためて本人よりご連絡させていただきます。

　簡単ではありますが、メールにてご挨拶申しあげます。

株式会社 日新自動車販売促進部

加藤太郎

住所：〒111-1111　東京都◯◯区◯◯町1-2-3

TEL：03-＊＊＊＊-＊＊＊＊　／　FAX：03-＊＊＊＊-＊＊＊＊

URL：http://www.×××.co.jp

Mail：×××@example.co.jp

※1　私事…自分自身だけに関すること。

※2　退職…勤めていた会社をやめること。

※3　在職中…その会社にいた間。

このメールの内容で、正しいのはどれか。

1　これは、加藤さんが会社をやめた後で書いたメールである。

2　加藤さんは、結婚のために会社をやめる。

3　川島さんは、現在、日新自動車の社員である。

4　加藤さんは、一瀬さんに、新しい担当者を紹介してほしいと頼んでいる。

第5回　もんだい5　模擬試題

つぎの(1)と(2)の文章を読んで、質問に答えなさい。答えは、1・2・3・4から最もよいものを一つえらびなさい。

(1)

　　日本人は寿司が好きだ。日本人だけでなく外国人にも寿司が好きだという人が多い。しかし、銀座などで寿司を食べると、目の玉が飛び出るほど値段が高いということである。

　　私も寿司が好きなので、値段が安い回転寿司(かいてんずし)をよく食べる。いろいろな寿司をのせて回転している棚から好きな皿を取って食べるのだが、その中にも、値段が高いものと安いものがあり、お皿の色で区別しているようである。

　　回転寿司屋には、チェーン店が多いが、作り方やおいしさには、同じチェーン店でも①「差」があるようである。例えば、店内で刺身を切って作っているところもあれば、工場で切った冷凍[※1]の刺身を、機械で握ったご飯の上に載せているだけの店もあるそうだ。

　　寿司が好きな友人の話では、よい寿司屋かどうかは、「イカ」を見るとわかるそうである。②イカの表面に細かい切れ目[※2]が入っているかどうかがポイントだという。なぜなら、生のイカの表面には寄生虫[※3]がいる可能性があって、冷凍すれば死ぬが、生で使う場合は切れ目を入れることによって、食べやすくすると同時にこの寄生虫を殺す目的もあるか

らだ。こんなことは、料理人の常識なので、イカに切れ目が
ない店は、この常識を知らない料理人が作っているか、冷凍
のイカを使っている店だと言えるそうだ。

※1　冷凍…保存のために凍らせること。
※2　切れ目…物の表面に切ってつけた傷。また，切り口。
※3　寄生虫…人や動物の表面や体内で生きる生物。

28　①「差」は、何の差か。

1　値段の「差」

2　チェーン店か、チェーン店でないかの「差」

3　寿司が好きかどうかの「差」

4　作り方や、おいしさの「差」

29　②イカの表面に細かい切れ目が入っているかどうかとある
　　が、この切れ目は何のために入っているのか。

1　イカが冷凍かどうかを示すため

2　食べやすくすると同時に、寄生虫を殺すため

3　よい寿司屋であることを客に知らせるため

4　常識がある料理人であることを示すため

30　回転寿司について、正しいのはどれか。

1　銀座の回転寿司は値段がとても高い。

2　冷凍のイカには表面に細かい切れ目がつけてある。

3　寿司の値段はどれも同じである。

4　イカを見るとよい寿司屋かどうかがわかる。

(2)

　　世界の別れの言葉は、一般に「Goodbye ＝神があなたと
ともにいますように」か、「See you again ＝またお会いし
ましょう」か、「Farewell ＝お元気で」のどれかの意味で
ある。つまり、相手の無事や平安※1 を祈るポジティブ※2
な意味がこめられている。しかし、日本語の「さようなら」
の意味は、その①どれでもない。

　　恋人や夫婦が別れ話をして、「そういうことならば、②
仕方がない」と考えて別れる場合の別れに対するあきらめ
であるとともに、別れの美しさを求める心を表していると
言う人もいる。

　　または、単に「左様ならば（そういうことならば）、こ
れで失礼します」と言って別れる場合の「左様ならば」だ
けが残ったものであると言う人もいる。

　　いずれにしても、「さようなら」は、もともと、「左様
であるならば＝そうであるならば」という意味の接続詞※3
であって、このような、別れの言葉は、世界でも珍しい。ち
なみに、私自身は、「さようなら」という言葉はあまり使わ
ず、「では、またね」などと言うことが多い。やはり、「さ
ようなら」は、なんとなくさびしい感じがするからである。

※1　平安…穏やかで安心できる様子。
※2　ポジティブ…積極的なこと。ネガティブはその反対に消極
　　的、否定的なこと。
※3　接続詞…言葉と言葉をつなぐ働きをする言葉。

31 ① どれでもない、とはどんな意味か。

1 日本人は、「Goodbye」や「See you again」「Farewell」を使わない。

2 日本語の「さようなら」は、別れの言葉ではない。

3 日本語の「さようなら」という言葉を知っている人は少ない。

4 「さようなら」は、「Goodbye」「See you again」「Farewell」のどの意味でもない。

32 仕方がないには、どのような気持ちが込められているか。

1 自分を反省する気持ち

2 別れたくないと思う気持ち

3 別れをつらく思う気持ち

4 あきらめの気持ち

33 この文章の内容に合っているのはどれか

1 「さようなら」は、世界の別れの言葉と同じくネガティブな言葉である。

2 「さようなら」には、別れに美しさを求める心がこめられている。

3 「さようなら」は、相手の無事を祈る言葉である。

4 「さようなら」は、永遠に別れる場合しか使わない。

つぎの文章を読んで、質問に答えなさい。答えは、1・2・3・4から最もよいものを一つえらびなさい。

日本語の文章にはいろいろな文字が使われている。漢字・平仮名・片仮名、そしてローマ字などである。

①漢字は、3000年も前に中国で生まれ、それが日本に伝わってきたものである。4〜5世紀ごろには、日本でも漢字が広く使われるようになったと言われている。「仮名」には「平仮名」と「片仮名」があるが、これらは、漢字をもとに日本で作られた。ほとんどの平仮名は漢字をくずして書いた形から作られたものであり、片仮名は漢字の一部をとって作られたものである。例えば、平仮名の「あ」は、漢字の「安」をくずして書いた形がもとになっており、片仮名の「イ」は、漢字「伊」の左側をとって作られたものである。

日本語の文章を見ると、漢字だけの文章に比べて、やさしく柔らかい感じがするが、それは、平仮名や片仮名が混ざっているからであると言われる。

それでは、②平仮名だけで書いた文はどうだろう。例えば、「ははははつよい」と書いても意味がわからないが、漢字をまぜて「母は歯は強い」と書けばわかる。漢字を混ぜて書くことで、言葉の意味や区切りがはっきりするのだ。

それでは、③片仮名は、どのようなときに使うのか。例えば「ガチャン」など、物の音を表すときや、「キリン」「バラ」など、動物や植物の名前などは片仮名で書く。また、「ノート」「バッグ」など、外国から日本に入ってきた言葉も片仮名で表すことになっている。

　このように、日本語は、漢字と平仮名、片仮名などを区別して使うことによって、文章をわかりやすく書き表すことができるのだ。

34 ①漢字について、正しいのはどれか。

1　3000 年前に中国から日本に伝わった。

2　漢字から平仮名と片仮名が日本で作られた。

3　漢字をくずして書いた形から片仮名ができた。

4　漢字だけの文章は優しい感じがする。

35 ②平仮名だけで書いた文がわかりにくいのはなぜか。

1　片仮名が混じっていないから

2　文に「、」や「。」が付いていないから

3　言葉の読み方がわからないから

4　言葉の意味や区切りがはっきりしないから

36 ③<u>片仮名は、どのようなときに使うのか</u>とあるが、普通、片仮名で書かないのはどれか

1 「トントン」など、物の音を表す言葉

2 「アタマ」など、人の体に関する言葉

3 「サクラ」など、植物の名前

4 「パソコン」など、外国から入ってきた言葉

37 日本語の文章について、間違っているものはどれか。

1 漢字だけでなく、いろいろな文字が混ざっている。

2 漢字だけの文章に比べて、やわらかく優しい感じを受ける。

3 いろいろな文字が区別して使われているので、意味がわかりやすい。

4 ローマ字が使われることは、ほとんどない。

N3

第5回　もんだい7　模擬試題

つぎのページは、ホテルのウェブサイトにある着物体験教室の参加者を募集する広告である。下の質問に答えなさい。答えは、1・2・3・4から最もよいものを一つえらびなさい。

38 会社員のハンさんは、友人と日本に観光に行った際、着物を着てみたいと思っている。ハンさんと友だちが着物を着て散歩に行くには、料金は一人いくらかかるか。

1　6,000 円

2　9,000 円

3　6,000 円～ 9,000 円

4　10,000 円～ 13,000 円

39 この広告の内容と合っているものはどれか。

1　着物を着て、小道具や背景セットを作ることができる。

2　子どもも、参加することができる。

3　問い合わせができないため、予約はできない。

4　着物を着て出かけることはできないが、人力車観光はできる。

着物体験
参加者募集

【着物体験について】

1回：二人～三人程度、60分～90分
料金：〈大人用〉6,000円～9,000円／一人
　　　〈子ども用〉（12歳まで）4,000円／一人
　　　（消費税込み）
＊着物を着てお茶や生け花※1をする「日本文化体験コース」もあります。
＊着物を着てお出かけしたり、人力車※2観光をしたりすることもできます。
＊ただし、一部の着物はお出かけ不可
＊人力車観光には追加料金がかかります

【写真撮影について】

　振り袖から普通の着物・袴※3などの日本の伝統的な着物を着て写真撮影ができます。着物は、大人用から子ども用までございますので、お好みに合わせてお選びください。小道具※4や背景セットを使った写真が楽しめます。（デジカメ写真プレゼント付き）

ご予約時の注意点

① 上の人数や時間は、変わることもあります。お気軽にお問い合わせください。（多人数の場合は、グループに分けさせていただきます。）
② 予約制ですので、前もってお申し込みください。（土・日・祝日は、空いていれば当日受付も可能です。）
③ 火曜日は定休日です。（但し、祝日は除く）
④ 中国語・英語でも説明ができます。

ご予約承ります！
お問い合せ・お申込みは
富士屋
nihonntaiken@×××fujiya.co.jp
電話03-××××-××××

※1　お茶・生け花…日本の伝統的な文化で、茶道と華道のこと。
※2　人力車…お客をのせて人が引いて走る二輪車。
※3　振り袖～袴…日本の着物の種類。
※4　小道具…写真撮影などのために使う道具。

第6回　もんだい4　模擬試題

次の（1）から(4)の文章を読んで、質問に答えなさい。答えは、1・2・3・4から最もよいものを一つえらびなさい。

（1）

人類は科学技術の発展によって、いろいろなことに成功しました。例えば、空を飛ぶこと、海底や地底の奥深く行くこともできるようになりました。今や、宇宙へ行くことさえできます。

しかし、人間の望みは限りがないもので、さらに、未来や過去へ行きたいと思う人たちが現れました。そうです。『タイムマシン』の実現です。

いったいタイムマシンを作ることはできるのでしょうか？

理論上は、できるそうですが、現在の科学技術ではできないということです。

残念な気もしますが、でも、未来は夢や希望として心の中に描くことができ、また、過去は思い出として一人一人の心の中にあるので、それで十分ではないでしょうか。

24 「タイムマシン」について、文章の内容と合っていないのはどれか。

1　未来や過去に行きたいという人間の夢をあらわすものだ

2　理論上は作ることができるものだが実際には難しい

3　未来も過去も一人一人の心の中にあるものだ

4　タイムマシンは人類にとって必要なものだ

（2）

　これは、田中さんにとどいたメールである。

あて先：jlpt1127.clear@nihon.co.jp
件名：パンフレット送付[※]のお願い
送信日時：2020 年 8 月 14 日　13:15

==

ご担当者様

　はじめてご連絡いたします。

　株式会社山田商事、総務部の山下花子と申します。

　このたび、御社のホームページを拝見し、新発売のエアコン「エコール」について、詳しくうかがいたいので、パンフレットをお送りいただきたいと存じ、ご連絡いたしました。2 部以上お送りいただけると助かります。

　どうぞよろしくお願いいたします。

【送付先】
〒564-9999
大阪府○○市△△町 11-9　XX ビル 2F
TEL：066-9999-XXXX
株式会社　山田商事　総務部
担当：山下　花子

※　送付…相手に送ること。

25 このメールを見た後、田中さんはどうしなければならないか。

　1 「エコール」について、メールで詳しい説明をする。

　2 山下さんに「エコール」のパンフレットを送る。

　3 「エコール」のパンフレットが正しいかどうか確認する。

　4 「エコール」の新しいパンフレットを作る。

（3）

これは、大学内の掲示である。

台風９号による１・２時限[※1]休講[※2]について

　本日（10月16日）、関東地方に大型の台風が近づいているため、本日と、明日１・２時限目の授業を中止して、休講とします。なお、明日の３・４・５時限目につきましては、大学インフォメーションサイトの「お知らせ」で確認して下さい。

　　　　　　　　　　　　　　　　　　　　　　東青大学

※1　時限…授業のくぎり。

※2　休講…講義が休みになること。

26　正しいものはどれか。

1　台風が来たら、10月16日の授業は休講になる。

2　台風が来たら、10月17日の授業は行われない。

3　本日の授業は休みで、明日の３時限目から授業が行われる。

4　明日３、４、５時限目の授業があるかどうかは、「お知らせ」で確認する。

（4）

　　日本では、少し大きな駅のホームには、立ったまま手軽に「そば」や「うどん」を食べられる店（立ち食い屋）がある。

　　「そば」と「うどん」のどちらが好きかは、人によってちがうが、一般的に、関東では「そば」の消費量が多く、関西では「うどん」の消費量が多いと言われている。

　　地域毎に「そば」と「うどん」のどちらに人気があるかは、実は、駅のホームで簡単にわかるそうである。ホームにある立ち食い屋の名前を見ると、関東と関西で違いがある。関東では、多くの店が「そば・うどん」、関西では、「うどん・そば」となっている。「そば」と「うどん」、どちらが先に書いてあるかを見ると、その地域での人気がわかるというのだ。

27 駅のホームで簡単にわかるとあるが、どんなことがわかるのか。

1 自分が、「そば」と「うどん」のどちらが好きかということ

2 関東と関西の「そば」の消費量のちがい

3 駅のホームには必ず、「そば」と「うどん」の立ち食い屋があるということ

4 店の名前から、その地域で人気なのは「うどん」と「そば」のどちらかということ

つぎの (1) と (2) の文章を読んで、質問に答えなさい。答えは、1・2・3・4から最もよいものを一つえらびなさい。

(1)

　　テクノロジーの進歩で、私たちの身の回りには便利な機械があふれています。特に IT と呼ばれる情報機器は、人間の生活を便利で豊かなものにしました。①例えば、パソコンです。パソコンなどのワープロソフトを使えば、誰でもきれいな文字を書いて印刷まですることができます。また、何かを調べるときは、インターネットを使えばすぐに必要な知識や世界中の情報が得られます。今では、これらのものがない生活は考えられません。

　　しかし、これらテクノロジーの進歩が②新たな問題を生み出していることも忘れてはなりません。例えば、ワープロばかり使っていると、漢字を忘れてしまいます。また、インターネットで簡単に知識や情報を得ていると、自分で努力して調べる力がなくなるのではないでしょうか。

　　これらの機器は、便利な反面、人間の持つ能力を衰えさせる面もあることを、私たちは忘れないようにしたいものです。

28　①<u>例えば</u>は、何の例か。

1　人間の生活を便利で豊かなものにした情報機器

2　身の回りにあふれている便利な電気製品

3　文字を美しく書く機器

4　情報を得るための機器

29　②<u>新たな問題</u>とは、どんな問題か。

1　新しい便利な機器を作ることができなくなること

2　ワープロやパソコンを使うことができなくなること

3　自分で情報を得る簡単な方法を忘れること

4　便利な機器に頼ることで、人間の能力が衰えること

30　②<u>新たな問題</u>を生みだしているのは、何か。

1　人間の豊かな生活

2　テクノロジーの進歩

3　漢字が書けなくなること

4　インターネットの情報

（2）

　　日本語を学んでいる外国人が、いちばん苦労するのが敬語の使い方だそうです。日本に住んでいる私たちでさえ難しいと感じるのですから、外国人にとって難しく感じるのは当然です。

　　ときどき、敬語があるのは日本だけで、外国語にはないと聞くことがありますが、そんなことはありません。丁寧な言い回しというものは例えば英語にもあります。ドアを開けて欲しいとき、簡単に「Open the door.（ドアを開けて。）」と言う代わりに、「Will you（Can you）」や「Would you（Could you）」を付けたりして丁寧な言い方をしますが、①これも敬語と言えるでしょう。

　　私たちが敬語を使うのは、相手を尊重し敬う※気持ちをあらわすことで、人間関係をよりよくするためです。敬語を使うことで自分の印象をよくしたいということも、あるかもしれません。

　　ところが、中には、相手によって態度や話し方を変えるのはおかしい、敬語なんて使わないでいいと主張する人もいます。

　　しかし、私たちの社会に敬語がある以上、それを無視した話し方をすると、人間関係がうまくいかなくなることもあるかもしれません。

　　確かに敬語は難しいものですが、相手を尊重し敬う気持ちがあれば、使い方が多少間違っていても構わないのです。

※　敬う…尊敬する。

31　①これは、何を指しているか。

1　「Open the door.」などの簡単な言い方

2　「Will（Would）you 〜」や「Can（Could）you 〜）」を付けた丁寧な言い方

3　日本語にだけある難しい敬語

4　外国人にとって難しく感じる日本の敬語

32　敬語を使う主な目的は何か。

1　相手に自分をいい人だと思われるため

2　自分と相手との上下関係を明確にするため

3　日本の常識を守るため

4　人間関係をよくするため

33　「敬語」について、筆者の考えと合っているのはどれか。

1　言葉の意味さえ通じれば敬語は使わないでいい。

2　敬語は正しく使うことが大切だ。

3　敬語は、使い方より相手に対する気持ちが大切だ。

4　敬語は日本独特なもので、外国語にはない。

つぎの文章を読んで、質問に答えなさい。答えは、1・2・3・4から最もよいものを一つえらびなさい。

　　信号機の色は、なぜ、赤・青（緑）・黄の3色で、赤は「止まれ」、黄色は「注意」、青は「進め」をあらわしているのだろうか。

　　①当然のこと過ぎて子どもの頃から何の疑問も感じてこなかったが、実は、それには、しっかりとした理由があるのだ。その理由とは、色が人の心に与える影響である。

　　まず、赤は、その「物」を近くにあるように見せる色であり、また、他の色と比べて、非常に遠くからでもよく見える色なのだ。さらに、赤は「興奮※1色」とも呼ばれ、人の脳を活発にする効果がある。したがって、「止まれ」「危険」といった情報をいち早く人に伝えるためには、②赤がいちばんいいということだ。

　　それに対して、青（緑）は人を落ち着かせ、冷静にさせる効果がある。そのため、　③　をあらわす色として使われているのである。

　　最後に、黄色は、赤と同じく危険を感じさせる色だと言われている。特に、黄色と黒の組み合わせは「警告※2色」とも呼ばれ、人はこの色を見ると無意識に危険を感じ、「注意しなければ」、という気持ちになるのだそうだ。踏切や、「工事中につき危険！」を示す印など、黄色と黒の組み合わせを思い浮かべると分かるだろう。

　　このように、信号機は、色が人に与える心理的効果を使って作られたものなのである。ちなみに、世界のほとんどの国で、赤は「止まれ」、青（緑）は「進め」を表しているそうだ。

※1　興奮…感情の働きが盛んになること。
※2　警告…危険を知らせること。

34　①当然のこととは、何か。

1　子どものころから信号機が赤の時には立ち止まり、青では渡っていること

2　さまざまなものが、赤は危険、青は安全を示していること

3　信号機が赤・青・黄の３色で、赤は危険を、青は安全を示していること

4　信号機に赤・青・黄が使われているのにはしっかりとした理由があること

35　②赤がいちばんいいのはなぜか。

1　人に落ち着いた行動をさせる色だから。

2　「危険！」の情報をすばやく人に伝えることができるから。

3　遠くからも見えるので、交差点を急いで渡るのに適しているから。

4　黒と組み合わせることで非常に目立つから。

36　　③　に適当なのは次のどれか。

1　危険　　　　　2　落ち着き　　　　　3　冷静　　　　4　安全

37　この文の内容と合わないものはどれか。

1　ほとんどの国で、赤は「止まれ」を示す色として使われている。

2　信号機には、色が人の心に与える影響を考えて赤・青・黄が使われている。

3　黄色は人を落ち着かせるので、「待て」を示す色として使われている。

4　黄色と黒の組み合わせは、人に危険を知らせる色として使われている。

右の文章は、ある文化センターの案内である。これを読んで、下の質問に答えなさい。答えは、1・2・3・4から最もよいものを一つえらびなさい。

38 男性会社員の井上正さんが平日、仕事が終わった後、18時から受けられるクラスはいくつあるか。

1　1つ

2　2つ

3　3つ

4　4つ

39 主婦の山本真理菜さんが週末に参加できるクラスはどれか。

1　BとA

2　BとC

3　BとD

4　BとE

小町文化センター秋の新クラス

	講座名	日時	回数	費用	対象	その他
A	男子力 UP!4 回でしっかりおぼえる料理の基本	11・12 月 第1・3 金曜日 （11/7・21。 12/5・12。） 18:00 ～ 19:30	全4回	18,000 円＋税（材料費含む）	男性18 歳以上	男性のみ
B	だれでもかんたん！色えんぴつを使った植物画レッスン	10 ～ 12 月 第1土曜日 13:00 ～ 14:00	全3回	5,800 円＋税＊色えんぴつは各自ご用意下さい	15 歳以上	静かな教室で、先生が一人一人ていねいに教えます
C	日本のスポーツで身を守る！女性のためのはじめての柔道：入門	10 ～ 12 月 第1～4 火曜日 18:00 ～ 19:30	全12回	15,000 円＋税＊柔道着は各自ご用意ください。詳しくは受付まで	女性15 歳以上	女性のみ
D	緊張しないスピーチトレーニング	10 ～ 12 月 第1・3 木曜日 （10/2・16。 11/6・20。 12/4・18。） 18:00 ～ 20:00	全6回	10,000 円（消費税含む）	18 歳以上	まずは楽しくおしゃべりから始めましょう
E	思い切り歌ってみよう！「みんな知ってる日本の歌」	10 ～ 12 月 第1・2・3 土曜日 10:00 ～ 12:00	全9回	5,000 円＋楽譜代 500 円（税別）	18 歳以上	一緒に歌えばみんな友だち！カラオケにも自信が持てます！

問題四 翻譯與題解

第4大題 請閱讀以下（1）至（4）的文章，然後回答問題。答案請從1、2、3、4之中挑出最適合的選項。

（1）

　ヘッドフォンで音楽を聞きながら作業をすると集中できる、という人が多い。その理由をたずねると、まわりがうるさい環境で仕事をしているような時でも、音楽を聞くことによって、うるさい音や自分に関係のない話を聞かずにすむし、じゃまをされなくてすむからだという。
最近では、ヘッドフォンをつけて仕事をすることを認めている会社もある。

　しかし、実際に調査を行った結果、ヘッドフォンで音楽を聞くことによって集中力が上がるというデータは、ほとんど出ていないという。また、ヘッドフォンを聞きながら仕事をするのは、オフィスでの作法やマナーに反すると考える人も多い。

24 調査は、どんな調査か。

1　うるさい環境で仕事をすることによって、集中力が下がるかどうかの調査

2　ヘッドフォンで音楽を聞くことで、集中力が上がるかどうかの調査

單字》

» **まわり** 周圍，周邊

» **環境** 環境

» **つける** 配戴，穿上，裝上，掛上；評定，決定；寫上，記上

» **調査** 調査

» **結果** 結果，結局

» **データ**【data】論據，論證的事實；材料，資料；數據

» **オフィス**【office】辦公室，辦事處；公司；政府機關

» **マナー**【manner】禮貌，規矩；態度舉止，風格

3 不要な情報を聞くことで集中力が下がる
かどうかの調査
4 好きな音楽と嫌いな音楽の、どちらを聞
けば集中できるかの調査

>>翻譯

　　許多人覺得做事時戴著耳機聽音樂有助於專
注。詢問這些人為什麼這樣認為，他們的回答是：
就算在吵雜的環境裡工作，由於聽著音樂，所以
聽不到旁邊的噪音以及和自己無關的交談，因此
也就不會受到干擾了。近來，也有些公司允許員
工戴著耳機工作。

　　然而，根據實際調查的結果，幾乎沒有任何
證據顯示戴耳機聽音樂有助於提高專注力。此
外，也有許多人認為，工作時戴耳機聽音樂有違
辦公室的規定和禮儀。

[24] 所謂的調查，是指什麼樣的調查呢？

1　有關在吵雜的環境裡工作是否會降低專注力
的調查
2　有關戴耳機聽音樂是否有助於提高專注力的
調查
3　有關聽到不需要的訊息是否會降低專注力的
調查
4　有關聽喜歡或不喜歡的音樂，哪一種有助於
專注的調查

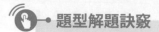

考點 所謂的調查，是指什麼樣的調查呢？

關鍵 1. 測試考生是否對文章的細節能理解和把握。

2. 細節項目是 【what】なに (物・事) [做什麼事？]

3. 問題形式：〜どんな〜か。

4. 從關鍵詞的提示去找答案，是一種簡明有效的辦法。這裡是「調查」。

5. 透過關鍵詞找到答案句，這裡的答案句是「ヘッドフォンで音楽〜出ていないという」。

6. 再經過簡化句子的結構，來推敲答案。簡化後知道「調查」的是「集中力が上がるというデータは」。

位置 在「調查」那一句，後面兩句裡。

題解 日文解題／解題中譯　　　　　　　　　　　　　　　　答案是 **2**

答えは2

1. ×…「うるさい環境」で仕事をすることは、ヘッドフォンで音楽を聞きながら作業する理由の一つにすぎない。

2. 〇…すぐ後に「集中力が上がるというデータは」とあることから、この調査だとわかる。

3. ×…「不要な情報」とは「自分に関係のない話」のことだが、これもヘッドフォンで音楽を聞きながら作業する理由の一つにすぎない。

4. ×…「好きな音楽と嫌いな音楽」の比較は、文章中では述べられていない内容である。

124

正確答案是 2

1. ✕…在「うるさい環境」(吵雜的環境) 中工作只不過是工作時邊戴耳機聽音樂的其中一個理由而已。

2. ○…因為後面緊接著提到「集中力が上がるというデータは」(提高專注力的證據)，由此可知就是這項調查。

3. ✕…「不要な情報」(不需要的訊息) 雖然是「自分に関係のない話」(和自己無關的交談)，但不想聽到和自己無關的交談，同樣只是工作時邊戴耳機聽音樂的其中一個理由而已。

4. ✕…文章中並沒有提到聽「好きな音楽と嫌いな音楽」(喜歡的音樂和不喜歡的音樂) 的比較。

Grammar

1

によって、により

因為…；根據…；由…；依照…

彼は自動車事故により、体の自由を失った。
　　　　　　　　名詞＋により
他由於遭逢車禍而成了殘疾人士。

----

1. 「聽」除了「聞く」還可以怎麼說？把這些「聞く」相關的單字記下來，說起日語就會更生動哦！聞き入る（專心聽）／聞きつける（得知）／聞きほれる（聽得入迷）／耳にする（聽到）／耳を貸す（聽取）／耳が痛い（刺耳）／空耳（聽錯）／初耳（前所未聞）

2. 在日本職場上聽電話時，若感覺對方聲音太小聽不清楚應該如何表達呢？不少人可能會說：「お声が遠いようです。」，但這樣的說法恐怕會使聽的人感覺受到指責，因此日本人會用「お電話が遠いようです。」更委婉有禮的表達。

(2)

変温動物※1である魚は、氷がはるような冷たい水の中では生きていけない。では、冬、寒くなって池などに氷がはったとき、魚はどこにいるのだろう。実は、水の底でじっとしているのだ。

気体や液体には、温度の高いものが上へ、低いものが下へ行くという性質があるので、水の底は水面より水温が低いはずである。それなのに、魚たちは、なぜ水の底にいるのだろう。実は、水というのは変わった物質で、他の液体や気体と同様、冷たい水は下へ行くのだが、ある温度より下がると、反対に軽くなるのだそうだ。その温度が、4℃つまり、水温がぐっと下がると、4℃の水が一番重く、もっと冷たい水はそれより軽いということである。冬、水面に氷がはるようなときも、水の底には4℃という温かい水があることを、魚たちは本能※2として知っているらしい。

※1　変温動物…まわりの温度によって体温が変わる動物。

※2　本能…動物が生まれたときから自然に持っているはたらき。

[25]　水というのは変わった物質とあるが、どんなことが変わっているのか。

1　冬、気温が下がり寒くなると水面がこおること

2　温かい水は上へ、冷たい水は下へ行くこと

文法①
文法②

単字 》》

》氷　冰

》はる　覆蓋；延伸，伸展；膨脹，負擔過重；展平，擴張

》実は　事實是，老實說，說真的，說實在的

》変わる　與眾不同；變化；遷居，調任，改變時間地點

》じっと　保持穩定，一動不動；凝神，聚精會神

》温度　（空氣等）溫度，熱度

》反対　相反；反對

》つまり　即…，也就是說；總之，說到底；阻塞，困窘；盡頭

》底　底層，深處；最低處，限度；底，底子

》生まれる　生；產生

》自然　自然，天然；大自然，自然界；自然地

3 冷たい水は重いが、4℃より下がると逆に
軽くなること

4 池の表面がこおるほど寒い日は、水は 0℃
以下になること

»**はたらき** 功
能，機能；作
用，功效；勞
動，工作
»**表面** 表面

>>翻譯

　　屬於變溫動物^{※1}的魚，如果處於表面結了
冰那樣低溫的水裡，是無法生存的。那麼，到了
冬天，當變得寒冷的池塘之類的水面結了冰的時
候，魚待在哪裡呢？其實，牠們一直躲在水底。

　　由於氣體和液體具有溫度高者上浮、溫度低
者下沉的性質，因此水底的溫度應該比水面來得
低才對。既然如此，魚兒們為什麼會待在水底
呢？其實，水是一種奇特的物質，它和其他液體
與氣體一樣，冷水雖然會下沉，但是當降至某個
特定溫度之後，反而會變得比較輕。那個特定溫
度是 4℃。換言之，當水溫一直下降時，4℃的
水是最重的，溫度更低的水比它來得輕。當冬天
水面結冰的時候，魚兒們似乎基於本能^{※2}知道，
水底那裡是 4℃的溫水。

※1 變溫動物：體溫隨著周圍環境的溫度而改變的動物。

※2 本能：動物與生俱來的自然能力。

[25] 所謂水是一種奇特的物質，是指什麼樣的性
質奇特呢？

1 當冬天氣溫下降變冷時，水面會結冰的性質。

2 熱水往上浮、冷水往下沉的性質。

3 冷水雖然比較重，但是當溫度降到 4℃以下
時，反而變得比較輕。

4 在池塘的水面會結冰那樣寒冷的日子裡，水
溫會降到 0℃以下。

✔ 細節題 參考 22 頁

考點 所謂水是一種奇特的物質，是指什麼樣的性質奇特呢？

關鍵 1. 要考的是 【what】なに（事）[是什麼樣的？]

2. 問題形式：〜どんなことが〜。

3. 這題從選項的關鍵詞的提示去找答案，是一種簡明有效的辦法。

4. 選項 3 的關鍵組是「冷たい水が重い」、「4℃より下がると軽くなる」但原文並沒有同時出現這些詞組的句子。不過「ある温度より下がると、反対に軽くなるのだそうだ、その温度が、4℃〜」是跟它相近的答案句。

位置 第二段的「ある温度〜4℃」。

題解 日文解題／解題中譯   答案是 ③

答えは 3

1. ✕…「水面がこおること」は事実であるが、水が変わった物質であることとしては述べられていない。

2. ✕…「冷たい水は下へ行くこと」は、「液体や水と同様」とある。したがって水が変わっていることではない。

3. ○…___の後に「ある温度より下がると、反対に軽くなる」とある。「ある温度」とは 4℃のこと。

4. ✕…文章中では述べられていない内容。

正確答案是 3

1. ✕…雖然「水面がこおること」（水面會結冰）是事實，可是這裡並沒有提到「水是一種奇特的物質」這件事。

2. ✕…「冷たい水は下へ行くこと」（冷水會下沉），屬於「液体や水と同様」（和其他液體與氣體一樣）的現象。因此無法判斷水是奇特的物質。

3. ○…＿＿的後面提到「ある温度より下がると、反対に軽くなる」(當降至某個特定溫度之後，反而會變得比較輕)，而「ある温度」(某個特定溫度) 即是 4℃。

4. ×…這是文章中沒有提及的內容。

Grammar

1

〜ような

像…一樣的，宛如…一樣的…

<ruby>高熱<rt>こうねつ</rt></ruby>が<ruby>何日<rt>なんにち</rt></ruby>も<ruby>下<rt>さ</rt></ruby>がらず、<u><ruby>死<rt>し</rt></ruby>ぬような</u><ruby>思<rt>おも</rt></ruby>いをした。

└─ 動詞辭書形+ような

高燒好幾天都退不下來，還以為要死掉了。

2

〜として

作為…，以…身分；如果是…的話，對…來說

<ruby>私<rt>わたし</rt></ruby>は、<u><ruby>研究生<rt>けんきゅうせい</rt></ruby>として</u>この<ruby>大学<rt>だいがく</rt></ruby>で<ruby>勉強<rt>べんきょう</rt></ruby>しています。

└─ 名詞+として

我目前以研究生的身分在這所大學裡讀書。

 MEMO

(3)

秋元さんの机の上に、西田部長のメモがおいてある。

秋元さん、

お疲れさまです。

コピー機が故障したので山川OA サービスに修理をたのみました。

電話をして、秋元さんの都合に合わせて来てもらう時間を決めてください。

コピー機がなおったら、会議で使う資料を、人数分コピーしておいてください。

資料は、Aのファイルに入っています。

コピーする前に内容を確認してください。

西田

---

26 秋元さんが、しなくてもよいことは、下のどれか。

1 山川OA サービスに、電話をすること

2 修理が終わったら、西田部長に報告をすること

3 資料の内容を、確認すること

4 資料を、コピーしておくこと

≫ 翻譯

在秋元小姐的桌面上，放著一張西田經理留下的紙條。

單字 ≫

≫ **コピー** 副本，抄本，謄本；（廣告等的）文稿

≫ **修理** 修理，修繕

≫ **合わせる** 配合，調和；合併；對照，核對；加在一起，混合

≫ **なおす** 修理；改正；治療

≫ **内容** 内容

≫ **確認** 確認，證實，判明

≫ **報告** 報告，匯報，告知

秋元小姐：

　　辛苦了。

　　由於影印機故障了，已經拜託山川 OA 維修中心來修理了。

　　麻煩秋元小姐撥電話過去，請對方配合妳方便的時間過來。

　　等影印機修好了以後，請將會議資料依照出席人數複印。

　　資料已在 A 檔案裡。

　　影印前請先確認內容無誤。

　　　　　　　　　　　　　　　　西田

[26] 秋元小姐不必做的事是以下哪一項？

1　撥電話給山川 OA 維修中心
2　修好之後向西田經理報告
3　確認資料內容無誤
4　影印資料

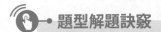

題型解題訣竅　　　　✔ **正誤判斷題** 參考36頁

考點 收到紙條的對象不必做的事是以下哪一項？

關鍵 1. 詳細閱讀並理解問題句，注意問題是問不用做的選項。

　　　2. 先看選項，可知重點在於尋找秋元小姐不需要做的事，再回去一邊閱讀文章一邊找答案。

　　　3. 有 3 個選項是必須做的事，用關鍵字尋找並比對前後文，最後剩下沒有提及的便是答案。

位置 解答的材料在整篇文章裡。

答えは 2

1. ×…西田部長のメモに「電話をして」とある。

2. ○…西田部長のメモにはない内容。

3. ×…「コピーする前に内容を確認してください」とある。「内容」とは「資料の内容」のこと。

4. ×…「会議で使う資料を、人数分コピーしておいてください」とある。

正確答案是 2

1. ×…西田部長的紙條上提到要「電話をして」(撥電話)。

2. ○…這是西田部長的紙條上沒有提到的內容。

3. ×…紙條中提到「コピーする前に内容を確認してください」(影印前請先確認內容無誤)。這裡的「内容」(內容) 指的是「資料の内容」(資料的內容)。

4. ×…紙條中提到「会議で使う資料を、人数分コピーしておいてください」(請將會議資料依照出席人數複印)。

運用 5W2H 完成一份企劃書,來提高開會效率,讓企劃百分百 All Pass!書寫內容必須言簡意賅,不用花冗長時間閱讀,一眼就能瞭解。5W2H 內容為企劃動機 (Why)、內容重點 (What)、目標範圍 (Where)、方法 (How)、施行時間 (When)、執行者 (Who)、成本金費 (How much)。

(4)

次は、山川さんに届いたメールである。

あて先：jlpt1127.kukaku@group.co.jp

件名：製品について

送信日時：2020 年 7 月 26 日

・・

前田化学

営業部　山川様

いつもお世話になっております。

　昨日は、新製品「スラーインキ」についての説明書をお送りいただき、ありがとうございました。くわしいお話をうかがいたいので、一度おいでいただけないでしょうか。現在の「グリードインキ」からの変更についてご相談したいと思います。どうぞよろしくお願いいたします。

新日本デザイン

鈴木

27 このメールの内容について、正しいのはどれか。

1 前田化学の社員は、新日本デザインの社員に新しい製品の説明書を送った。

單字》

» 届く（送東西）送達；及，達到；周到；達到（希望）

» 化学 化學

» お世話になりました 承蒙關照，受您照顧了

» 製品 産品，製品

» インキ【ink】墨水

» くわしい 詳細；精通，熟悉

» 変更 變更，更改，改變

» デザイン【design】設計（圖）；（製作）圖案

2 新日本デザインは、新しい製品を使うこ
とをやめた。
3 新日本デザインは、新しい製品を使うこ
とにした。
4 新日本デザインの社員は、前田化学に行っ
て、製品の説明をする。

>> 翻譯

以下是寄給山川先生的電子郵件。

收件地址：jlpt1127.kukaku@group.co.jp
主旨：關於產品
寄信時間：2020 年 7 月 26 日
....
前田化學
業務部　山川先生

　承蒙平日惠予關照。

　感謝您昨天送來新產品「順滑墨水」的說明書。
我想請教進一步的資料，不知可否請您來一趟？
我希望和您商討由目前的「飽滿墨水」變更的相
關事項。麻煩您了。

新日本設計
鈴木

[27] 關於這封電子郵件的內容，下列哪一項是正
確的？
1 前田化學的員工將新產品的說明書送去給新
日本設計的員工了。

2 新日本設計往後不再使用新產品了。

3 新日本設計決定使用新產品。

4 新日本設計的員工去前田化學說明產品。

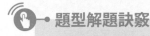 題型解題訣竅 ✔ 正誤判斷題 參考 36 頁

考點 關於此郵件的內容，下列何者正確？

關鍵 1. 詳細閱讀並理解問題句，注意問題是問正確的選項。

2. 先看選項，掌握本題重點應為誰？做了什麼事？或將要做什麼事？

3. 由選項關鍵詞回文章核對答案，本題難以從字面上得出答案，可先讀懂關鍵字前後句再判斷。

位置 解答的材料在整篇文章裡。

題解 日文解題／解題中譯 答案是 **1**

 答えは1

1. ○…「新製品『スラーインキ』についての説明書をお送りいただき、ありがとうございました」とある。

2. ×…「新しい製品を使うことをやめた」とは書かれていない。

3. ×…「くわしいお話をうかがいたい」、「現在の『グリードインキ』からの変更について相談したい」とあることから、まだ「新しい製品を使うこと」を決定していないことがわかる。

4. ×…「一度おいでいただけないでしょうか」とある。前田化学の社員が、新日本デザインに来ることに注意する。

正確答案是 1

1. ○…因郵件中提到「新製品『スラーインキ』についての説明書をお送りいただき、ありがとうございました」(感謝您昨天送來新產品「順滑墨水」的說明書)。

2. ×…郵件中並沒有提到「新しい製品を使うことをやめた」(往後不再使用新產品)。

3. ×…郵件中提到「くわしいお話をうかがいたい」(想要了解產品細節)、「現在の『グリードインキ』からの変更について相談したい」(我希望和您商討由目前的「飽滿墨水」變更的相關事項)，由此可知目前還沒決定要「新しい製品を使うこと」(使用新產品)。

4. ×…郵件中提到「一度おいでいただけないでしょうか」(可否請您來一趟)。請注意是前田化學的員工去拜會新日本設計。

MEMO

問題五 翻譯與題解

第5大題　請閱讀以下（1）至（2）的文章，然後回答問題。答案請從1、2、3、4之中挑出最適合的選項。

（1）

　　日本では、電車の中で、子どもたちはもちろん大人もよくマンガを読んでいる。私の国では見られない姿だ。日本に来たばかりの時は私も驚いたし、①恥ずかしくないのかな、と思った。大人の会社員が、夢中でマンガを読んでいるのだから。

　　しかし、しばらく日本に住むうちに、マンガはおもしろいだけでなく、とても役に立つことに気づいた。今まで難しいと思っていたことも、マンガで読むと分かりやすい。特に、歴史はマンガで読むと楽しい。それに、マンガといっても、本屋で売っているような歴史マンガは、専門家が内容を②しっかりチェックしているそうだし、それを授業で使っている学校もあるということだ。

　　私は高校生の頃、歴史にまったく関心がなく成績も悪かったが、日本で友だちから借りた歴史マンガを読んで興味を持ち、大学でも歴史の授業をとることにした。私自身、以前はマンガを馬鹿にしていたが、必要な知識が得られ、読む人の興味を引き出すことになるなら、マンガでも、本でも同じではないだろうか。

單字

» **夢中** 著迷，沉醉，熱中，不顧一切；夢中，在睡夢裡

» **しばらく** 好久；暫時

» **特に** 特，特別

» **内容** 内容

» **チェック【check】** 確認，檢查

» **まったく** 完全，全然；實在，簡直；（後接否定）絕對，完全

» **持つ** 懷有；負擔

» **以前** 以前；（某時期）以前；更低階段（程度）的

» **馬鹿** 愚蠢，糊塗

» **知識** 知識

» **得る** 得到；領悟

» **やはり** 果然，還是，仍然

在日本的電車裡，不單是兒童，連大人也常看漫畫。這是在我的國家不會出現的情景。剛到日本時，這個現象令我大為吃驚，①心想：他們不覺得難為情嗎？畢竟一個身為公司職員的成年人，居然在埋頭看漫畫。

不過，當我在日本住了一段時間以後，這才發現原來漫畫不只有趣，而且能發揮極大的功效。即使是以前覺得很難理解的知識，透過閱讀漫畫，就能夠輕鬆了解。尤其是藉由漫畫來讀歷史，更是特別有意思。況且雖說是漫畫，在書店裡販賣的歷史漫畫好像都經由專家②仔細審核過內容了，甚至有學校拿去當作授課教材呢。

我上高中時，對歷史科目完全沒有興趣，成績也很差，但在日本向朋友借閱歷史漫畫以後，便對歷史產生了興趣，在大學裡也選修歷史課了。我自己從前對漫畫嗤之以鼻，但漫畫既然可以讓人學得必要的知識，還能引發讀者的興趣，那麼，漫畫能發揮的功效，不也就和書籍一樣了嗎？

もんだい

28 ①恥ずかしくないのかな、と思ったのはなぜか。

1 日本の子どもたちはマンガしか読まないから

2 日本の大人たちはマンガしか読まないから

3 大人が電車の中でマンガを夢中で読んでいるから

4 日本人はマンガが好きだと知らなかったから

▶翻譯

[28] ①<u>心想</u>：他們不覺得難為情嗎是基於什麼原因？

1　因為日本的孩童們只看漫畫
2　因為日本的成年人們只看漫畫
3　因為成年人在電車裡埋頭看漫畫
4　因為原本不曉得日本人喜歡看漫畫

 題型解題訣竅　　　　　　✅ 因果關係題　參考26頁

考點 作者心想：他們不覺得難為情嗎是基於什麼原因？

關鍵 1. 從底線的文字往前後文尋找，前文雖無明顯的因果關係詞，但明確說出原因。

　　　2. 再看到後文，這裡明確說出了「だから」，可以清楚的肯定這段敘述就是原因。

　　　3. 回選項找到能統整這段話的句子。

位置 由底線前後的內容找到答案。

題解 日文解題／解題中譯　　　　　　　　　　　　　　答案是 **3**

答えは 3

1. ×…「日本の子どもたちはマンガしか読まない」とは述べられていない。

2. ×…「日本の大人たちはマンガしか読まない」とは述べられていない。

1・2「マンガしか読まない」という、言い過ぎの表現に注意する。

3. ○…①____のすぐ後に、「大人の会社員が、夢中でマンガを読んでいるのだから」と理由を述べている。理由を表すことば「だから」に注意する。

4. ×…「日本人はマンガが好きだと知らなかった」かどうかは、この文章ではわからない。

正確答案是 3

1. ×…文中並沒有提到「日本の子どもたちはマンガしか読まない」(日本的孩童們只看漫畫)。

2. ×…文中並沒有提到「日本の大人たちはマンガしか読まない」(日本的成年人們只看漫畫)。

1.2 請留意「マンガしか読まない」(只看漫畫) 這種過於武斷的敘述。

3. 〇…①＿＿＿的後面接著說明理由「大人の会社員が、夢中でマンガを読んでいるのだから」(畢竟一個身為公司職員的成年人，居然在埋頭看漫畫)，請注意表示理由的詞語「だから」(因為)。

4. ×…文章中並無說明作者是否「日本人はマンガが好きだと知らなかった」(原本不曉得日本人喜歡看漫畫)。

もんだい

29 どんなことを②しっかりチェックしているのか。

1 そのマンガがおもしろいかどうか

2 そのマンガの内容が正しいかどうか

3 そのマンガが授業で使われるかどうか

4 そのマンガが役に立つかどうか

≫翻譯

[29] ②仔細審核什麼東西呢？

1 那部漫畫是否有趣

2 那部漫畫的內容是否正確

3 那部漫畫是否被當作授課教材

4 那部漫畫是否能發揮極大的功效

題型解題訣竅

 推斷題　參考 30 頁

考點 仔細審核什麼東西呢？

關鍵 1. 以文章中的文字信息為依據，以具體事實為前提，來推論文章中的具體細節。

2. 捕捉語言線索，按圖索驥。從文章中得知「仔細審核」是由「專家」進行的，從文裡的「特に、歴史～」知道是歷史專家。

3. 推理題在找到原文中對應點之後，考察的是考生對文中信息的總括或推理能力。從文章的「それを授業で使っている学校もある」，學校都拿來當教材，可以得出「その漫画の内容が正しいかどうか」審核的是內容是否與史實相符的結論。

位置 第二段，畫線的後面。

題解 日文解題／解題中譯

答案是 **2**

6 答えは 2

　「専門家」というのは、歴史の専門家のこと。専門家はマンガに書かれている内容が歴史的に見て正しいかどうか、チェックをしているのである。だから、歴史マンガの内容は信頼されて、授業で使っている学校もあるのである。

正確答案是 2

　「専門家」(專家) 指的是歷史的專家。文中提到有專家仔細審核過漫畫的內容與史實是否相符。所以，歷史漫畫的內容是值得信賴的，可以將漫畫當作授課教材。

[30] この文章を書いた人は、マンガについて、どう思っているか。

1 マンガはやはり、子どもが読むものだ。

2 暇なときに読むのはよい。

3 むしろ、本より役に立つものだ。

4 本と同じように役に立つものだ。

▶▶翻譯

[30] 寫下這篇文章的人，對漫畫有什麼樣的看法呢？

1 漫畫畢竟是兒童讀物。

2 拿來打發時間還不錯。

3 甚至比書籍更能發揮功效。

4 能和書籍發揮同樣的功效。

題型解題訣竅

✔ **主旨題** 參考 **20** 頁

考點 題目要考的是寫這篇文章的人對漫畫的看法。

關鍵 關鍵要注意表達觀點的句型表達形式，文章裡的「ではないだろうか（不就是...嗎？）」就是「私は〜と思っている（我是...的看法）」。

位置 最後一段落，往往是主旨所在的地方。

題解 日文解題／解題中譯

答案是 **4**

答えは4

1. ×…大人がマンガを読むことに驚いているが、「子どもが読むもの」とは言っていない。

2. ×…「暇なときに読むのはよい」は、文章中にない内容である。

3. ×…文章の最後に「マンガでも、本でも同じではないだろうか」に注意する。「本より役に立つ」とは述べていない。

4. ○…3で見たように、「マンガでも、本でも同じ」ように「役に立つもの」なのである。

正確答案是4

1. ×…作者雖然對成人也讀漫畫感到訝異，但並沒有說是「子どもが読むもの」（兒童讀物）。

2. ×…文章沒有提到「暇なときに読むのはよい」（拿來打發時間還不錯）。

3. ×…注意文章最後一段提到「マンガでも、本でも同じではないだろうか」（漫畫能發揮的功效，不也就和書籍一樣了嗎），但並沒有說「本より役に立つ」（比書籍更能發揮功效）。

4. ○…如3所示，文中提到「マンガでも、本でも同じ」（漫畫和書籍一樣）「役に立つもの」（能發揮功效）。

Grammar

1

〜といっても

雖說…但…，雖說…也並不是很…

留学といっても3か月だけです。
　　　　　名詞普通形＋といっても
說好聽的是留學，其實也只去了3個月。

2

〜ということだ

聽說…，據說…；也就是說…，這就是…

成功した人は、それだけ努力したということだ。
　　　　　　　　　　　　　　　簡體句＋ということだ
成功的人，也就代表他付出了相對的努力。

關於日本動漫

日本的動漫風靡全球，日本人「光用紙和筆就能感動全世界」，無論是歷史、運動、甚至是各種靜態的主題都畫得扣人心弦。具豐富想像力的動漫世界搭配幽默的角色互動，也難怪再困難的內容只要透過動漫，都可以變得瞭若指掌了！

◉ 討論動漫時會用到的句子

A：趙さんはどんなアニメが好きですか。

B：僕は進撃の巨人が一番好きです。登場人物がみんな魅力的ですから。

A：なるほど。登場人物の中で誰が好きですか？

B：ええと、エレンも兵士長も好きで…一人にしぼれないですね…

A：趙同學喜歡什麼動漫呢？
B：我最喜歡進擊的巨人，因為角色都相當富有魅力。
A：原來如此，那麼你最喜歡的角色是誰呢？
B：恩…我喜歡艾倫也喜歡兵長，沒辦法只選一個耶。

（2）

　　最近、パソコンやケータイのメールなどを使ってコミュニケーションをすることが多く、はがきは、年賀状ぐらいしか書かないという人が多くなったそうだ。私も、メールに比べて手紙やはがきは面倒なので、特別な用事のときしか書かない。

　　ところが、昨日、友人からはがきが来た。最近、手紙やはがきをもらうことはめったにないので、なんだろうと思ってどきどきした。見てみると、「やっと暖かくなったね。庭の桜が咲きました。近いうちに遊びに来ない？待っています。」と書いてあった。なんだか、すごく嬉しくて、すぐにも遊びに行きたくなった。

　　私は、今まで、手紙やはがきは形式をきちんと守って書かなければならないと思って、①ほとんど書かなかったが、②こんなはがきなら私にも書けるのではないだろうか。長い文章を書く必要も、形式にこだわる必要もないのだ。おもしろいものに出会ったことや近況のお知らせ、小さな感動などを、思いつくままに軽い気持ちで書けばいいのだから。

　　私も、これからは、はがきをいろいろなことに利用してみようと思う。

單字》

» **コミュニケーション【communication】**
（語言、思想、精神上的）交流，溝通；通訊，報導，信息

» **どきどき** 七上八下，（心臓）撲通撲通地跳

» **桜** （植）櫻花，櫻花樹；淡紅色

» **すごい** （程度）非常；厲害；好的令人吃驚；可怕，嚇人

» **きちんと** 規規矩矩地；如期，準時；整齊，乾乾淨淨

» **守る** 遵守，保持；保衛，守護；保持（忠貞）

» **出会う** 遇見，碰見，偶遇；約會，幽會

» **知らせ** 通知；預兆，前兆

» **感動** 感動，感激

» **思いつく** （忽然）想起，想起來

>> **翻譯**

　　近來，似乎有愈來愈多人使用電子郵件和手機簡訊與人溝通交流，至於明信片，就頂多只寫寫賀年卡而已。我也一樣，比起郵件和簡訊，嫌信箋或明信片麻煩，因此只在特殊情況下才寫。

　　不過，我昨天收到了朋友寄來的明信片。由於最近很少收到信箋或明信片，因此收到時心裡七上八下的，不知道發生什麼事了。仔細一看，上面寫的是「天氣終於變暖和囉！院子裡的櫻花開了，最近要不要找個時間來玩？等你喔！」看完以後感覺非常開心，真想立刻跑去他家玩。

　　我原先一直認為信箋和明信片一定要謹守書寫格式才行，因此①幾乎不曾寫過，但如果是②這種形式的明信片，那麼我也應該寫得出來吧。一來不必寫長篇大論，再者也無須拘泥於格式，大可放鬆心情，想到什麼就寫什麼，比方有趣的事、遇到的事、近況如何，或是小小的感動等等。我打算往後也要用明信片來做各種嘗試。

>> <ruby>相手<rt>あいて</rt></ruby> 對象；夥伴，共事者；對方，敵手

>> <ruby>指<rt>さ</rt></ruby>す 指，指示；使，叫，令，命令做

>> <ruby>急<rt>いそ</rt></ruby>ぎ 緊急，急忙，匆忙

>> <ruby>情報<rt>じょうほう</rt></ruby> 情報，信息

>> <ruby>伝<rt>った</rt></ruby>える 傳達，轉告；傳導

もんだい

31 「<ruby>私<rt>わたし</rt></ruby>」は、なぜ、これまで<ruby>手紙<rt>てがみ</rt></ruby>やはがきを①<ruby>ほとんど書<rt>か</rt></ruby>かなかったか。<ruby>正<rt>ただ</rt></ruby>しくないものを<ruby>一<rt>ひと</rt></ruby>つえらべ。

1 パソコンやケータイのメールのほうが<ruby>簡単<rt>かんたん</rt></ruby>だから
2 <ruby>形式<rt>けいしき</rt></ruby>を<ruby>重視<rt>じゅうし</rt></ruby>して<ruby>書<rt>か</rt></ruby>かなければならないと<ruby>思<rt>おも</rt></ruby>っていたから
3 <ruby>改<rt>あらた</rt></ruby>まった<ruby>用事<rt>ようじ</rt></ruby>のときに<ruby>書<rt>か</rt></ruby>くものだと<ruby>思<rt>おも</rt></ruby>っていたから
4 <ruby>簡単<rt>かんたん</rt></ruby>な<ruby>手紙<rt>てがみ</rt></ruby>やはがきは<ruby>相手<rt>あいて</rt></ruby>に<ruby>対<rt>たい</rt></ruby>して<ruby>失礼<rt>しつれい</rt></ruby>だと<ruby>思<rt>おも</rt></ruby>っていたから

文法②

146

▶翻譯

[31]「我」為什麼過去①<u>幾乎不曾寫過信箋和明信片</u>呢？請選出不正確的敘述。

1　因為電子郵件和手機簡訊比較方便。

2　因為一直認為信箋和明信片一定要謹守書寫格式才行。

3　因為一直認為只在特殊情況下才寫。

4　因為一直認為內容簡要的信箋和明信片對收信人不夠尊重。

題型解題訣竅

✓ 正誤判斷題　參考 36 頁

考點 作者為何過去幾乎不曾寫過信箋和明信片呢？請選出不正確的敘述。

關鍵 1.先由題目中畫底線的句子往文章前後文搜尋，能找到選項2。

2. 再用選項的關鍵字回文章找答案。

3. 用刪去法刪除已找到的正確選項，找到答案。

位置 位置：解答的材料在整篇文章裡。

題解　日文解題／解題中譯

答案是 **4**

6

答(こた)えは 4

1.　×…「メールに比(くら)べて手紙(てがみ)やはがきは面倒(めんどう)」とある。

2.　×…①＿＿の前(まえ)に「手紙(てがみ)やはがきは形式(けいしき)をきちんと守(まも)って書(か)かなければならないと思(おも)って」とある。

3.　×…初(はじ)めの段落(だんらく)に「特別(とくべつ)な用事(ようじ)のときしか書(か)かない」とある。

4.　○…「簡単(かんたん)な手紙(てがみ)やはがきは相手(あいて)に対(たい)して失礼(しつれい)」ということは文章中(ぶんしょうちゅう)にはない内容(ないよう)。

正確答案是4

1. ×…因為文中提到「メールに比べて手紙やはがきは面倒」(比起郵件和簡訊,嫌信箋或明信片麻煩)。

2. ×…①____的前面提到「手紙やはがきは形式をきちんと守って書かなければならないと思って」(我認為信箋和明信片一定要謹守書寫格式才行)。

3. ×…文中的第一段只提到「特別な用事のときしか書かない」(只在特殊情況下才寫),這是說明作者的情形,並非幾乎不寫明信片的原因。

4. ○…「簡単な手紙やはがきは相手に対して失礼」(內容簡要的信箋和明信片對收信人不夠尊重)是文章裡沒有提及的內容。

---

32 ②こんなはがき、とは、どんなはがきを指しているか。

1　形式をきちんと守って書く特別なはがき

2　特別な人にきれいな字で書くはがき

3　急な用事を書いた急ぎのはがき

4　ちょっとした感動や情報を伝える気軽なはがき

≫翻譯

[32] ②所謂這種形式的明信片,是指什麼樣的明信片呢?

1　謹守書寫格式的特殊明信片

2　以漂亮的字體寫給特別的人的明信片

3　寫有緊急事項的緊急明信片

4　告訴對方小小的感動或訊息的小品明信片

題型解題訣竅

✔ 指示題 參考 24 頁

考點 所謂這種形式的明信片，是指什麼樣的明信片呢？

關鍵 1. 從指示詞前面內容得到提示。「我原先一直認為信箋和明信片一定要謹守書寫格式才行」。

2. 從指示詞後面的文章找答案。「大可放鬆心情，想到什麼就寫什麼，比方有趣的事、遇到的事、近況如何，或是小小的感動等等」

3. 將答案代入原文，確認意思是否恰當。

位置 第三段的最後一句，也就是從「おもしろいもの〜」開始到最後。

題解 日文解題／解題中譯

答案是 **4**

答えは4

　「こんなはがき」とは、昨日、友人から来たはがきを指す。そのはがきを読んで嬉しくなり、自分も「おもしろいものに出会ったことや近況のお知らせ、小さな感動などを、思いつくままに軽い気持ちで書けばいい」と思っている。「近況のお知らせ」「小さな感動」「軽い気持ち」について述べているのは、4「ちょっとした感動や情報を伝える気軽なはがき」である。

正確答案是4

　「こんなはがき」(這種形式的明信片) 是指昨天朋友寄來的明信片。讀了這封明信片後覺得很開心，自己也有了「おもしろいものに出会ったことや近況のお知らせ、小さな感動などを、思いつくままに軽い気持ちで書けばいい」(大可放鬆心情，想到什麼就寫什麼，比方有趣的事、遇到的事、近況如何，或是小小的感動等等) 的想法。針對「近況のお知らせ」(告知近況)、「小さな感動」(小小的感動)、「軽い気持ち」(放鬆心情) 描述的是4「ちょっとした感動や情報を伝える気軽なはがき」(告訴對方小小的感動或訊息的小品明信片)。

33 「私」は、はがきに関してこれからどうしようと思っている
└文法③
か。

1 特別な人にだけはがきを書こうと思っている。

2 いろいろなことにはがきを利用しようと思っている。

3 はがきとメールを区別したいと思っている。

4 メールをやめてはがきだけにしたいと思っている。

≫ 翻譯

[33] 關於明信片，「我」往後打算怎麼做呢？

1 打算只寫明信片給特別的人。

2 打算用明信片來做各種嘗試。

3 打算視情況分別使用明信片或是郵件和簡訊。

4 打算不再使用郵件和簡訊，只用明信片。

題型解題訣竅

✔ 主旨題　參考 20 頁

考點 題目要考的是關於明信片，「我」往後打算怎麼做？

關鍵 關鍵要注意表達觀點的句型表達形式，文章裡的「私も～てみ
よう (我也打算...)」就是「私は～しようと思っている (我
打算...)」。

位置 最後一段落，往往是主旨所在的地方。

題解 日文解題／解題中譯　　　　　　　　　　　　答案是 **2**

答えは 2

1. ×…「特別な人にだけはがきを書こう」とは思っていない。

2. 〇…最後の一文に「はがきをいろいろなことに利用してみよ
う」とある。

3. ×…「はがきとメールを区別したい」とは思っていない。

4. ×…「メールをやめてはがきだけにしたい」とは思っていない。

正確答案是2

1. ×…作者並沒有打算「特別な人にだけはがきを書こう」(只寫明信片給特別的人)。

2. ○…文章的最後提到「はがきをいろいろなことに利用してみよう」(往後也要用明信片來做各種嘗試)。

3. ×…作者並沒有打算「はがきとメールを区別したい」(視情況分別使用明信片或是郵件和簡訊)。

4. ×…作者並沒有打算「メールをやめてはがきだけにしたい」(不再使用郵件和簡訊，只用明信片)。

Grammar

1

に比べて
與…相比，跟…比較起來，比較…

女性は男性に比べて我慢強いと言われている。
名詞＋に比べて
一般而言，女性的忍耐力比男性強。

2

～に対して
向…，對（於）…

この問題に対して、意見を述べてください。
名詞＋に対して
請針對這問題提出意見。

3

～に関して
關於…，關於…的…

経済に関する本をたくさん読んでいます。
名詞＋に関して
看了很多關於經濟的書。

問題六 翻譯與題解

第6大題　請閱讀以下（1）至（2）的文章，然後回答問題。答案請從1、2、3、4之中挑出最適合的選項。

朝食は食べたほうがいい、食べるべきだということが最近よく言われている。文法①その理由として、主に「朝食をとると、頭がよくなり、仕事や勉強に集中できる」とか、「朝食を食べないと太りやすい」などと言われている。本当だろうか。

初めの理由については、Ｔ大学の教授が、20人の大学院生を対象にして①実験を行ったそうだ。それによると、「授業開始30分前までに、文法②ゆでたまごを一個朝食として食べるようにためしてみたが、発表のしかたや内容が上手になることはなく、ゆでたまごを食べなくても、発表の内容が悪くなることもなかった。」ということだ。したがって、朝食を食べると頭がよくなるという効果は期待できそうにない。

②あとの理由については、確かに朝早く起きる人が朝食を抜くと昼食を多く食べすぎるため、太ると考えられる。しかし、何かの都合で毎日遅く起きるために一日２食で済ませていた人が、無理に朝食を食べるようにすれば逆に当然太ってしまうだろう。また、脂質とでんぷん質ばかりの外食が続くときも、その上朝食をとると太ってしまう。つまり、朝食はとるべ

單字 »

» 大学院（大學的）研究所

» 効果 效果，成效，成績；(劇)效果

» 抜く 省去，減少；消除，排除；選出，摘引；抽出，拔去；超越

» 起きる 起床；不睡；(倒著的東西)起來；發生

» 済ませる 做完，完成；償還，還清；對付，將就，湊合

» 当然 當然，理所當然

» 続く 持續，連續，延續；接連發生，接連不斷

» その上 再加上，而且，兼之

» 体重 體重

» ジュース【juice】果汁，汁液，糖汁，肉汁

きだと思い込んで無理に食べることで、③<u>体重</u><u>が増えてしまうこともある</u>のだ。

　確かに、朝食を食べると脳と体が目覚め、その日のエネルギーがわいてくるということは言える。しかし、朝食を食べるか食べないかは、その人の生活パターンによってちがっていいし、その日のスケジュールによってもちがっていい。午前中に重い仕事がある時は朝食をしっかり食べるべきだし、前の夜、食べ過ぎた時は、野菜ジュースだけでも十分だ。早く起きて朝食をとるのが理想だが、朝食は食べなければならないと思い込まず、自分の体にいちばん合うやり方を選ぶのがよいのではないだろうか。

文法③

≫翻譯

　　最近常聽到人家說，最好要吃早餐，或是一定要吃早餐。至於原因，主要是「吃早餐有助於頭腦運作，能夠幫助專心工作和讀書」，或是「不吃早餐容易變胖」等等。這些說法是真的嗎？

　　關於第一個原因，據說 T 大學的教授以 20 個研究生為對象做了①<u>實驗</u>。結果是，「雖然試過在開始上課的 30 分鐘前吃下一顆水煮蛋當作早餐，但無助於提升報告的方式和內容的精采度，就算不吃水煮蛋，也不會使報告內容變糟。」如此看來，人們不能期望吃早餐有助於頭腦的運作。

　　至於②<u>第二個原因</u>，的確，一大早起床的人如果沒吃早餐，中餐就會過量，於是導致變胖。可是，由於某些原因每天晚起以致於一天只吃兩

餐的人，如果強迫他們還要吃早餐，當然反而會變胖。此外，若是一直在外面吃全都是油脂和澱粉質的食物時，如果再多吃早餐，自然也會變胖。換句話說，如果一心認定非吃早餐不可，因而強迫自己吃下肚，正是③造成體重增加的原因。

的確，吃早餐可以讓頭腦和身體醒過來，產生一整天的能量。但是，吃早餐或不吃早餐，應當隨著不同人的生活方式而有所調整，也可以根據當天的行程來調整。假如上午時段有粗重的工作，就應該吃一頓豐盛的早餐；如果前一天晚上吃太多了，那麼只喝蔬果汁就相當足夠了。儘管早早起床吃早餐是最理想的狀況，但是不需要認定非吃早餐不可，只要依照自己的身體狀況，選擇最適合的方式就好了。

もんだい

34 この①実験では、どんなことがわかったか。

1 ゆでたまごだけでは、頭がよくなるかどうかはわからない。
2 朝食を食べると頭がよくなるとは言えない。
3 朝食としてゆでたまごを食べると、発表の仕方が上手になる。
4 朝食を抜くと、エネルギー不足で倒れたりすることがある。

▶翻譯

[34] 關於①實驗，明白了什麼結果呢？

1 不確定單吃水煮蛋，能否有助於頭腦的運作。
2 並不是吃早餐就有助於頭腦的運作。
3 吃下水煮蛋當作早餐，有助於提升報告的方式。
4 如果不吃早餐，就可能會因為能量不足而暈倒。

題型解題訣竅

 細節題 （參考 22 頁）

考點 關於實驗，明白了什麼結果呢？

關鍵 1.【what】なに (事) [什麼結果？]

2. 問題形式：〜どんなことが〜。

3. 直接找到關鍵詞「實驗」。細看由「實驗」開始的句子，實驗詳細內容在後面的括號裡。從「したがって (因此)」知道後面是總結的意思了：「朝食を食べると頭がよくなるという効果は期待できそうにない」，這句話是答案句。

4. 之後比較答案句跟選項，如果沒有內容完全的，就要看意思最接近的。

5. 從上面的答案句判斷，選項 2「朝食を食べると頭がよくなるとは言えない」意思相符。

位置 第二段最後一句。

題解　日文解題／解題中譯

答案是 **2**

6 答えは 2

1. ×…この実験でわかったことはゆでたまごを食べても「頭がよくなるかどうかはわからない」ということだが、「ゆでたまごだけでは」ということにはふれていない。

2. ○…この実験の結論として「朝食を食べると頭がよくなるという効果は期待できそうにない」とある。

3. ×…「発表の仕方が上手になる」は、文章中にはない内容。

4. ×…「朝食を抜くと、エネルギー不足で倒れたりする」は、文章中にはない内容。

正確答案是2

1. ×⋯從這個實驗的結果得知，即使吃了水煮蛋也「頭がよくなるかどうかはわからない」(無法知道是否有助於頭腦運作)，然而並沒有提到「ゆでたまごだけでは」(單吃水煮蛋)。

2. ○⋯文中提到根據這個實驗的結果，「朝食を食ると頭がよくなるという効果は期待できそうにない」(人們不能期望吃早餐有助於頭腦的運作)。

3. ×⋯「発表の仕方が上手になる」(有助於提升報告的方式)是文章中沒有寫到的內容。

4. ×⋯「朝食を抜くと、エネルギー不足で倒れたりする」(如果不吃早餐，就可能會因為能量不足而暈倒)是文章中沒有寫到的內容。

もんだい

35 ②あとの理由は、どんなことの理由か。

1 朝食を食べると頭がよくなるから、朝食は食べるべきだという理由

2 朝食を抜くと太るから、朝食はとるべきだという理由

3 朝早く起きる人は朝食をとるべきだという理由

4 朝食を食べ過ぎるとかえって太るという理由

≫翻譯

[35] ②第二個原因是什麼樣的原因呢？

1 吃早餐有助於頭腦的運作，所以一定要吃早餐

2 不吃早餐會變胖，所以一定要吃早餐

3 一大早起床的人一定要吃早餐

4 早餐吃太多反而會變胖

題型解題訣竅

指示題 參考 24 頁

<u>第二個原因是什麼樣的原因呢？</u>

1. 從指示詞後面內容得到提示。這裡說道不吃早餐容易發胖，
   但要一日吃兩餐的人硬是吃三餐也會胖。

2. 回前兩段找答案，發現第二段講述的是「第一個原因」，而
   第一段則講述主張要吃早餐的人的兩大原因。找到了兩個
   原因，答案也就呼之欲出了。

3. 將正確選項代入原文，確認第二個原因就是兩大原因的二
   項。

答案在指示詞之前。

題解 日文解題／解題中譯

答案是 **2**

答えは 2

　初めの段落に注目する。初めの理由は「朝食をとると、頭が
よくなり、仕事や勉強に集中できる」で、あとの理由は「朝食
を食べないと太りやすい」である。このあとの理由に合うのは、
2「朝食を抜くと太るから、朝食はとるべきだ」である。

正確答案是 2

　請看第一段。第一個原因是「朝食をとると、頭がよくなり、仕事
や勉強に集中できる」(吃早餐有助於頭腦運作，能夠幫助專心工作和
讀書)，下一個原因是「朝食を食べないと太りやすい」(不吃早餐容
易變胖)。因此，符合 "第二項原因 " 的是選項 2「朝食を抜くと太る
から、朝食はとるべきだ」(不吃早餐會變胖，所以一定要吃早餐)。

1
2
3
4
5
6

問題六　翻譯與題解

36 ③<ruby>体重<rt>たいじゅう</rt></ruby>が<ruby>増<rt>ふ</rt></ruby>えてしまうこともあるのはなぜか。

1 <ruby>外食<rt>がいしょく</rt></ruby>をすると、<ruby>脂質<rt>ししつ</rt></ruby>やでんぷん<ruby>質<rt>しつ</rt></ruby>が<ruby>多<rt>おお</rt></ruby>くなるから

2 <ruby>一日三食<rt>いちにちさんしょく</rt></ruby>をバランスよくとっているから

3 <ruby>朝食<rt>ちょうしょく</rt></ruby>をとらないといけないと<ruby>思<rt>おも</rt></ruby>い<ruby>込<rt>こ</rt></ruby>み<ruby>無理<rt>むり</rt></ruby>に<ruby>食<rt>た</rt></ruby>べるから

4 お<ruby>腹<rt>なか</rt></ruby>がいっぱいでも<ruby>無理<rt>むり</rt></ruby>に<ruby>食<rt>た</rt></ruby>べるから

▶▶ 翻譯

[36] ③造成體重增加的原因是什麼呢？

1 因為外食會吃太多油脂和澱粉質

2 因為一天三餐的營養均衡

3 因為一心認定非吃早餐不可，強迫自己吃下肚

4 因為就算已經很飽了還強迫自己吃下肚

題型解題訣竅 ✔ 因果關係題 參考 26 頁

考點 造成體重增加的原因是什麼呢？

關鍵 1. 直接在文章裡找到畫底線的詞組，往前後搜尋。

2. 前一句的結尾為「ことで」，推敲「ことで」前後的文章，判斷「ことで」在此表示原因。

3. 確定「ことで」之前的敘述為原因後，回到選項找到與之相符的答案。

位置 由底線之前的內容找到答案。

題解 日文解題／解題中譯　　　　　　　　　　　　　　答案是 **3**

<ruby>答<rt>こた</rt></ruby>えは 3

1. ×…「<ruby>脂質<rt>ししつ</rt></ruby>とでんぷん<ruby>質<rt>しつ</rt></ruby>ばかりの<ruby>外食<rt>がいしょく</rt></ruby>」が<ruby>続<rt>つづ</rt></ruby>いて「その<ruby>上<rt>うえ</rt></ruby><ruby>朝<rt>ちょう</rt></ruby><ruby>食<rt>しょく</rt></ruby>を<ruby>食<rt>た</rt></ruby>べると<ruby>太<rt>ふと</rt></ruby>ってしまう」のである。

2. ×…「一日三食バランスよくとっているから」は文章中にはない内容。

3. ○…③＿＿の直前の「朝食はとるべきだと思い込んで無理に食べることで」に注目する。

4. ×…「お腹いっぱいでも無理に食べるから」は、文章中にはない内容。

正確答案是 3

1. ×…因為在「脂質とでんぷん質ばかりの外食」(在外面吃全都是油脂和澱粉質的食物) 後面緊接著提到「その上朝食を食べると太ってしまう」(再多吃早餐，自然也會變胖)。

2. ×…「一日三食バランスよくとっているから」(因為取得了一天三餐的平衡) 是文章中沒有寫到的內容。

3. ○…請注意③＿＿的前面提到「朝食はとるべきだと思い込んで無理に食べることで」(一心認定非吃早餐不可，因而強迫自己吃下肚)，這即是造成體重增加的原因。

4. ×…「お腹いっぱいでも無理に食べるから」(因為就算已經很飽了還強迫自己吃下肚) 是文章中沒有寫到的內容。

もんだい

37 この文章の内容と合っているのはどれか。

1 朝食をとると、太りやすい。

2 朝食は、必ず食べなければならない。

3 肉体労働をする人だけ朝食を食べればよい。

4 朝食を食べるか食べないかは、自分の体に合わせて決めればよい。

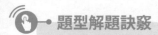

翻譯

[37] 以下哪一項敘述符合這篇文章的內容呢？

1 吃早餐容易變胖。
2 一定要吃早餐才行。
3 只有從事粗重工作的人需要吃早餐。
4 吃早餐或不吃早餐，可以依照自己的身體狀況選擇最適合的方式就好了。

題型解題訣竅 · ✓ 正誤判斷題＋主旨題 （參考 36、20 頁）

考點 以下哪一項敘述符合這篇文章的內容呢？

關鍵 1. 詳細閱讀並理解問題句，確認題目問的是正確的選項。

2. 從選項可推知文章主要在說明該如何吃早餐，此時要注意不可以自己提前做假設，所有的答案都來自文章裡。

3. 用選項關鍵字回文章一邊閱讀一邊找答案，並刪去錯誤的選項。此外，看到論述較多的這類文章，最重要的結論都會放在文章最後一段，先確認末段則可加速掌握文章內容及解題效率，而本題正確答案就在最後一段。

位置 解答的材料在整篇文章裡。

題解 日文解題／解題中譯   答案是 **4**

答えは 4

1. ×…「朝食をとると、太りやすい」とは書かれていない。

2. ×…「必ず食べなければならない」とは書かれていない。「必ず」などの言い過ぎの表現に注意する。

3. ×…「肉体労働をする人」とは「体を使って労働をする人」。重い仕事をする場合が多い。文章中には「肉体労働をする人だけ」について限定した内容はない。

4. ○…文章の最後に「朝食は食べなければならないと思い込まず、自分の体に合うやり方を選ぶのがよい」とある。

正確答案是4

1. ×…文章中沒有提到「朝食をとると、太りやすい」(吃早餐容易變胖)。

2. ×…文章中沒有提到「必ず食べなければならない」(一定要吃早餐才行)。請留意「必ず」(一定) 之類過於武斷的敘述。

3. ×…「肉体労働をする人」(從事粗重工作的人) 就是「体を使って労働をする人」(消耗體力工作的人)。多指做粗重工作的情況。文章中沒有對「肉体労働をする人だけ」(只有從事粗重工作的人) 的特定描述。

4. ○…文章的最後提到「朝食は食べなければならないと思い込まず、自分の体に合うやり方を選ぶのがよい」(不需要認定非吃早餐不可，或許可以依照自己的身體狀況，選擇最適合的方式就好了)。

Grammar

1

べきだ

必須…，應當…

学生は、勉強していろいろなことを<u>吸収する</u>べきだ。
└─動詞辞書形＋べきだ

學生應該好好學習，以吸收各種知識。

2

〜によると

據…，據…說，根據…報導…

<u>ニュースによると</u>、全国でインフルエンザが流行し始めたらしい。
└─名詞＋によると

根據新聞報導，全國各地似乎開始出現流感大流行。

3

（の）ではないだろうか

我想…吧，不就…嗎

読んでみると<u>面白い</u>のではないだろうか。
└─形容詞普通形＋のではないだろうか

讀了以後，可能會很有趣吧！

你知道世界各地的人們都吃什麼早餐嗎？

中式早餐……

おかゆ
粥

とうにゅう
豆乳
豆漿

まんじゅう
饅頭
饅頭

…… 日式早餐

はん
ご飯
飯

しる
みそ汁
味噌湯

印度早餐……

やさい
野菜カレー
蔬菜咖哩

まめ
お豆のカレー
豆子咖哩

美式早餐……

ハンバーガー
漢堡

ベーコン
培根

歐式早餐……

パン
麵包

ケーキ
蛋糕

日本人的傳統早餐食物為「一湯三菜」，多由米飯搭配味噌湯，加上一些烤魚、蛋、納豆、蔬菜等小菜組成，或是直接生蛋拌飯也是常見的早餐。但大多數還是會為了快速方便，放棄這樣的理想早餐，改吃麵包或是超商飯團。

問題七 翻譯與題解

第 7 大題　下一頁是某家旅館的官網上刊載關於和服體驗教室參加者報名須知的廣告。請閱讀後回答下列問題。答案請從 1、2、3、4 之中挑出最適合的選項。

さくらショッピングセンター

アルバイトをしませんか？
締め切り…8 月 20 日！

【資格】18 歳以上の男女。高校生不可。

【応募】メールか電話で応募してください。その時、希望する仕事の種類をお知らせください。面接は、応募から一週間以内に行います。写真をはった履歴書※をお持ち下さい。

【連絡先】Email：sakuraXXX@sakura.co.jp か、電話：03-3818-XXXX（担当：竹内）

仕事の種類	勤務時間	曜日	時給
レジ係	10:00 〜 20:00（4 時間以上できる方）	週に 5 日以上	900 円
サービスカウンター	10:00 〜 19:00	木・金・土・日	1000 円
コーヒーショップ	14:00 〜 23:00（5 時間以上できる方）	週に 4 日以上	900 円
肉・魚の加工	8:00 〜 17:00	土・日を含み、4 日以上	850 円
クリーンスタッフ（店内のそうじ）	5:00 〜 7:00	3 日以上	900 円

單字》

» 締め切り（時間、期限等）截止，屆滿；封死，封閉；截斷

» 希望 希望，期望，願望

» 種類 種類

» 面接（為考察人品、能力而舉行的）面試，接見，會面

» 書類 文件，文書，公文

» 就職 就職，就業，找到工作

» 留学 留學

» できる 能夠；完成

※　履歴書…その人の生まれた年や卒業した
　　学校などを書いた書類。就職するときなど
　　に提出する。

▶▶ 翻 譯

櫻花購物中心

要不要來兼職？

截止日期…8月20日！

【資　　格】18歲以上男女。高中生不得應徵。
【應徵方式】請以電子郵件或電話應徵。應徵時請
　　　　　　告知想從事兼職工作的種類。
　　　　　　面試將於應徵後一星期內舉行。請攜
　　　　　　帶貼有照片的履歷表※。
【聯絡方式】Email:sakuraXXX@sakura.co.jp 或
　　　　　　電話:03-3818-XXXX（洽詢人員:竹內）

工作種類	上班時間	工作日數	時薪
收銀台	10:00～20:00（可工作4小時以上者）	一星期五5天以上	900圓
服務台	10:00～19:00	週四、五、六、日	1000圓
咖啡店	14:00～23:00（可工作5小時以上者）	一星期4天以上	900圓
肉類、魚類加工	8:00～17:00	包含週六、日，4天以上	850圓
清潔人員（清掃店內）	5:00～7:00	3天以上	900圓

※ 履歷表：載明本人出生年與畢業學校等資料的文件，
　於求職時繳交。

もんだい

38　留学生のコニンさん (21歳) は、日本語学校で日本語を勉強している。授業は毎日9時〜12時までだが、火曜日と木曜日はさらに13〜15時まで特別授業がある。土曜日と日曜日は休みである。学校からこのショッピングセンターまでは歩いて5分かかる。

　　コニンさんができるアルバイトは、いくつあるか。

　　1　一つ　　　2　二つ　　　　3　三つ　　　　4　四つ

▶▶翻譯

[38] 留學生科寧先生（21歲）正在日語學校學習日語。上課時間是每天9點〜12點，但是週二和週四的13〜15點另有特別講義。週六和週日則沒有課。從學校走到這家購物中心要花5分鐘。

　　請問科寧先生可以做的兼職工作有幾項呢？

　　1　1項　　　2　2項　　　　3　3項　　　　4　4項

 題型解題訣竅

✓ **細節題**　參考22頁

考點　請問科寧先生可以做的兼職工作有幾項呢？

關鍵　1. 先快速瀏覽整張兼職招募廣告，掌握兼職招募廣告大概的內容。

　　2. 從題目的關鍵詞給的提示去找答案。這裡的關鍵詞是「21歲」、「授業は9時〜12時」、「火、木13〜15授業」、「土、日休み」，把它圈起來。

　　3. 帶著題目找答案，注意細節，對比兼職招募廣告中「勤務時間」、「曜日」的不同之處。

　　4. 對題目沒有提到的內容「仕事の種類」、「時給」，可以快速跳過。

5. 圈出題目「21 歲」、「授業は 9 時～ 12 時」、「火、木 13 ～ 15 授業」、「土、日休み」要的答案。

6. 需要在問題中找到相關依據，還要根據已知的信息做一整理，才能得出答案。這題可以在空白處畫上一週的表格，填上科寧先生上課的時間，剩下的就是可以兼職的時間了。

位置 全篇文章中。

題解 日文解題／解題中譯   答案是 ③

答えは 3

留学生のコニンさんができるアルバイトをチェックしよう。

レジ係…月・水・金・土・日ができる。また、火・木も 4 時間以上ならできる。〇

サービスカウンター…土・日しか働けない。✕

コーヒーショップ…5 時間以上で、毎日可能。〇

肉・魚の加工…土・日しか働けない。✕

クリーンスタッフ…毎日可能。〇

正確答案是 3

清點留學生科寧先生可以做的兼職工作吧！

收銀臺…星期一、三、五、六、日都可以工作。另外，星期二、四工作時間是 4 小時以上的話也可以。〇

服務台…只能在星期六、日工作。✕

咖啡廳…工作時間在 5 小時以上，每天都可以。〇

肉類、魚類加工…只能在星期六、日工作。✕

清潔人員…每天都可以工作。〇

もんだい

39 アルバイトがしたい人は、まず、何をしなければならないか。

1 8月20日までに、履歴書をショッピングセンターに送る。

2 一週間以内に、履歴書をショッピングセンターに送る。

3 8月20日までに、メールか電話で、希望するアルバイトの種類を伝える。

4 一週間以内に、メールか電話で、希望するアルバイトの種類を伝える。

>> 翻譯

[39] 想做兼職工作的人，首先必須做什麼才行呢？

1 在8月20日前，把履歷表送去購物中心。

2 在一星期內，把履歷表送去去購物中心。

3 在8月20日前，以電子郵件或電話告知想從事兼職工作的種類。

4 在一星期內，以電子郵件或電話告知想從事兼職工作的種類。

題型解題訣竅

細節題 參考22頁

考點 想做兼職工作的人，首先必須做什麼才行呢？

關鍵 1. 考生是否對文章的細節能理解和把握。

2. 考的是 【how】どうやって [怎麼做？]

3. 問題形式：～何をしなければならないか。

4. 問題句的要點是「～なければならないか」，而對應此常用的句型是「～てください」、「お～ください」。文章中去找這樣的句型，就是答案了。

5. 上一題已經掌握兼職招募廣告大概的內容。

6. 答案可能在跟選項相同、近似或相關的關鍵詞或詞組裡。

7. 這裡選項的「8月20日までに」就是文章的「締め切り...8月20日」。

8. 這裡選項的「メールか電話で、希望するアルバイトの種類を伝える」就是文章的「メールか電話で応募してください。その時、希望する仕事の種類をお知らせください」。

9. 對題目沒有提到的內容，可以快速跳過。

位置 招募廣告上半部。

題解 日文解題／解題中譯 答案是 ③

6 <ruby>答<rt>こた</rt></ruby>えは 3

1・2. ×…8月20日までにメールか電話で<ruby>応募<rt>おうぼ</rt></ruby>する。<ruby>履歴書<rt>りれきしょ</rt></ruby>は<ruby>面接<rt>めんせつ</rt></ruby>のときに<ruby>持<rt>も</rt></ruby>っていく。

3. ○

4. ×…「<ruby>一週間以内<rt>いっしゅうかん い ない</rt></ruby>」ではなく、8<ruby>月<rt>がつ</rt></ruby>20<ruby>日<rt>はつ か</rt></ruby>まで。

正確答案是 3

1・2. ×…8月20日前以電子郵件或電話應徵。履歷表於面試的時候攜帶。

3. ○

4. ×…不是「1週間以內」(一星期內)，而是8月20日前。

MEMO

透過在日本兼職了解日本職場文化，這對有計劃投入全職工作的人來說，是一個很棒的觀察機會，可以盡量避免未來可能會遇到的文化沖擊。你可以到便利商店、車站或雜貨店附近索取免費的《Townwork》雜誌，其中黃色封面才是兼職工作所需，也可以上 Townwork 雜誌官網或其他徵才網站搜尋，可以依據您的需求和專業找到適合的工作。

文法比一比

● **にはんして、にはんし、にはんする、にはんした**　與…相反…

接續　{名詞} ＋に反し（て）、に反する、に反した

說明　【對比】接「期待（期待）、予想（預測）」等詞後面，表示後項的結果，跟前項所預料的相反，形成對比的關係。相當於「て〜とは反対に、に背いて」。中文意思是：「與…相反…」。

例句　新製品の売り上げは、予測に反する結果となった。／新產品的銷售狀況截然不同於預期。

● **にひきかえ〜は**　與…相反、和…比起來、相較起…、反而…

接續　{名詞（な）；形容動詞詞幹な；[形容詞・動詞] 普通形} ＋ (の) にひきかえ

說明　【對比】比較兩個相反或差異性很大的事物。含有說話人個人主觀的看法。書面用語。跟站在客觀的立場，冷靜地將前後兩個對比的事物進行比較「に対して」比起來，「にひきかえ」是站在主觀的立場。

例句　彼の動揺振りにひきかえ、彼女は冷静そのものだ。／和慌張的他比起來，她就相當冷靜。

哪裡不一樣呢？

にはんして
【對比】

にひきかえ〜は
【對比】

說明　「にはんして」常接「予想、期待、予測、意思、命令、願い」等詞，表對比，表示和前項所預料是相反的；「にひきかえ〜は」也表對比，比較前後兩個對照性的人或事，表示後項敘述的事物跟前項的狀態、情況，完全不同。

● **にかんして（は）、にかんしても、にかんする**　關於…，關於…的…

接續　{名詞} ＋に関して（は）、に関しても、に関する

說明　【關連】表示就前項有關的問題，做出「解決問題」性質的後項行為。也就是聽、說、寫、思考、調查等行為所涉及的對象。有關後項多用「言う（說）、考える（思考）、研究する（研究）、討論する（討論）」等動詞。多用於書面。中文意思是：「關於…、關於…的…」。

例句　10 年前の事件に関して、警察から報告があった。／關於 10 年前的那起案件，警方已經做過報告了。

● **に対して** 向…，對（於）…

接續 {名詞}＋に対して（は）、に対し、に対する

說明 【對象】表示動作、感情施予的對象，有時候可以置換成「に」。

例句 皆さんに対し、お詫びを申し上げなければなりません。／我得向大家致歉。

哪裡不一樣呢？

にかんして【關連】

にたいして【對象】

說明 「にかんして」表關連，表示跟前項相關的信息。表示討論、思考、敘述、研究、發問、聽聞、撰寫、調查等動作，所涉及的對象；「にたいして」表對象，表示行為、感情所針對的對象，前接人、話題等，表示對某對象的直接發生作用、影響。

● **（の）ではないだろうか、ないかとおもう** 我認為不是…嗎，我想…吧

接續 {名詞；[形容詞‧動詞] 普通形}＋（の）ではないだろうか、（の）ではないかと思う

說明 【判斷】「（の）ではないかと思う」是「ではないか＋思う」的形式。表示說話人對某事物的判斷，含有徵詢對方同意自己的判斷的語意。中文意思是：「我想…吧」。

例句 君のしていることは全て無駄ではないかと思う。／我懷疑你所做的一切都是白費的。

● **っけ** 是不是…來著，是不是…呢

接續 {名詞だ（った）；形容動詞詞幹だ（った）；[動詞‧形容詞] た形}＋っけ

說明 【確認】用在想確認自己記不清，或已經忘掉的事物時。「っけ」是終助詞，接在句尾。也可以用在一個人自言自語，自我確認的時候。當對象為長輩或是身分地位比自己高時，不會使用這個句型。

例句 ところで、あなたは誰だっけ。／話說回來，請問你哪位來著？

哪裡不一樣呢？

（の）ではないだろうか【推測】

っけ【確認】

說明 「（の）ではないだろうか」表判斷，利用反詰語氣帶出說話者的想法、主張；「っけ」表確認，用在想確認自己記不清，或已經忘掉的事物時。接在句尾。

第二回

問題四 翻譯與題解

第4大題 請閱讀以下（1）至（4）的文章，然後回答問題。答案請從 1、2、3、4 之中挑出最適合的選項。

（1）

　　外国のある大学で、お酒を飲む人 160 人を対象に次のような心理学の実験を行った。

└─文法①

　　上から下まで同じ太さのまっすぐのグラス (A) と、上が太く下が細くなっているグラス (B) では、ビールを飲む速さに違いがあるかどうかという実験である。

└─文法②

　　その結果、B のグラスのほうが、A のグラスより、飲むスピードが 2 倍も速かったそうだ。

　　実験をした心理学者は、その理由を、ビールの残りが半分以下になると、人は話すことよりビールを飲み干す※ことを考えるからではないか、また、B のグラスでは、自分がどれだけ飲んだのかが分かりにくいので、急いで飲んでしまうからではないか、と、説明している。

單字 》

》酒 酒（的總稱），日本酒，清酒

》倍 倍，加倍（數助詞的用法）倍

》正確 正確，準確

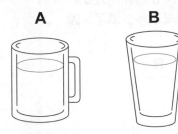

A　　　　B

※　飲み干す…グラスに入った飲み物を飲んでしまうこと。

24 この実験で、どんなことが分かったか。

1 Aのグラスより、Bのグラスの方が、飲む
のに時間がかかること

2 Aのグラスより、Bのグラスの方が、飲み
干すのに時間がかからないこと

3 AのグラスでもBのグラスでも、飲み干す
時間は変わらないこと

4 Bのグラスで飲むと、自分が飲んだ量が正
確に分かること

>> 翻譯

　　國外某一所大學以會飲酒的 160 人為研究對
象做了以下的心理實驗。

　　該實驗是請研究對象分別使用直徑上下相同
的（A）酒杯，與直徑上寬下窄的（B）酒杯，來
驗證玻璃杯的形狀會不會影響人們喝啤酒的速度。

　　實驗結果，使用B酒杯的人喝啤酒的速度，
比使用A酒杯的人快了兩倍。

　　完成該實驗的心理學家對此結果提出的解釋
是，當杯子裡的啤酒少於一半時，人們可能傾向
把啤酒趕快喝完※，而不是放著沒喝完的啤酒與
朋友慢慢聊天。除此之外，使用B酒杯的人或許
由於比較不容易估計自己已經喝下多少酒了，因
此會把杯子裡的酒趕快喝掉。

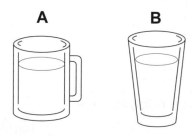

※ 飲み干す：將杯中的飲品喝完。

[24] 從這項**實驗**可以得知以下哪項結論：

1　相較於Ａ酒杯，使用Ｂ酒杯的人需要較長的時間才能喝完

2　相較於Ａ酒杯，使用Ｂ酒杯的人在較短的時間內就能喝完

3　不論是使用Ａ酒杯或Ｂ酒杯的人，喝完的時間都一樣

4　使用Ｂ酒杯的人，能夠正確計算自己喝下多少酒了

題型解題訣竅

✔ 細節題　參考 22 頁

考點　從這項實驗可以得知以下哪項結論？

關鍵　1.【what】なに（事）[什麼結果？]

2. 問題形式：〜どんなことが〜。

3. 從關鍵詞、詞組給的提示去找答案。從題目的「実験」跟「どんなことがわかったか」，知道要找「實驗的結論」。

4. 透過題目的關鍵詞、句找到答案句。看到第三段「その結果」，判斷後面就是答案句了。

5. 再經過簡化句子的結構，來推敲答案。答案句簡化為「Ｂの方がＡより 2 倍も速かった」。

6. 選項 2 的「Ｂ比Ａ」、「飲み干すのに時間がかからない（在短時間內就能喝完）」。這是答案了。

位置　第三段。

6 答えは 2

1. ×…「B のグラスのほうが、A のグラスより、飲むスピード が 2 倍も速かった」とある。

2. ○…「飲み干すのに時間がかからない」とは、飲んでしまう のが速いということ。

3. ×…B のグラスのほうが、飲み干す時間が速い。

4. ×…「B のグラスでは、自分がどれだけ飲んだのかが分かり にくい」とある。

正確答案是 2

1. ×…因為文中提到「B のグラスのほうが、A のグラスより、 飲むスピードが 2 倍も速かった」(使用 B 酒杯的人喝啤酒的速 度，比使用 A 酒杯的人快了兩倍)。

2. ○…「飲み干すのに時間がかからない」(在較短的時間內就能 喝完) 是指很快就能喝完。

3. ×…使用 B 酒杯的人較快將酒喝完。

4. ×…因為文中提到「B のグラスでは、自分がどれだけ飲んだの かが分かりにくい」(使用 B 酒杯的人比較不容易估計自己已經 喝下多少酒了)。

Grammar

1

〜のような

像…

このマンションでは鳥や魚のような小さなペット なら飼うことができます。
〜名詞の＋ような

如果是鳥或魚之類的小寵物，可以在這棟大廈裡飼養。

2

〜という

(內容)…的…；
是…，叫…的，這
個…，所謂的…

鈴木さんが来年、京都へ転きんするという噂を聞 いた。
〜普通形＋という

我聽說了鈴木小姐明年將會調派京都上班的傳聞。

（2）

これは、中村さんにとどいたメールである。

あて先：jlpt1127.kukaku@group.co.jp
件　名：資料の確認
送信日時：2020 年 8 月 14 日　13:15
===
海外事業部
中村　様

　お疲れさまです。
　8 月 10 日にインドネシア工場についての資
料 4 部を郵便でお送りしましたが、とどいたで
しょうか。
　内容をご確認の上、何か問題があればご連絡
ください。
　よろしくお願いします。

山下

===
東京本社　企画営業部
山下　花子
内線　××××

===

25 このメールを見た後、中村さんはどうしな
ければならないか。

1 インドネシア工場に資料がとどいたかど
　うか、確認する。
2 山下さんに資料がとどいたかどうか、
　確認する。
3 資料を見て、問題があればインドネシア
　工場に連絡する。
4 資料の内容を確認し、問題があれば山下
　さんに連絡する。

▶▶ 翻譯

　這是寄給中村先生的一封電子郵件：

收件地址：jlpt1127.kukaku@group.co.jp
主　　旨：敬請詳閱資料
寄件日期：2020 年 8 月 14 日　13:15
======================================
海外事業部
中村先生　敬覽
辛苦您了。
　已於 8 月 10 日以郵寄方式送去 4 份印尼工廠的
相關資料，請問收到了嗎？
　詳閱資料內容之後如有任何問題，歡迎隨時聯繫。
　敬請惠予關照。

山下
======================================
東京本部 企劃營業部
山下 花子
分機號碼 XXXX
======================================

[25] 看完這封電子郵件以後，中村先生應該採取
什麼樣的行動？

1 向印尼工廠確認是否已收到資料。
2 聯絡山下小姐，確認對方是否已經收到資料了。
3 看完資料後，如果有問題，與印尼工廠聯絡。
4 詳閱資料內容之後，如果有問題，與山下小
姐聯絡。

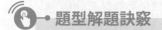

題型解題訣竅　　✅ 細節題　參考 22 頁

考點 看完這封電子郵件以後，中村先生應該採取什麼樣的行動？

關鍵 1.【how】どうやって（手段）[怎麼做？]
2. 問題形式：どうしなければならないか。
3. 按照電子郵件的敘述方式，可以很快找到答案句「内容を
ご確認の上、何か問題があればご連絡ください」。
4. 問題的關鍵詞、句，不一定與原文一模一樣，而往往出現
原文的同義詞、近義詞和近義形式。
5. 上句的「の上」就是指選項 4 的「確認し」的「し」，在句
子的作用是提示時間。「ご連絡ください」就是「連絡する」
的尊敬表現方式。

位置 電子郵件倒數第二段。

題解 日文解題／解題中譯　　答案是 **4**

答えは 4

このメールは、山下さんが中村さんに送ったメール。
1・3. ×…中村さんに送られてきたのは「インドネシア工場に
ついて」の資料である。「インドネシア工場に」ではない。
2. ×…資料を送ったのは山下さんである。

Part 3

1
2
3
4
5
6

問題四　翻譯與題解

177

4. ○…メールの最後に「内容を確認の上、何か問題があればご連絡ください」とある。

正確答案是 4

　　這封郵件，是山下小姐寄給中村先生的郵件。

1・3. ×…因為山下小姐是將「インドネシア工場について」(印尼工廠相關) 資料寄給中村先生，而不是要他「インドネシア工場に」(向印尼工廠確認是否有收到資料)。

2. ×…因為寄送資料的是山下小姐。

4. ○…郵件最後提到「内容を確認の上、何か問題があればご連絡ください」(詳閱資料內容之後如有任何問題，歡迎隨時聯繫)。

MEMO

暮らしと文化

学習能力を2倍にする

關於電子郵件 (1)

現代人已經逐漸習慣以電子郵件取代書信了，因為電子郵件非常方便。寫電子郵件時，開頭和結束時的寒暄都是不可缺少的，以下是常用到的寫法，現在記起來，下次寫郵件時就可以派上用場了！

◉ 電子郵件常用句－寒暄

あて先：jlpt1127.kukaku@group.co.jp
件　名：資料の確認
送信日時：2015年8月14日　13:15
中村　様
突然のメールで恐れ入ります。
‧‧‧‧‧‧‧

1. いつもお世話になっております。

2. 突然のメールで恐れ入ります。

3. お忙しいところ、失礼いたします。

4. では、失礼いたします。

5. では、よろしくお願いいたします。

6. 長文メールにて、失礼いたします。

---

1. 承蒙平日惠予關照。
2. 冒昧致信，尚乞海涵。
3. 在您百忙中打擾，深感抱歉。
4. 恕我寫到這裡為止。
5. 萬事拜託。
6. 含文冗長，十分抱歉。

Part 3

1
2
3
4
5
6

問題四　翻譯與解題

（3）

これは、大学の学習室を使う際の申し込み方法である。

【学習室の利用申し込みについて】

① 利用が可能な曜日と時間
　・月曜日〜土曜日　9:00 〜 20:45

② 申し込みの方法
　・月曜日〜金曜日　利用する1週間前から受け付けます。

　・8:45 〜 16:45 に学生部の受付で申し込みをしてください。

　＊なお、土曜日と平日の16:45 〜20:45 の間は自由にご使用ください。

③ 使用できない日時
　・上の①以外の時間帯
　・日曜、祝日※、大学が決めた休日

※　祝日…国で決めたお祝いの日で、学校や会社は休みになる。

26 学習室の使い方で、正しいものはどれか。

1　月曜日から土曜日の9時から20時45分までに申し込む。

2　平日は、一日中自由に使ってもよい。

3 土曜日(どようび)は、16時(じ)45分(ふん)まで使(つか)うことができる。

4 朝(あさ)の9時前(じまえ)は、使(つか)うことができない。

▶▶翻譯

　　這是使用大學自習室的申請辦法：

【使用自習室之相關規定】

① 可使用的日期與時間
　　・星期一～星期六　9:00-20:45

② 申請辦法
　　・星期一～星期五　自使用日期的一週
　　　前開始受理申請。
　　・請於 8:45 ～ 16:45 向學生部櫃臺提出
　　　申請。
　　　＊此外，星期六與平日的 16:45-20:45
　　　　時段可自由使用。

③ 不可使用的日期與時間
　　・上述①以外的時段
　　・星期日、國定假日 ※，以及本校規定的
　　　休假日

※ 祝日：國家規定的假日，學校與公司行號於當天放假。

[26] 關於自習室的使用規定，以下哪一項正確？

1 可申請的時段為星期一到星期六的 9 時到
　20 時 45 分。

2 平日全天均可自由使用。

3 星期六於 16 時 45 分之前可自由使用。

4 上午 9 時前不得使用。

考點 關於自習室的使用規定，以下何者正確？

關鍵 1. 詳細閱讀並理解問題句，注意問題是問正確的選項。

2. 先看選項，可知要留意選項中的時間、星期即動作等關鍵字，再回到文章尋找。

3. 有時選項會用文章中出現的時間隨意拼湊，是混淆讀者的陷阱，應謹慎查看關鍵詞所在句子前後的含意，選出答案。

位置 因此解答的材料在整篇文章裡。

題解 日文解題／解題中譯　　　　　　　　　　　　　　　　答案是 **4**

答えは 4

　問題は「学習室の使い方」であることに注意する。

1. ×…「月曜日から土曜日　9時から20時45分まで」というのは、「利用が可能な曜日と時間」である。「申し込む」曜日や時間ではない。

2. ×…平日自由に使ってよいのは、16:45～20:45。

3. ×…土曜日使えるのは 9:00～20:45。

4. ○…利用できるのは 9:00 からなので、「朝の9時前は、使うことができない」。

正確答案是 4

　請注意題目中的「學習室の使い方」(自習室的使用規定)。

1. ×…「月曜日から土曜日　9時から20時45分まで」(星期一～星期六　9:00-20:45) 是指「利用が可能な曜日と時間」(可使用的日期與時間)，並非「申し込む」(申請) 的日期與時間。

2. ×…平日可以自由使用的時間是 16:45～20:45。

3. ×…星期六可以使用的時間是 9:00～20:45。

4. ○…可使用的時間從 9:00 開始，所以「朝の9時前は、使うことができない」(上午9時前不得使用)。

(4)

　　インターネットの記事によると、鼻で息をすれば、口で息をするより空気中のごみやウイルスが体の中に入らないということです。また、鼻で息をする方が、口で息をするより多くの空気、つまり酸素を吸うことができるといいます。

（中略）

　　普段は鼻から呼吸をしている人も、ぐっすりねむっているときは、口で息をしていることが結構多いようですね。鼻で深く息をするようにすると、体に酸素が十分回るので、体が活発に働き、ストレスも早くなくなる。したがって、常に、鼻から深くゆっくりとした呼吸をするよう習慣づければ、体によいばかりでなく、精神もかなり落ち着いてくるということです。

　文法②

27 鼻から息をすることによる効果でないものは、次のどれか。

1　空気中のウイルスが体に入らない。

2　ぐっすりねむることができる。

3　体が活発に働く。

4　ストレスを早くなくすことができる。

》翻譯

　　根據網路報導，相較於用嘴巴呼吸，用鼻子呼吸比較不會將空氣中的雜質與病毒吸入體內。

單字》》

» **インターネット【Internet】** 網路

» **記事** 記事，報導

» **つまり** 即…，也就是說；總之，說到底

» **できる** 能夠；完成

» **ぐっすり** 熟睡，酣睡

» **ねむる** 睡覺；埋藏

» **働く** 作用，功效；勞動，工作；功勞，功績；功能，機能

» **ストレス【stress】** （精神）緊張狀態；（理）壓力

» **かなり** 相當，頗

» **効果** 效果，成效，成績；（劇）效果

此外，用鼻子呼吸的人，可以比用嘴巴呼吸的人吸入更多空氣，也就是能夠吸入更多氧氣。

（中略）

不過，即使是平常都用鼻子呼吸，也有不少人在熟睡時變成用嘴巴呼吸。當用鼻子深呼吸時，可以讓體內充滿氧氣，促進身體活化，有助於快速釋放壓力。因此，只要養成從鼻子深緩呼吸的習慣，不僅對身體有好處，也能夠幫助情緒穩定。

[27] 以下何者不是用鼻子呼吸帶來的效果？

　　1　空氣中的病毒不會進入體內。

　　2　能夠幫助熟睡。

　　3　促進身體活化。

　　4　有助於快速釋放壓力。

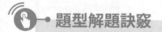

題型解題訣竅

✅ **正誤判斷題** 參考 36 頁

考點 以下何者不是用鼻子呼吸帶來的效果？

關鍵 1. 詳細閱讀並理解問題句，注意問題是問錯誤的選項。

　　2. 看選項，圈出關鍵字，再回到文章找到對應的句子。

　　3. 本題幾乎從字面上便可看出是否符合，而選項 2 只要查看關鍵詞所在句子前後的含意，便能發現錯誤。

位置 因此解答的材料在整篇文章裡。

⑥ 答えは２

1. ×…「鼻で息をすれば、口で息をするより空気中のごみやウイルスが体の中に入らない」とある。

2. ○…文章中には「ぐっすりねむることができる」という記述はない。

3・4. ×…「体に酸素が十分回るので、体が活発に働き、ストレスも早くなくなる」とある。

正確答案是 2

1. ×…因為文中提到「鼻で息をすれば、口で息をするより空気中のごみやウイルスが体の中に入らない」(相較於用嘴巴呼吸，用鼻子呼吸比較不會將空氣中的雜質與病毒吸入體內)。

2. ○…文章裡沒有提到「ぐっすりねむることができる」(能夠幫助熟睡)。

3・4. ×…因為文中寫道「体に酸素が十分回るので、体が活発に働き、ストレスも早くなくなる」(可以讓體內充滿氧氣，促進身體活化，有助於快速釋放壓力)。

Grammar

1 ～によると

據…，據…說，根據…報導

友達の話によると、もう一つ飛行場ができるそうだ。
┗━名詞＋によると

聽朋友說，要蓋另一座機場。

2 ～ということだ

聽說…，據說…；…也就是說…，這就是…

芸能人に夢中になるなんて、君もまだまだ若いということだ。
┗━簡體句＋ということだ

竟然會迷戀藝人，表示你還年輕啦！

暮らし と 文化

以下是和鼻子相關的慣用語

鼻が高い
洋洋得意

鼻が利く
嗅覺或觀察敏銳

鼻につく
膩煩，討厭

目と鼻の先
近在咫尺

鼻にかける
驕傲自滿

鼻で笑う
嗤之以鼻

鼻を打つ
鼻子受到強烈刺激

鼻が曲がる
惡臭

日本人對味道十分敏感，他們許多人吃晚飯時會顧慮隔天要上班而不敢吃太多大蒜；上班日的中餐也會盡量避免餃子等包有韭菜和大蒜的重口味食物；甚至到餐廳吃重口味的料理，有些店家還會貼心附上口香糖給客人清一下口中的味道。而這麼做的原因除了不喜歡口中有異味之外，也是為了避免影響他人。

問題五 翻譯與題解

第5大題　請閱讀以下（1）至（2）的文章，然後回答問題。答案請從1、2、3、4之中挑出最適合的選項。

（1）

　亡くなった父は、いつも「人と同じことはするな」と繰り返し言っていました。子どもにとって、その言葉はとても不思議でした。なぜなら、周りの子どもたちは大人の人に「　①　」と言われていたからです。みんなと仲良く遊ぶには、一人だけ違うことをしないほうがいいという大人たちの考えだったのでしょう。

　思い出してみると、父は②仕事の鬼で、高い熱があっても決して仕事を休みませんでした。小さい頃からいっしょに遊んだ思い出は、ほとんどありません。それでも、父の「人と同じことはするな」という言葉は、とても強く私の中に残っています。

　今、私は、ある会社で商品の企画※の仕事をしていますが、父のこの言葉は、③非常に役に立っています。今の時代は新しい情報が多く、商品やサービスはあまっているほどです。そんな中で、ただ周りの人についていったり、真似をしたりしていたのでは勝ち残ることができません。自分の頭で人と違うことを考え出してこそ、自分の企画が選ばれることになるからです。

單字》

» **亡くなる** 去世，死亡
» **繰り返す** 反覆，重覆
» **不思議** 奇怪，難以想像，不可思議
» **なぜなら** 因為，原因是
» **周り** 周圍，周邊
» **仲** 交情；（人和人之間的）關係
» **考え** 思想，想法，意見；念頭，信念；考慮，思考
» **思い出** 回憶，追憶，追懷；紀念
» **残す** 留下，剩下；存留；遺留
» **商品** 商品，貨品
» **勝ち残る** 取得下次比賽的資格

※　企画…あることをしたり、新しい商品
を作るために、計画を立てること。

▶▶翻譯

　　先父經常將「不要和別人做同樣的事」這句
話掛在嘴邊。但是我小時候聽到這句話，總覺
得很奇怪。因為其他大人都告訴我身邊的玩伴
「①」。我想，那些大人的想法應該是，為了能
讓小孩和大家一起玩得開開心心的，最好不要自
己一個人做和別人不一樣的事。

　　回想起來，先父是個②工作狂，即使發高燒
也絕不向公司請假。我幾乎想不起來小時候先父
陪我玩耍的記憶。儘管如此，先父的那一句「不
要和別人做同樣的事」始終深深印在我的心底。

　　現在，我在某家公司從事產品企劃※工作，
先父的這句話③使我受益良多。在這個資訊日新
月異的時代，產品和服務多不勝數。在這樣的時
代裡，若只是一昧跟隨其他人、模仿的話是無法
勝出的。唯有想出不同凡響的創意，自己提出的
企劃案才能脫穎而出。

※ 企画：有關製造嶄新產品的規劃。

もんだい

28 「①」に入る文はどれか。
1　人と同じではいけない
2　人と同じようにしなさい
3　人の真似をしてはいけない
4　人と違うことをしなさい

翻譯

[28]「①」裡面應該填入以下哪一句?

1　不可以和別人一樣
2　要和別人一樣
3　不可以模仿別人
4　要和別人做不一樣的事

題型解題訣竅

V 填空題　參考 32 頁

考點　這題是意思判斷填空題。屬句中填空題。

關鍵　1. 根據前後句子之間的意思,可推出兩句間的邏輯關係,加
　　　以判斷。

　　　2.「不思議(覺得奇怪)」是關鍵字,讓這一段的前句跟後句
　　　有了恰恰相反的意思。

　　　3. 這一段第一句說了「不要和別人做同樣的事」,有了「不思
　　　議」就知道後面的邏輯是相反意思的「要和別人一樣」了。

位置　空格後面兩句話。

題解　日文解題/解題中譯　　　　　　　　　　　　　　　答案是 ②

答えは2

　「人と同じことをするな」ということばを聞いて、この文章を
書いた人は「とても不思議」と感じている。したがって、①＿＿
には、「人と同じことをするな」と違った考え方が入ることがわ
かる。また、①＿＿の後に「みんなと仲良く遊ぶには、一人だけ
違うことをしないほうがいいという大人たちの考えだった」とあ
ることにも注目する。この考えは言い換えれば、2「人と同じよ
うにしなさい」ということ。

1「人と同じではいけない」は、「人と同じことをするな」と同じ考えなので×。3「人のまねをしてはいけない」、4「人と違うことをしなさい」もつまり、「人と同じことをするな」ということなので×。

正確答案是2

本文的作者在聽到「人と同じことをするな」(不要和別人做同樣的事)這句話後感覺「とても不思議」(非常不可思議)。由此可知①＿＿＿需填入和「人と同じことをするな」(不要和別人做同樣的事)不同的觀點。另外，請注意①＿＿＿的後面提到「みんなと仲良く遊ぶには、一人だけ違うことをしないほうがいいという大人たちの考えだった」(那些大人的想法應該是，為了能讓小孩和大家一起玩得開開心心的，最好不要自己一個人做和別人不一樣的事)。換句話說，這個想法即是選項2「人と同じようにしなさい」(要和別人一樣)。

選項1「人と同じではいけない」(不可以和別人一樣)和「人と同じことをするな」(不要和別人做同樣的事)是相同的意思，所以錯誤。選項3「人のまねをしてはいけない」(不可以模仿別人)、選項4「人と違うことをしなさい」(要和別人做不一樣的事)也都是「人と同じことをするな」(不要和別人做同樣的事)的意思，所以錯誤。

もんだい

29 筆者はなぜ父を②仕事の鬼だったと言うのか。

1 周りの大人たちと違うことを自分の子どもに言っていたから

2 高い熱があっても休まず、仕事第一だったから

3 子どもと遊ぶことがまったくなかったから

4 子どもには厳しく、まるで鬼のようだったから

>>翻譯

[29] 為什麼筆者稱他父親是②<u>工作狂</u>呢？

1 因為他父親告訴孩子的話和身邊大人們說的不一樣

2 因為他父親即使發高燒也絕不向公司請假，總是把工作放在第一位

3 因為他父親從來不陪孩子玩耍

4 因為他父親對孩子很嚴厲，簡直和惡魔一樣

題型解題訣竅

✔ **因果關係題** 參考 26 頁

考點 為什麼筆者稱他父親是<u>工作狂</u>呢？

關鍵 1. 直接在文章裡找到畫底線的詞組，往前後搜尋。

2. 雖然沒有因果關係詞，但往前後看整個完整的句子，可見關鍵詞後的「で」表示停頓，而作者也於下一段話道出具體原因。

3. 仔細閱讀後，回到選項找到與之相符的答案。

位置 由底線之後的內容找到答案。

題解 日文解題／解題中譯

答案是 **2**

答えは 2

「仕事の鬼」とは「非常に熱心で、ものごとに打ち込む人」のことをいう。父の仕事の取り組みを読み取る。②＿＿の後に「高い熱があっても決して仕事を休みませんでした」とある。ここから、2「仕事第一」であったことがわかる。

1 と 3 と 4 は、「仕事」について触れていないので×。

正確答案是 2

「仕事の鬼」(工作狂) 是指「非常に熱心で、ものごとに打ち込む人」(拚命投入工作的人)。由此得知爸爸的工作態度。還有，②＿＿的後面提到「高い熱があっても決して仕事を休みませんでした」(即使發高燒也絕不向公司請假)。由上述可以知道，選項 2 指的是「仕事第一」(工作第一)。

選項 1、3、4 都和工作無關。

30 ③非常に役に立っていますとあるが、なぜか。

1 周りの人についていけば安全だから

2 人のまねをすることはよくないことだから

3 人と同じことをしていても仕事の場で勝つことはできないから

4 自分で考え自分で行動するためには、自信が大切だから

▶翻譯

[30] 為什麼③使我受益良多呢？

1 因為只要跟著別人就很安全

2 因為模仿別人是不好的行為

3 因為如果和別人做相同的事情，就無法在職場上出類拔萃

4 因為若要訓練自己能夠獨立思考並且採取行動，自信非常重要

題型解題訣竅　　　✔ 因果關係題 參考 26 頁

考點 為什麼使我受益良多呢？

關鍵 1. 直接在文章裡找到畫底線的詞組，往前後搜尋。

　　　2. 前後文雖無明確寫出因果關係詞，但從段落的敘述可知，作者先點出受益良多的結果，並於其後闡述具體的原因。

> 3.底線詞後面的文句提到，一昧模仿他人是無法勝出的結論，
>   回到選項找出答案。
>
> 位置 由底線之後的內容找到答案。

題解 日文解題／解題中譯　　　　　　　　　　　　　　答案是 **3**

答えは 3

1. ×…「周りの人についていけば安全だから」とは書かれていない。
2. ×…「よくないことだ」とは書かれていない。言い過ぎの表現である。
3. 〇…「ただ周りの人についていったり、真似をしたりしていたのでは勝ち残ることができません」とある。
4. ×…「自信が大切だから」とは書かれていない。

正確答案是 3

1. ×…文中沒有提到「周りの人についていけば安全だから」(只要跟著別人就很安全)。
2. ×…文中並沒有寫到模仿是「よくないことだ」(不好的行為)。請小心這種過於武斷的敘述。
3. 〇…文中提到「ただ周りの人についていったり、真似をしたりしていたのでは勝ち残ることができません」(在這樣的時代裡，若只是一昧跟隨其他人、模仿的話是無法勝出的)。
4. ×…文中沒有提到「自信が大切だから」(自信非常重要)。

Grammar

1

**〜にとって
（は／も／の）**

對於…來說

たった 1,000 円でも、子供にとっては大金です。
名詞＋にとって

雖然只有一千日圓，但對孩子而言可是個大數字。

(2)

　ある留学生が入学して初めてのクラスで自己紹介をした時、緊張していたためきちんと話すことができず、みんなに笑われて恥ずかしい思いをしたという話を聞きました。彼はそれ以来、人と話すのが苦手になってしまったそうです。①とても残念な話です。確かに、小さい失敗が原因で性格が変わることや、ときには仕事を失ってしまうこともあります。

　では、失敗はしない方がいいのでしょうか。私はそうは思いません。昔、ある本で、「人の②心を引き寄せるのは、その人の長所や成功よりも、短所や失敗だ」という言葉を読んだことがあります。その時はあまり意味がわかりませんでしたが、今はわかる気がします。

　その学生は、失敗しなければよかったと思い、失敗したことを後悔したでしょう。しかし、周りの人、特に先輩や先生から見たらどうでしょうか。その学生が失敗したことによって、彼に何を教えるべきか、どんなアドバイスをすればいいのかがわかるので、声をかけやすくなります。まったく失敗しない人よりもずっと親しまれ愛されるはずです。

　そう思えば、失敗もまたいいものです。

單字》

» 留学生 留學生
學

» 緊張 緊張

» きちんと 好好
地，牢牢地；整
齊，乾乾淨淨；
恰好，恰當

» 苦手 不擅長的
事物；棘手的人
或事

» 性格 （人的）
性格，性情；（事
物的）性質，特
性

» 変わる 改變；
變化；與眾不同；
改變時間地點，
遷居，調任

» 成功 成功，成
就，勝利；功成
名就，成功立業

» 後悔 後悔，懊
悔

» アドバイス
【advice】 忠
告，勸告，提意
見；建議

» まったく 完
全，全然；實
在，簡直；（後
接否定）絕對，
完全

▶ 翻 譯

　　我聽說，有一位留學生於入學後第一次上課的自我介紹時由於太緊張了，講得結結巴巴的，結果淪為大家的笑柄，使他很難為情。自從那次出糗以後，他變得害怕和別人交談。①這件事令人感到相當遺憾。的確，有時候某些小小的挫敗會導致性格的改變，甚至造成失去工作的後果。

　　那麼，是否不要受挫比較好呢？我不這樣認為。我曾在某本書上讀到這樣一段話：「真正②具有魅力的，不是他的優點或成功，而是他的缺點或失敗」。當時，我不太懂這段話是什麼意思，但是現在似乎能夠領悟了。

　　那位學生想必對於那件糗事感到懊悔，多麼希望當時沒有出糗。可是，他身邊的人們，尤其是他的學長和師長，對這件事又會有什麼樣的看法呢？藉由那位學生出糗的狀況，使他們能夠了解應該教導他什麼，也更容易知道應該提供他哪些實用的建議，因而找到話題和他多聊聊。比起那些從未出糗的人，他應當更能獲得學長和師長親切的關愛。

　　如此轉念一想，出糗反而是件好事呢。

31 なぜ筆者は、①とても残念と言っているのか。

1 学生が、自己紹介で失敗して、恥ずかしい思いをしたから

2 学生が、自己紹介の準備をしていなかったから

3 学生が、自己紹介で失敗して、人前で話すのが苦手になってしまったから

4 ある小さい失敗が原因で、仕事を失ってしまうこともあるから

>> 翻譯

[31] 為什麼筆者要說①這件事令人感到相當遺憾呢？

1 因為學生在自我介紹時出糗，覺得很難為情

2 因為學生沒有事先準備自我介紹

3 因為學生在自我介紹時出糗，從此變得害怕和別人交談

4 因為某些小小的挫敗，甚至可能造成失去工作的後果

題型解題訣竅

因果關係題 參考26頁

考點 為什麼筆者要說這件事令人感到相當遺憾呢？

關鍵 1. 這題的關鍵詞道出了結論，因此應找到文章裡畫底線的詞組，往前搜尋。

2. 前面可見作者講述整件事情的經過，事件最後以不好的結果收尾。

3. 由此可推出作者感到遺憾的原因，再從選項中找到最符合的答案。

位置 由底線之前的內容找到答案。

⑥ 答えは 3

1. ×…学生が「恥ずかしい思い」をしたことが、筆者にとって残念なわけではない。

2. ×…「自己紹介の準備をしていなかったから」ではない。

3. ○…①＿＿の前に「彼はそれ以来、人と話すのが苦手になってしまった」とある。

4. ×…一般に言われていることで、留学生のことではない。

正確答案是 3

1. ×…筆者並沒有對學生「恥ずかしい思い」(覺得很難為情) 這件事感到遺憾。

2. ×…並不是因為「自己紹介の準備をしていなかったから」(因為學生沒有事先準備自我介紹) 而感到遺憾。

3. ○…①＿＿的前面提到「彼はそれ以来、人と話すのが苦手になってしまった」(自從那次出糗以後，他變得害怕和別人交談)。

4. ×…這句話說明普遍可能發生的情形，而非單指留學生的事件。

もんだい

32 ②心を引き寄せると、同じ意味の言葉は文中のどれか。

　1　失敗をする　　　　　　2　教える

　3　叱られる　　　　　　　4　愛される

≫翻譯

[32] 以下文中的哪個詞語和②具有魅力的意思相同？

　1　出糗　　　　　　　　　2　教導

　3　遭到斥責　　　　　　　4　得到關愛

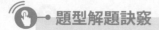

考點 以下哪個詞語和<u>具有魅力</u>的意思相同？

關鍵 1. 如果原本就知道該日文的意思，可以直接作答。

2. 若沒有把握，則先找到文中單字的位置，可見作者引用了一句名言，通常下一段便會詳加說明或舉出實際例子來證實，而這篇也不例外。

3. 由例子最後的結論「愛される」可知答案。

位置 從畫線單字的前後文推敲字義。

題解 日文解題／解題中譯 答案是 **4**

答えは4

「引き寄せる」は「引っ張って自分のほうに近づける」こと。「心を引き寄せる」のだから、自分にとっていい感情である。そんな感情のことばをさがすと、文章の終わりのほうに「親しまれ愛される」とある。したがって4「愛される」が適切。

正確答案是4

「引き寄せる」(具有魅力的)是指「引っ張って自分のほうに近づける」(吸引人親近自己)。正因為「心を引き寄せる」(具有魅力)，所以能讓人對自己產生正向的情感。於文章中搜尋有關這種情感的字句，發現文章最後提到「親しまれ愛される」(獲得親切的關愛)。所以選項4「愛される」(得到關愛)最為適當。

33 この文章の内容と合っているものはどれか。

1 緊張すると、失敗しやすくなる。

2 大きい失敗をすると、人に信頼されなくなる。

3 失敗しないことを第一に考えるべきだ。

4 失敗することは悪いことではない。

>> 翻 譯

[33] 以下哪一段敘述這篇文章的內容相符？

1 緊張的時候容易出糗。

2 大出洋相的話，別人就不再信任自己了。

3 要把不出糗視為第一優先考量。

4 出糗並不是件壞事。

題型解題訣竅　　✔ **正誤判斷題＋主旨題** 參考 36、20 頁

考點 以下哪一段敘述這篇文章的內容相符？

關鍵 1. 先看選項，可知問的與作者的想法有關，此時要注意必須嚴格根據文章的意思來進行理解和推斷，不可以自己提前做假設。

2. 選項 1、2、3 難以用關鍵字搜尋找到答案，可以留到後面解決。

3. 而文章是闡述作者主張的論說文，題目問的又是作者的想法，可參考主旨題解法，通常最重要的結論會在最後一段。於最後一段可找到「出糗反而是件好事呢。」的中心思想，找到答案。

位置 解答的材料在整篇文章裡。

6 答えは 4

1. ×…緊張して失敗したのは、留学生の経験にすぎず、この文章では、「緊張すると、失敗しやすくなる」とは、はっきり書かれていない。
2. ×…「人に信頼されなくなる」とは書かれていない。
3. ×…文章の最後に「失敗もまたいいものです」とある。
4. ○…「失敗もまたいいもの」とは、つまり、「失敗することは悪いことではない」ということ。

正確答案是 4

1. ×…因為緊張而失敗只不過是留學生的經驗，文章並沒有明確寫到「緊張すると、失敗しやすくなる」(緊張的時候容易出糗)。
2. ×…文章沒有提到「人に信頼されなくなる」(別人就不再信任自己)。
3. ×…文章的最後提到「失敗もまたいいものです」(出糗反而是件好事)。
4. ○…所謂「失敗もまたいいもの」(出糗反而是件好事)，也就是「失敗することは悪いことではない」(出糗並不是一件壞事)。

Grammar

1

～という

叫做…；說…(是)…

森田さんという男の人をご存知ですか。
名詞＋という
您認識一位姓森田的先生嗎？

2

～によって

由…；根據…

実験によって、薬の効果が明らかになった。
名詞＋によって
藥效經由實驗而得到了證明。

問題六 翻譯與題解

もんだい
6

第6大題　請閱讀以下的文章，然後回答問題。答案請從1、2、3、4之中挑出最適合的選項。

2015年の6月、日本の選挙権が20歳以上から18歳以上に引き下げられることになった。1945年に、それまでの「25歳以上の男子」から「20歳以上の男女」に引き下げられてから、なんと、70年ぶりの改正である。2015年現在、18・19歳の青年は240万人いるそうだから、①この240万人の人々に選挙権が与えられるわけである。

なぜ20歳から18歳に引き下げられるようになったかについては、若者の声を政治に反映させるためとか、諸外国では大多数の国が18歳以上だから、などと説明されている。
└文法①

日本では、小学校から高校にかけて、係や委員を選挙で選んでいるので、選挙には慣れているはずなのに、なぜか、国や地方自治体の選挙では②若者の投票率が低い。2014年の冬に行われた国の議員を選ぶ選挙では、60代の投票率が68％なのに対して、50代が約60％、40代が
└文法②
50％、30代が42％、そして、③20代は33％である。三人に一人しか投票に行っていないのである。選挙権が18歳以上になったとしても、

單字》

» **選挙** 選舉，推選
» **ぶり** 相隔
» **青年** 青年，年輕人
» **諸** 諸
» **地方** 地方，地區；（相對首都與大城市而言的）地方，外地
» **若者** 年輕人，青年
» **消極的** 消極的

いったい、どれぐらいの若者が投票に行くか、疑問である。それに、18歳といえば大学受験に忙しく、政治的な話題には消極的だという意見も聞かれる。

　しかし、投票をしなければ自分たちの意見は政治に生かされない。これからの長い人生が政治に左右されることを考えれば、若者こそ、選挙に行って投票すべきである。
└文法③
└文法④

　そのためには、学校や家庭で、政治や選挙についてしっかり教育することが最も大切であると思われる。

▶▶翻譯

　2015年6月起，日本的投票年齡自年滿20歲調降至年滿18歲。距離1945年自「年滿25歲男子」修改為「年滿20歲男女」，已是時隔70年修訂相關法條了。2015（今）年的18、19歲青年約有240萬人，亦即①這240萬人取得了選舉權。

　關於為何要將投票年齡自20歲調降至18歲，政府解釋是為了要讓年輕人的意見能夠反映在現行政治上，以及其他絕大多數國家的相關規定均為年滿18歲的緣故。

　在日本，從小學到高中均會透過選舉的方式選出各種股長與幹部，國民應該已經很習慣選舉過程才對，但不知道什麼原因，國家層級與地方自治團體的相關選舉中，②年輕人的投票率卻不高。在2014年冬季舉辦的國會議員選舉，相較

於 60 至 69 歲年齡層的投票率高達 68%，50 至 59 歲年齡層約 60%、40 至 49 歲年齡層約 50%、30 至 39 歲年齡層約 42%，而③ 20 至 29 歲年齡層為 33%，亦即，每三人只有一人投票。如此現狀不禁令人懷疑，即使年滿 18 歲者擁有了選舉權，究竟有多少年輕人願意去投票呢？此外，也有部分人士認為，18 歲的年紀正忙著準備大學的入學考試，對於政治話題並不關心。

然而，假如不投票，就無法使自己的意見為政治所採納。考慮到往後長久的人生都將受到政治的深遠影響，年輕人更應該踴躍投票以行使選舉權。

為此，最重要是學校與家庭教育應當充分教導青少年關於政治與選舉的議題。

もんだい

34　①この 240 万人の人々について、正しいのはどれか。

1　2015 年に選挙権を失った人々
2　1945 年に新たに選挙権を得た人々
3　2015 年に初めて選挙に行った人々
4　2015 年の時点で、18 歳と 19 歳の人々

≫翻譯

[34] 關於①這 240 萬人，以下何者正確？

1　2015 年失去了選舉權的人們
2　1945 年首度獲得了選舉權的人們
3　2015 年第一次行使了投票的人們
4　2015（今）年為 18 歲與 19 歲的人們

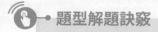

考點 關於這240萬人，以下何者正確？

關鍵 1. 詳細閱讀並理解問題句，注意問題是問正確的選項。

2. 因畫線處的內容，提到「この」，因此可先往前一句尋找「この」所指的事物，可加速理解文章內容。

3. 回去看選項便順利找到與之符合的答案。

位置 解答的材料在畫線處的前一段落裡。

題解 日文解題／解題中譯

答案是 **4**

答えは4

　①＿＿の「この」に注目する。直前の「2015年現在、18・19歳の青年」のことを指している。

正確答案是4

　請注意①＿＿的「この」（這）。這指的是前面寫的「2015年現在、18・19歳の青年」（2015（今）年的18、19歲青年）。

もんだい

35　②若者の投票率が低いことについて、筆者はどのように考えているか。

1　若者は政治に関心がないので、仕方がない。

2　投票しなければ自分たちの意見が政治に反映されない。

3　もっと選挙に行きやすくすれば、若者の投票率も高くなる。

4　年齢とともに投票率も高くなるので、心配いらない。

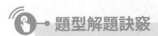 翻譯

[35] 關於②年輕人的投票率卻不高，筆者有何看法呢？

1 由於年輕人對政治缺乏關心，這是沒辦法的事。

2 假如不投票，就無法使自己的意見反映在政治上。

3 如果讓選舉方式變得更簡便，就能提高年輕人的投票率。

4 投票率隨著年齡層的增加而逐步提高，所以不必擔心。

題型解題訣竅　　　　　　　　　　　 ✔ 主旨題　參考 20 頁

考點 對年輕人投票率的不高，筆者有何看法？

關鍵 1. 從段落的連接上找出來，第三段用一句話歸納是「年輕人的投票率卻不高」，但第四段開頭用「しかし」來連接，知道是反對上面的內容了。

2. 作者的觀點也集中在第四段。

3. 答案在「しかし」的後面那一句「投票しなければ自分たちの意見は政治に生かされない」。

位置 中心段落在第四段，也就是文章的主旨所在。

題解 日文解題／解題中譯　　　　　　　　　　　　　　　　答案是 ②

 答えは 2

1. ×…「仕方がない」とは言っていない。

2. ○…終わりから二つ目の段落に「投票しなければ自分たちの意見は政治に生かされない」とある。

3. ×…「もっと選挙に行きやすくすれば」は文章中にない内容。

4. ×…「心配いらない」とは言っていない。

正確答案是 2

1. ✕⋯文中沒有說這是「仕方がない」(沒辦法的事)。

2. ○⋯倒數第二段提到「投票しなければ自分たちの意見は政治に生かされない」(假如不投票，就無法使自己的意見為政治所採納)。

3. ✕⋯「もっと選挙に行きやすくすれば」(如果讓選舉方式變得更簡便) 是文章中沒有提到的內容。

4. ✕⋯文中沒有提到「心配いらない」(不必擔心)。

もんだい

[36] ③20代は33％であるとあるが、他の年代と比べてどのようなことが言えるか。

1 20代の投票率は、30代より高い。

2 20代の投票率は、40代と同じくらいである。

3 20代の投票率は、60代の約半分である。

4 20代の投票率が一番低く、四人に一人しか投票に行っていない。

▶▶翻譯

[36] 關於③ 20 至 29 歲年齡層為 33%，和其他年齡層相較，可以得到以下哪項結論呢？

1 20 至 29 歲年齡層的投票率，高於 30 至 39 歲年齡層。

2 20 至 29 歲年齡層的投票率，和 40 至 49 歲年齡層差不多。

3 20 至 29 歲年齡層的投票率，約為 60 至 69 歲年齡層的一半。

4 20 至 29 歲年齡層的投票率最低，每 4 人只有一人投票。

題型解題訣竅

 推斷題 參考 30 頁

考點 關於 20 至 29 歲年齡層為 33%，和其他年齡層相較，可以得到以下哪項結論呢？

關鍵 1. 題目的關鍵句「20 代は 33％である」直接可以到文章裡找到，順藤摸瓜往上找年齡層相較的訊息「60 代の投票率が 68％なのに対して」。

2. 推斷題需要考生在文中找到相關依據「20 代は 33％である」、「60 代の投票率が 68％なのに対して」。

3. 還要根據上述的信息走一步推理的過程，才能得出答案。「33％」是「68％」的二分之一。得出答案是「20 幾歲的投票率，約為 60 幾歲的一半」。

位置 第三段第四行中間。

題解 日文解題／解題中譯

答案是 ③

答えは 3

1. ×…30代は 42％なので、30代のほうが高い。
2. ×…40代は 50％なので、「40代と同じくらい」ではない。
3. ○…60代は 68％なので「60代の約半分」である。
4. ×…「四人に一人」ではなく「三人に一人」である。

正確答案是 3

1. ×…因為 30 至 39 歲年齡層的投票率是 42％，所以 30 至 39 歲年齡層的投票率較高。

2. ×…因為 40 至 49 歲年齡層的投票率是 50％，所以 20 至 29 歲年齡層的投票率並沒有「40代と同じくらい」（和 40 至 49 歲年齡層差不多）。

3. ○…因為 60 至 69 歲年齡層的投票率是 68％，所以 20 至 29 歲年齡層的投票率「60代の約半分」（約為 60 至 69 歲年齡層的一半）。

4. ×…並非「四人に一人」（每 4 人只有一人投票），而是「三人に一人」（每 3 人只有一人投票）。

37 若者が選挙に行くようにするには、何が必要か。

1 選挙に慣れさせること
2 投票場をたくさん設けること
3 学校や家庭での教育
4 選挙に行かなかった若者の名を発表すること

翻譯

[37] 為了鼓勵年輕人踴躍投票，必須採取以下哪種方法？

1 讓年輕人習慣選舉
2 廣設投票所
3 強化學校與家庭教育
4 公布未投票年輕人的姓名

題型解題訣竅　　　**主旨題** 參考20頁

考點 為了鼓勵年輕人踴躍投票，必須採取以下哪種方法？

關鍵 1. 這一題要考的是作者要告訴我們的觀點看法「鼓勵年輕人踴躍投票該如何」。

2. 最後一段落，往往都是主旨所在的地方。

3. 可以注意圈劃表示信號的關鍵詞，這裡是最後一段的「そのために」，它的後面就是答案句了「学校や家庭で～しっかり教育することが最も大切～」。

位置 最後一段。

6 答えは 3

筆者のいちばん言いたいことは、最後の段落に書かれている。「学校や家庭で、政治や選挙についてしっかり教育することが最も大切」と述べている。したがって、3「学校や家庭での教育」が適切。

1・2・4 は文章中で述べられていない内容。

正確答案是 3

作者最想表達的看法寫在最後一段「学校や家庭で、政治や選挙についてしっかり教育することが最も大切」(最重要是學校與家庭教育應當充分教導青少年關於政治與選舉的議題)。所以，答案是選項 3「学校や家庭での教育」(強化學校與家庭教育)。

選項 1・2・4 都是文章中沒有提到的內容。

Grammar

1

～とか

說是…啦，好像…，聽說…

昔、この辺は海だったとか。
　　　　　　　　名詞＋とか

據說這一帶從前是大海。

2

～に対して

向…，對（於）…

息子は、音楽に対して人一倍興味が強いです。
　　　　　名詞＋に対して

兒子對音樂的興趣非常濃厚。

3

～こそ

才是…，正是…，唯有…才…

「ありがとう。」「私こそ、ありがとう。」
　　　　　　　　名詞＋こそ

「謝謝。」「我才該向你道謝。」

4

～べき

必須…，應當…

あんな最低の男とは、さっさと別れるべきだ。
　　　　　　　　　　動詞辭書形＋べき

那種差勁的男人，應該早早和他分手！

問題七 翻譯與題解

第 7 大題　下一頁是某家公司的員工旅遊公告。請閱讀後回答下列問題。
答案請從 1、2、3、4 之中挑出最適合的選項。

令和元年 7 月 1 日

社員のみなさまへ

総務部

社員旅行のお知らせ

本年も社員旅行を次の通り行います。参加希望の方は、下の申込書にご記入の上、7 月 20 日までに、山村（内線番号 XX）に提出してください。└文法①
多くの方のお申し込みを、お待ちしています。

記

1. 日時　　9 月 4 日（土）〜5 日（日）
2. 行き先　静岡県富士の村温泉
3. 宿泊先　星山温泉ホテル（TEL：XXX-XXX-XXXX）
4. 日程
   9 月 4 日（土）
   午前 9 時　本社出発 ― 月川 PA ― ビール工場見学 ―
   富士の村温泉着　午後 5 時頃
   9 月 5 日（日）
   午前 9 時　ホテル出発 ― ピカソ村観光（アイスクリーム作り）― 月川 PA ― 本社着　午後 5 時頃
   ＊道路が混雑していた場合、遅れます
5. 費用　　一人 15,000 円（ピカソ村昼食代は別）

申し込み書

氏名
部署名
ご不明な点は、総務部山村（内線番号 XX）まで、
お問い合わせ下さい。

敬致全體員工

令和元年 7 月 1 日

總務部

員工旅遊相關公告

　　今年依照往例舉辦員工旅遊，方式如下：擬參加者，請填寫下述報名表，並於 7 月 20 日前提交山村（分機ＸＸ）彙整。期待各位踴躍報名！

報名表

1. 日期　9 月 4 日（六）～5 日（日）

2. 目的地　靜岡縣富士之村溫泉

3. 住宿　星山溫泉旅館（電話 ＸＸＸ - ＸＸＸ - ＸＸＸＸ）

4. 行程
   9 月 4 日（六）
   上午 9 時於公司出發—月川休息站—參觀啤酒工廠—下午 5 時左右抵達富士之村溫泉

   9 月 5 日（日）
   上午 9 時於旅館出發—遊覽畢卡索村（製作冰淇淋）—月川休息站—下午 5 時左右抵達公司　＊若遇塞車的情況則可能延遲

5. 費用　一人 15000 圓（畢卡索村的午餐費另計）

------------------------- 切 割 線 -------------------------

報名表

姓名
部門
關於這次旅遊如有問題，請洽詢山村（分機ＸＸ）。

38 この旅行に参加したいとき、どうすればいいか。

1 7月20日までに、社員に旅行代金の 15,000 円を払う。

2 7月20日までに、山村さんに申込書を渡す。

3 7月20日までに、申込書と旅行代金を山村さんに渡す。

4 7月20日までに、山村さんに電話する。

▶▶ 翻譯

[38] 想參加這次旅遊的人，應該怎麼做呢？

1 於 7 月 20 日前，將旅費 15,000 圓支付給員工。

2 於 7 月 20 日前，將報名表交給山村小姐。

3 於 7 月 20 日前，將報名表和旅費交給山村小姐。

4 於 7 月 20 日前，打電話給山村小姐。

題型解題訣竅

✔ 細節題 參考22頁

考點 想參加這次旅遊的人，應該怎麼做呢？

關鍵 【how】どうやって (手段) [怎麼做？]

1. 問題形式：どうすればいいか。

2. 問題句的要點是「どうすればいいか」，而對此的回答，所用的是「～てください」。

3. 從關鍵詞、詞組給的提示去找答案。問題的關鍵詞是「參加したい」，在文中找到答案句「參加希望の方は、～山村さんに提出してください」

4. 答案可能在，跟問題句相同、近似或相關的關鍵詞或詞組裡。「希望」與問句「したい」意思接近；「提出して」與問句「渡す」意思接近。

位置 公告的第一行後半，到第二行結束。

答えは 2

1. ×…7月20日までにすることは、「旅行代金」の支払いではなく、「申込書」の提出である。

2. ○…「参加希望の方は、下の申込書にご記入の上、7月20日までに、山村（内線番号××）に提出してください」とある。

3. ×…「旅行代金」の支払いは7月20日までではない。

4. ×…不明な点があったら山村さんに電話する。

正確答案是 2

1. ×…7月20日是「申込書」(報名表) 的提交期限，而非「旅行代金」(旅費) 的支付期限。

2. ○…文中提到「参加希望の方は、下の申込書にご記入の上、7月20日までに、山村（内線番号××）に提出してください」(擬參加者，請填寫下述報名表，並於7月20日前擲提交山村〈分機 X X〉彙整)。

3. ×…「旅行代金」(旅費) 的支付期限不是7月20日。

4. ×…如有問題，才需要洽詢山村小姐。

もんだい

39　この旅行について、正しくないものはどれか。

1　この旅行は、帰りは新幹線を使う。

2　旅行代金15,000円の他に、2日目の昼食代がかかる。

3　本社に帰って来る時間は、午後5時より遅くなることがある。

4　この旅行についてわからないことは、山村さんに聞く。

[39] 關於這次旅遊，以下哪一項敘述不正確？

1 這次旅遊的回程將搭乘新幹線。

2 除了旅費 15,000 以外，尚須支付第二天的午餐費。

3 回到公司的時間將可能晚於下午 5 時。

4 關於這次旅遊如有問題，請洽詢山村小姐。

題型解題訣竅　　　　　✔ 正誤判斷題　參考 36 頁

考點 關於這次旅遊，以下哪一項敘述不正確？

關鍵 1. 詳細閱讀並理解問題句，注意問題是問錯誤的選項。

2. 先看選項，找出時間、交通、費用等關鍵字，再回去找答案。本題文章篇幅雖長，但有明顯的段落的要點可以掌握，並一一確認。

3. 選項 1 文中雖沒有直接寫出交通工具，但從行程安排處及備註可以推出答案。沒辦法從字面上得到答案時，需要透過推敲細節，來做出判斷。

位置 解答的材料在整篇文章裡。

題解　日文解題／解題中譯　　　　　　　　　　答案是 ①

答えは 1

1. ○…帰りの行程で月川 PA（パーキングエリア）に寄るし、また、「道路が混雑していた場合、遅れます」とあることから、バスだとわかる。

2. ×…「ピカソ村昼食代は別」とある。「別」とは「含まない」ということ。つまり、「2 日目の昼食代がかかる」は正しい。

3. ×…「道路が混雑していた場合、遅れます」とあることから「午後 5 時より遅くなることがある」は正しい。

4. ×…「ご<ruby>不明<rt>ふめい</rt></ruby>な<ruby>点<rt>てん</rt></ruby>は、<ruby>総務部<rt>そうむぶ</rt></ruby><ruby>山村<rt>やまむら</rt></ruby>（<ruby>内線番号<rt>ないせんばんごう</rt></ruby>××）まで、お<ruby>問<rt>と</rt></ruby>い<ruby>合<rt>あ</rt></ruby>わせください」とある。「ご<ruby>不明<rt>ふめい</rt></ruby>な<ruby>点<rt>てん</rt></ruby>」とは「わからないこと」ということ。

正確答案是 1

1. ○…回程時會經過月川休息站，而且「道路が混雑していた場合、遅れます」(若遇塞車的情況則可能延遲)，因此可以得知回程時搭的是巴士。

2. ×…公告裡提到「ピカソ村昼食代は別」(畢卡索村的午餐費另計)，而且「別」(另計) 是「含まない」(不含) 的意思。也就是說「2 日目の昼食代がかかる」(尚須支付第二天的午餐費) 是正確的。

3. ×…公告裡提到「道路が混雑していた場合、遅れます」(若遇塞車的情況則可能延遲)，所以「午後 5 時より遅くなることがある」(回到公司的時間可能晚於下午 5 時) 是正確的。

4. ×…因為公告裡最後提到「ご不明な点は、総務部山村（内線番号××）まで、お問い合わせください」(關於這次旅遊如有問題，請洽詢山村〈分機ＸＸ〉)。「ご不明な点」(如有問題) 是指「わからないこと」(不清楚的事)。

Grammar

1

〜までに

到…為止；在…之前

12<ruby>時<rt>じ</rt></ruby>までには<ruby>寝<rt>ね</rt></ruby>るようにしている。

名詞＋までに

我現在都在 12 點之前睡覺。

MEMO

電子郵件、告示或通知等，留意幾個重要資訊，包含活動日期、金額多少、應該與誰聯繫報名、期限到什麼時候結束…等等，而期限通常會以「日期＋までに」的文法來說明，可多加留意避免與活動日期搞混。

關於電子郵件 (2)

在「電子郵件」或「告示」、「通知」等的最後，多會附上 "諮詢處"，以便有疑問者能找到地方詢問。關於 "諮詢處" 還有以下說法：

◉ 電子郵件常用句－諮詢處

あて先：jlpt1127.kukaku@group.co.jp
件　名：資料の確認
送信日時：2015 年 8 月 14 日　13:15

中村 様

……

この件についてのお問い合わせは
山村まで。

……

1. ご不明な点は、山村まで。

2. 何かありましたら、山村まで。

3. 本件に関するお問い合わせは山村まで。

4. 何かご質問がありましたら、山村までメールでお願いします。

5. この件についてのお問い合わせは山村まで。

---

1. 如有不明之處，請與山村聯繫。
2. 如有需幫忙之處，請與山村聯繫。
3. 洽詢本案相關事宜，請與山村聯繫。
4. 如有任何疑問，請以郵件請與山村聯繫。
5. 洽詢本案相關事宜，請與山村聯繫。

文法比一比

とか　好像…，聽說…；說是…啦

接續 {名詞；形容動詞詞幹；[名詞・形容詞・形容動詞・動詞] 普通形} ＋とか

說明【傳聞】用在句尾，接在名詞或引用句後，表示不確切的傳聞，引用信息。比表示傳聞的「そうだ、ということだ」更加不確定，或是迴避明確說出，一般用在由於對消息沒有太大的把握，因此採用模稜兩可，含混的說法。相當於「～と聞いている」。中文意思是：「好像…、聽說…」。

例句 営業部の中田さん、沖縄の出身だとか。／業務部的中田先生好像是沖繩人。

っけ　是不是…來著，是不是…呢

接續 {名詞だ（った）；形容動詞詞幹だ（った）；[動詞・形容詞] た形} ＋っけ

說明【確認】用在想確認自己記不清，或已經忘掉的事物時。「っけ」是終助詞，接在句尾。也可以用在一個人自言自語，自我確認的時候。當對象為長輩或是身分地位比自己高時，不會使用這個句型。

例句 さて、寝るか。あれ、もう歯磨きはしたんだっけ。／好了，睡覺吧。刷過牙了嗎？

哪裡不一樣呢？

とか
【傳聞】

っけ
【確認】

說明「とか」表傳聞，說話者的語氣不是很肯定；「っけ」表確認，用在說話者印象模糊、記憶不清時進行確認，或是自言自語時。

こそ　正是…，才（是）…；正（因為）…才…

接續 {名詞} ＋こそ

說明【強調】(1)表示特別強調某事物。(2)表示強調充分的理由。前面常接「から」或「ば」。相當於「…ばこそ」。

例句「よろしくお願いします。」「こちらこそ、よろしく。」／「請多指教。」「我才該請您指教。」

だけ　只，僅僅

接續 {名詞（＋助詞)} ＋だけ；{名詞；形容動詞詞幹な} ＋だけ；{[形容詞・動詞] 普通形} ＋だけ

說明【限定】表示只限於某範圍，除此以外沒有別的了。

例句 野菜は嫌いなので肉だけ食べます。／不喜歡吃蔬菜，所以光只吃肉。

| こそ
【強調】 | だけ
【限定】 |

說明　「こそ」表強調，用來特別強調前項；「だけ」表限定，用來限定前項。對前項的人物、物品、事情、數量、程度等加以限制，表示在某個範圍內僅僅如此而已。

とおり、とおりに　按照…，按照…那樣

接續{名詞の；動詞辭書形；動詞た形}＋とおり（に）

說明【依據】表示按照前項的方式或要求，進行後項的行為、動作。中文意思是：「按照…、按照…那樣」。

例句 どんなことも、自分で考えているとおりにはいかないものだ。／無論什麼事，都沒辦法順心如意。

によって（は）、により　根據…

接續{名詞}＋によって（は）、により

說明【依據】表示事態所依據的方法、方式、手段。

例句 築年数、広さによって家賃が違う。／房租是根據屋齡新舊及坪數大小而有所差異。

| とおり
【依據】　（に） | によって
【依據】　（は） |

築年数、広さ

說明　「とおり（に）」表依據，表示依照前項學到的、看到的、聽到的或讀到的事物，內容原封不動地用動作或語言、文字表現出來；「によって（は）」也表依據。是依據某個基準的根據。也表示依據的方法、方式、手段。

問題四 翻譯與題解

第4大題　請閱讀以下（1）至（4）的文章，然後回答問題。答案請從1、2、3、4之中挑出最適合的選項。

（1）

　　私たち日本人は、食べ物を食べるときには「いただきます」、食べ終わったときには「ごちそうさま」と言う。自分で料理を作って一人で食べる時も、お店でお金を払って食べる時も、誰にということもなく、両手を合わせて「いただきます」「ごちそうさま」と言っている。

　　ある人に「お金を払って食べているんだから、レストランなどではそんな挨拶はいらないんじゃない？」と言われたことがある。
　　└文法①

　　しかし、私はそうは思わない。「いただきます」と「ごちそうさま」は、料理を作ってくれた人に対する感謝の気持ちを表す言葉でもあるが、それよりも、私たち人間の食べ物として
　　└文法②　　　　　　　　　　　　　　　　└文法③
その生命をくれた動物や野菜などに対する感謝の気持ちを表したものだと思うからである。

24 作者は「いただきます」「ごちそうさま」という言葉について、どう思っているか。

　1　日本人としての礼儀である。

　2　作者の家族の習慣である。

單字 》

» **お金** 錢，金錢；金屬

» **合わせる** 合併；核對，對照；加在一起，混合；配合，調合

» **感謝** 感謝

» **表す** 表現出，表達；象徵

» **礼儀** 禮儀，禮節，禮法，禮貌

3 料理を作ってくれたお店の人への感謝の
気持ちである。
4 食べ物になってくれた動物や野菜への
感謝の表れである。

▶▶翻譯

我們日本人飲食時會說「我開動了」，吃完
以後則說「我吃飽了」。即使是自己做菜一個人
吃的時候，或是到餐廳付錢吃飯時，也會雙手合
掌自己對自己說「我開動了」、「我吃飽了」。

有人曾經問我：「既然是付錢吃飯，應該不
必對餐廳的人那麼客氣吧？」

但是，我並不這樣認為。因為「我開動了」、
「我吃飽了」不但是對為我們烹調食物的人表達
謝意的話語，更是對獻出生命成為我們人類的食
物的動物和蔬菜表達謝意的話語。

[24] 作者對於「我開動了」、「我吃飽了」這些話
有什麼看法？

1 是身為日本人的禮儀
2 是作者家裡的習慣
3 是向為我們烹調食物的餐廳員工表達謝意
4 是向成為食物的動物和蔬菜表達謝意

● 主旨題 參考 20 頁

考點 作者對於「我開動了」、「我吃飽了」這些話有什麼看法？

關鍵 1. 最後一段落，往往都是主旨所在的地方，這題也不例外。

2. 最後一段開頭用「しかし」來連接，知道是反對上面的內容了。

3. 作者的觀點也集中在最後一段。再加上一個關鍵詞「それよりも（更是）」知道答案在這個詞的後面這一句話了。

位置 最後一段的後半部。

題解 日文解題／解題中譯　　　　　　　　　　　　　　　　　　　答案是 **4**

こた
答えは 4

1. ×…「日本人としての礼儀」だとは言っていない。

2. ×…「家族の習慣」だとは言っていない。

3. ×…「料理を作ってくれた人に対する感謝の気持ちを表す言葉でもあるが、それよりも…」とあることに注意する。「それよりも」の後の「人間の食べ物としてその生命をくれた動物や野菜などに対する感謝の気持ち」が、作者がいちばん思っていることである。

4. ○…最後の一文に注目する。

正確答案是 4

1. ×…文中並沒有說這是「日本人としての礼儀」(身為日本人的禮儀)。

2. ×…文中沒有說這是作者「家族の習慣」(家裡的習慣)。

3. ✕…請注意文中指出「料理を作ってくれた人に対する感謝の
   気持ちを表す言葉でもあるが、それよりも…」(不但是對為我
   們烹調食物的人表達謝意的話語，更是...)，在「それよりも」
   (更是)的後面提到「人間の食べ物としてその生命をくれた動
   物や野菜などに対する感謝の気持ち」(對獻出生命成為我們人
   類的食物的動物和蔬菜表達謝意)，這是作者最想表達的事。

4. ◯…請注意文章的最後一句 "對獻出生命成為我們人類的食物
   的動物和蔬菜表達謝意"。

Grammar

1		
～んじゃない 不…嗎，莫非是…	花子。もうじき来るんじゃない。 └ 動詞普通形＋んじゃない 花子？她不是等一下就來了嗎？	

2		
～に対する 向…，對(於)…	この事件の陰には、若者の社会に対する不満がある。 └ 名詞＋に対する 這起事件的背後，透露出年輕人對社會的不滿。	

3		
～として 作為…，以…身分； 如果是…的話，對 …來說	専門家として、一言意見を述べたいと思います。 └ 名詞＋として 我想以專家的身分，說一下我的意見。	

(2)

　　暑い時に熱いものを食べると、体が熱くなるので当然汗をかく。その汗が蒸発※1するとき、体から熱を奪うので涼しくなる。だから、インドなどの熱帯地方では熱くてからいカレーを食べるのだ。

　　では、日本人も暑い時には熱いものを食べると涼しくなるのか。

　　実は、そうではない。日本人の汗は他の国の人と比べると塩分濃度※2が高く、かわきにくい上に、日本は湿度が高いため、ますます汗は蒸発しにくくなる。

　　だから、暑い時に熱いものを食べると、よけいに暑くなってしまう。インド人のまねをしても涼しくはならないということである。

※1　蒸発…気体になること。

※2　濃度…濃さ。

| 25 | 暑い時に熱いものを食べると、よけいに暑くなってしまう理由はどれか。

　　1　日本は、インドほどは暑くないから

　　2　カレーなどの食べ物は、日本のものではないから

　　3　日本人は、必要以上に汗をかくから

　　4　日本人の汗は、かわきにくいから

單字》

» **当然** 當然，理所當然

» **地方** 地區，地方；（相對首都與大城市而言的）地方，外地

» **国** 國家；政府；國際，國有

» **濃度** 濃度

» **湿度** 濕度

» **ますます** 越發，益發，更加

» **濃い** 色或味濃深；濃稠，密

　　天氣熱的時候吃熱食會讓體溫上升，理所當然就會流汗。當汗液蒸發[1]的時候會帶走身體的熱度，因而感覺涼快一些。所以，諸如印度等熱帶地區的人會吃辛辣燙口的咖哩。

　　那麼，日本人在天氣熱的時候，也能靠吃熱食來圖個涼快嗎？

　　其實並不然。因為和其他國家的人做比較，日本人的汗液含鹽濃度[2]較高，原本就不容易乾了，再加上日本濕度較高，使得汗液更難蒸發。

　　因此，在天氣熱的時候吃熱食，反而會變得更悶熱。就算模仿印度人的消暑良方，也沒有辦法感覺涼快。

※1 蒸発：變成氣體。

※2 濃度：濃稠的程度。

[25] 在天氣熱的時候吃熱食，反而會變得更悶熱的理由是以下哪一項？

　　1 因為日本不像印度那麼熱

　　2 因為咖哩之類的食物不是日本的傳統食物

　　3 因為日本人流太多汗了

　　4 因為日本人的汗液不容易乾

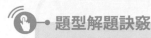

題型解題訣竅

✅ 因果關係題 參考26頁

考點 在天氣熱的時候吃熱食，反而會變得更悶熱的理由是以下哪一項？

關鍵 1. 在文章裡找到畫底線的詞組，往前後搜尋。

2. 前方出現因果關係詞「だから」，可知其後方的敘述為結論，往前找便能知道原因。

3. 前一段提到日本人的汗水不易蒸發等原因，回到題目找到與之相符的選項。

位置 由底線之前的內容找到答案。

題解 日文解題／解題中譯

答案是 **4**

6

答えは4

1・2. ×…文章中には説明されていない内容である。

3. ×…「必要以上に汗をかく」からではない。

4. ○…「塩分濃度が高く、かわきにくい」とある。

正確答案是 4

1・2. ×…這是文章中沒有說明的內容。

3. ×…日本人並沒有「必要以上に汗をかく」(流太多汗)。

4. ○…文中提到日本人的汗液「塩分濃度が高く、かわきにくい」(含鹽濃度較高，不容易乾)。

Part 3

1
2
3
4
5
6

問題四　翻譯與題解

(3)

佐藤さんの机の上に、メモがおいてある。

佐藤さん、

1　お疲れ様です。

　本日15時頃、北海道支社の川本さんより、

電話がありました。

　出張※の予定表を金曜日までに欲しいそう

5　です。

　また、ホテルの希望を聞きたいので、

今日中に携帯 090-XXXX-XXXX に連絡をくだ

さい、とのことです。

　よろしくお願いします。

10 18:00 田中

※　出張…仕事のためにほかの会社などに行

　くこと

26　佐藤さんは、まず、何をしなければならな

　いか。

　1　川本さんに、ホテルの希望を伝える。

　2　田中さんに、ホテルの希望を伝える。

　3　川本さんに、出張の予定表を送る。

　4　田中さんに、出張の予定表を送る。

單字》

» 希望　希望，期望，願望

» 伝える　傳達，轉告；傳導

>> 翻 譯

　　佐藤先生的辦公桌上擺著一張字條：

佐藤先生：

　　辛苦了。

　　今天 15 時左右，北海道分公司的川本先生來電。

　　他希望能在星期五之前收到出差※計畫表。

　　此外，他也想知道您希望預訂哪家旅館，請於今天之內撥手機 090-XXXX-XXXX 和他聯絡。

　　謝謝您。

18:00 田中

※ 出張：為工作而到其他公司等處。

[26] 川本先生首先必須做什麼事呢？

　1　告知川本先生想預訂哪家旅館。
　2　告知田中先生想預訂哪家旅館。
　3　把出差計畫表寄給川本先生。
　4　把出差計畫表寄給田中先生。

題型解題訣竅

✓ 細節題　參考22頁

考點　川本先生首先必須做什麼事呢？

關鍵　1. 問題形式：何をしなければならないか。

　　　2. 看到近似的關鍵詞或詞組，必須用心斟酌、仔細推敲。

　　　3. 選項的關鍵字是「伝える」，在文章中找到答案句「ホテルの希望を聞きたい」。從「伝える」仔細推敲出「聞きたい」的意思。

題解 日文解題／解題中譯 答案是 **1**

6 答えは 1

1. ○…今日中に「ホテルの希望」を伝えなければならない。
2. ×…「田中さん」はメモを書いた人である。電話があった「川本さん」に伝える。
3. ×…「出張の予定表を送る」のは、金曜日まで。今日中にしなければならないのは、「ホテルの希望」を伝えること。
4. ×…「田中さんに」ではない。まずすることは「出張の予定表を送る」ことではない。

正確答案是 1

1. ○…今天之內必須告知「ホテルの希望」(希望預訂哪家旅館)。
2. ×…「田中さん」(田中先生) 是留下字條的人。告知的對象應是留下電話的川本先生。
3. ×…「出張の予定表を送る」(出差計畫表) 必須在星期五前寄出，至於今天之內必須要做的事是告知「ホテルの希望」(希望預訂哪家旅館)。
4. ×…並不是「田中さんに」(給田中先生)，必須優先處理的事也不是「出張の予定表を送る」(寄送出差計畫表)。

(4)

これは、病院にはってあったポスターである。

單字》

» マナー
【manner】禮
貌，規矩；態度
舉止，風格
» 休憩 休息
» 等 等等；(助數
詞用法，計算階
級或順位的單
位) 等 (級)
» 検査 檢查，檢
驗

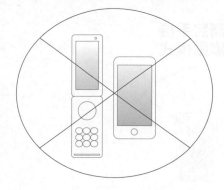

病院内では携帯電話を
マナーモードにしてください

1. お電話は、決められた場所でしてください。
　（携帯電話コーナー、休憩室、病棟個室等）
2. 病院内では、電源 off エリアが決められてい
　ます。
　（診察室、検査室、処置室、ICU 等）
3. 歩きながらのご使用はご遠慮ください。
4. 診察に邪魔になる場合は、使用中止をお願い
　することがあります。

27 この病院の中の携帯電話の使い方で、正し
くないものはどれか。

1 休憩室では、携帯電話を使うことができる。

2 検査室では、マナーモードにしなければな
らない。

3 携帯電話コーナーでは、通話してもよい。
4 歩きながら使ってはいけない。

>> 翻譯

這是張貼在醫院裡的海報。

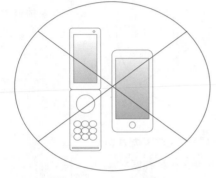

在院內請將手機
設定為震動模式

1. 請至指定區域內撥打或接聽。
   （包括手機使用區、休息室、病房等處）
2. 於院內的部分區域必須關閉電源。
   （包括診察室、檢查室、治療室、ICU等處）
3. 請不要邊走邊撥打或接聽。
4. 若會影響診察，將請您暫停使用。

[27] 在這家醫院內使用手機的規定，以下哪一項
敘述不正確？

1 在休息室可以使用手機。
2 在檢查室必須設定為震動模式。
3 在手機使用區內可以通話沒關係。
4 不可以邊走邊撥打或接聽。

題型解題訣竅

正誤判斷題 參考 36 頁

考點 關於這家醫院內使用手機的規定，以下哪一項敘述不正確？

關鍵 1. 詳細閱讀並理解問題句，注意問題是問錯誤的選項。

2. 答題時，先看選項，並推斷文章內容。可知本題只需核對在什麼場合？電話的使用方法如何？這兩者即可。

3. 在選項中圈上關鍵詞，再回到文章尋找答案句，一一進行比較，找到錯誤的答案。

位置 解答的材料在整篇文章裡。

題解 日文解題／解題中譯

答案是 **2**

6

答えは 2

1. ×…携帯電話を使用できる場所は、「携帯電話コーナー、休憩室、病棟個室等」である。
2. ○…「診察室、検査室、処置室、ICU 等」は「電源 off エリア」。したがって「検査室」ではマナーモードもだめである。
3. ×…「携帯電話コーナー」では使用してもよい。
4. ×…「歩きながらのご使用はご遠慮ください」とある。

正確答案是 2

1. ×…海報中提到可以使用手機的區域是「携帯電話コーナー、休憩室、病棟個室等」(手機使用區、休息室、病房等處)。
2. ○…「診察室、検査室、処置室、ICU 等」(診察室、檢查室、治療室、ICU 等處) 必須「電源 off エリア」(關閉電源)。所以在「検査室」(檢查室) 就連設定為震動模式也是不行的。
3. ×…可以在「携帯電話コーナー」(手機使用區) 使用手機。
4. ×…海報中提到「歩きながらのご使用はご遠慮ください」(請不要邊走邊撥打或接聽)。

もんだい 5 問題五 翻譯與題解

第5大題　請閱讀以下（1）至（2）的文章，然後回答問題。答案請從1、2、3、4之中挑出最適合的選項。

（1）

　　私は、仕事で人と会ったり会社を訪問したりするとき、①服の色に気をつけて選ぶようにしている。

　　例えば、仕事でほかの会社を訪問するとき、私は、黒い色の服を選ぶ。黒い色は、冷静で頭がよく自立※1した印象を与えるため、仕事の場では有効な色だと思うからだ。また、初対面の人と会うときは、白い服を選ぶことが多い。初対面の人にあまり強すぎる印象は与えたくないし、その点、白は上品で清潔な印象を与えると思うからだ。

　　入社試験の面接※2などでは、濃い青色の服を着る人が多い。「②リクルートスーツ」などと呼ばれているが、青は、まじめで落ち着いた印象を与えるので、面接等に適しているのだろう。

　　このように、服の色によって人に与える印象が変わるだけでなく、③服を着ている人自身にも影響を与える。私は、赤が好きなのだが、赤い服を着ると元気になり、行動的になるような気がする。

　　服だけでなく、色のこのような作用は、身の回りのさまざまなところで利用されている。

　　それぞれの色の特徴や作用を知って、改めて

単字 》

》**訪問** 訪問，拜訪

》**印象** 印象

》**与える** 給與，供給；授與；使蒙受；分配

》**場** 場，場所；場面

》**清潔** 乾淨的，清潔的；廉潔；純潔

》**濃い** 色或味濃深；濃稠，密

》**変わる** 改變；變化；與眾不同；改變時間地點，遷居，調任

》**影響** 影響

》**さまざま** 種種，各式各樣的，形形色色的

》**それぞれ** 每個（人），分別，各自

》**特徴** 特徵，特點

》**広告** 廣告；作廣告，廣告宣傳

》**道路** 道路

商品の広告や、道路や建物の中のマークなどを
見ると、その色が選ばれている理由がわかって
おもしろい。

※1 自立…人に頼らないで、自分の考えで
　　決めることができること。

※2 面接…会社の入社試験などで、試験を
　　受ける人に会社の人が直接考えなどを
　　聞くこと。

» 直接 直接
» 性格 (人的) 性
　格,性情;(事
　物的) 性質,特
　性
» 的 表示狀態或
　性質;(前接名
　詞) 關於,對於

≫翻譯

　　我在工作上與人會面或拜訪公司前，①總會
用心挑選服裝的顏色。

　　舉例來說，工作上拜訪其他公司時，我選擇
黑色的服裝。因為黑色給人的印象是冷靜、聰明、
獨立 ※1，很適合在職場上穿著。此外，與人第一
次見面時，我通常選擇白色的服裝，原因是不希
望讓第一次見面的人感覺太強勢，而白色恰好能
給人高尚且清爽的印象。

　　人們在求職面試 ※2 時，通常穿著藍色的衣服。
這種服裝稱為「②求職套裝」，理由應該是藍色給
人認真而穩重的印象，因此很適合在面試時穿著。

　　如同上面提到的，不同顏色的服裝會給別人
不同的印象，不僅如此，③這對穿上服裝的人本
身也會帶來影響。比方我喜歡紅色，只要穿上紅
衣服就會覺得精力充沛，變得很積極。

　　顏色的這種效用不只可以運用在服裝上，更
被大量運用在我們周遭的各種事物上。

　　當我們了解各種顏色的特色和效用後，再重
新審視商品廣告，以及街道和建築物上的標誌，
就能夠了解選擇那種顏色的用意，十分有意思。

※1 自立：不依賴他人，能夠憑著自己意志做決定。

※2 面接：參加公司的求職考試時，公司的主管直接詢
問受試者的過程。

もんだい

28 ①服の色に気をつけて選ぶようにしているとあるが、それ
はなぜか。

1 服の色は、その日の自分の気分を表しているから

2 服の色によって、人に与える印象も変わるから

3 服の色は服のデザインよりも人にいい印象を与えるから

4 服の色は、着る人の性格を表すものだから

≫ 翻譯

[28] 文中提到①總會用心挑選服裝的顏色，為什麼呢？

1 因為服裝的顏色能夠顯示出自己當天的心情

2 因為不同顏色的服裝會給別人不同的印象

3 因為服裝的顏色比服裝的設計更能給人好印象

4 因為服裝的顏色能夠展現出穿著者的個性

題型解題訣竅　　　✔ 因果關係題　參考 26 頁

考點 文中提到總會用心挑選服裝的顏色，為什麼呢？

關鍵 1. 在文章裡找到畫底線的詞組，往前後搜尋。

2. 後一段提到「例えば」，可知作者要舉例說明這麼做的原因。
例子說明了依場合穿著不同的顏色，可以給人不同的印象。

3. 本題答案為例子的精簡化說明，由於難以直接從字面上判
斷，應仔細閱讀每個選項的涵義和作者觀點，找出最符合
文章例子的選項。

位置 由底線之後的內容找到答案。

6 答えは 2

1. ×…筆者は「自分の気分」ではなく、人に与える印象を大切にしている。
2. ○…4段落の初めに「服の色によって人に与える印象が変わる」とある。
3. ×…「服のデザイン」については文章中にはない内容。
4. ×…「着る人の性格を表す」とは書かれていない。

正確答案是 2

1. ×…作者要表達的並非「自分の気分」(自己的心情)，而是必須注重自己給別人留下的印象。
2. ○…第四段的開頭提到「服の色によって人に与える印象が変わる」(不同顏色的服裝會給別人不同的印象)。
3. ×…「服のデザイン」(服裝的設計) 是文中沒有提到的內容。
4. ×…「着る人の性格を表す」(展現出穿著者的個性) 是文中沒有提到的內容。

もんだい

29 入社試験などで着る②「リクルートスーツ」は、濃い青色が多いのはなぜだと筆者は考えているか。

1 青は、まじめで落ち着いた印象を人に与えるから
2 青は、上品で清潔な印象を人に与えるから
3 入社試験には、青い服を着るように決まっているから
4 青は、頭がよさそうな印象を人に与えるから

[29] 為什麼面試時穿的「②求職套裝」通常是藍色的呢？

　　1　因為藍色給人認真而穩重的印象

　　2　因為藍色給人高尚且清爽的印象

　　3　因為求職考試規定必須穿著藍色服裝

　　4　因為藍色給人聰明的印象

題型解題訣竅

因果關係題 參考 26 頁

考點 為什麼面試時穿的「求職套裝」通常是藍色的呢？

關鍵 1. 在文章裡找到畫底線的詞組，往前後搜尋。

　　2. 前文提到許多人會穿藍色，而往後看則會找到因果關係詞「ので(因為)」，而「ので」之前的論述就是原因。

　　3. 仔細閱讀選項並對照，選出最相近的敘述。

位置 由底線之後的內容找到答案。

題解 日文解題／解題中譯

答案是 **1**

答えは1

　3段落の「リクルートスーツ」の説明に注目する。「青は、まじめで落ち着いた印象を与えるので、面接等に適しているのだろう」とある。

　2・3・4は文章中には書かれていない内容。

正確答案是1

　　請注意第三段關於「リクルートスーツ」(求職套裝)的說明。「青は、まじめで落ち着いた印象を与えるので、面接等に適しているのだろう」(藍色給人認真而穩重的印象，因此很適合在面試時穿著吧)。

　　2・3・4是文章中沒有提到的內容。

もんだい

30 ③服を着ている人自身にも影響を与えるとあるが、その例として、どのようなことが書かれているか。

1　白い服は、人に強すぎる印象を与えないこと
2　黒い服を着ると、冷静になれること
3　青い服を着ると、仕事に対するファイトがわくこと
4　赤い服を着ると、元気が出て行動的になること

▶翻譯

[30] 文中提到③這對穿上服裝的人本身也會帶來影響，關於這點，舉了什麼樣的例子呢？

1　白色的服裝給人不至於太強勢的印象
2　穿著黑色的服裝就能冷靜下來
3　穿著藍色的服裝就能產生工作鬥志
4　只要穿上紅衣服就會覺得精力充沛，變得很積極

題型解題訣竅　　✔ 細節題　參考22頁

考點 文中提到這對穿上服裝的人本身也會帶來影響，關於這點，舉了什麼樣的例子呢？

關鍵【how】どのような (樣子) [什麼樣？]

1. 問題形式：～どのような～。
2. 題目問什麼樣的例子，就注意文章裡跟選項，表示什麼樣的例子的關鍵詞組，就能迅速地找到答案。
3. 答案就在問題畫線的後面。「赤い服を着ると元気になり～気がする」。

位置 第四段最後一句。

答えは 4

1. ×…「白い服」については書かれていない。
2. ×…「黒い服」については書かれていない。
3. ×…「青い服」については書かれていない。
4. ○…「赤い服を着ると元気になり、行動的になるような気が する」とある。

正確答案是 4

1. ×…舉例中沒有提到「白い服」(白色的服裝)。

2. ×…舉例中沒有提到「黒い服」(黑色的服裝)。

3. ×…舉例中沒有提到「青い服」(藍色的服裝)。

4. ○…舉例中說明「赤い服を着ると元気になり、行動的になる ような気がする」(只要穿上紅衣服就會覺得精力充沛,變得很 積極)。

Grammar

1	
〜によって 藉由…；根據…； 因為…；依照	場合によっては、契約内容を変更する必要がある。 ┗ 名詞＋によって 有時必須視當時的情況而變更合約內容。
2	
〜ような 像…樣的；宛如 …一樣的…；感 覺像…	あの人、見たことがあるような気がする。 ┗ 動詞辭書形＋ような 我覺得那個人似曾相識。

学習能力を2倍にする

暮らし と 文化

關於服裝，除了顏色的「白い」、「青色」，
還能怎麼表達呢？

ストライプ
直條紋

ボーダー
橫條紋

花柄
碎花，花朵圖樣

ドット
圓點圖案

ギンガム
方格紋

水玉
點點花樣

ヒョウ柄
豹紋

千鳥格子
千鳥紋

幾何学模様
幾何圖騰

日本有自古便有用許多特殊的印花設計，例如東京奧運 Logo 中出現的藍白格紋，在日本稱為「組市松紋」，源自於江戶時代的一位歌舞伎演員「佐野川市松」的標誌性花樣。而若將印花換成青黑交錯，則會發現《鬼滅之刃》主角炭治郎的服裝也是同樣的紋路！看似簡單的設計，時則源自於深遠的歷史，令人驚嘆不已。

(2)

最近、野山や林の中で昆虫採集※1 をしている子どもを見かけることが少なくなった。私が子どものころは、夏休みの宿題といえば昆虫採集や植物採集だった。男の子はチョウやカブトムシなどの虫を捕る者が多く、虫捕り網をもって、汗を流しながら野山を走り回ったものである。うまく虫を捕まえた時の①わくわく、どきどきした気持ちは、今でも忘れられない。

なぜ、今、虫捕りをする子どもたちが減っているのだろうか。

一つには、近くに野山や林がなくなったからだと思われる。もう一つは、自然を守ろうとするあまり、学校や大人たちが、虫を捕ること└文法①を必要以上に強く否定し、禁止するようになったからではないだろうか。└文法②その結果、子どもたちは生きものに直接触れる貴重な機会をなくしてしまっている。

分子生物学者の平賀壮太博士は、「子どもたちが生き物に接したときの感動が大切です。生き物を捕まえた時のプリミティブ※2 な感動が、②自然を知る入口だといって良いかもしれません。」とおっしゃっている。そして、実際、多くの生きものを捕まえて研究したことのある人の方が自然の大切さを知っているということである。

單字》

» 流す 使流動；沖走；使漂走；流（出）；放逐；使流產；傳播

» 捕まる 抓住，被捉住，逮捕；抓緊，揪住

» どきどき（心臓）撲通撲通地跳，七上八下

» 減る 減，減少；磨損；（肚子）餓

» 禁止 禁止

» 直接 直接

» 生物 生物

» 感動 感動，感激

» かもしれません 也許，也未可知

» いたずら 淘氣，惡作劇；玩笑，消遣

» 殺す 殺死，致死；抑制，忍住，消除；埋沒

» 許す 允許，批准；寬恕；免除；容許；承認

» 強調 強調；權力主張；（行情）看漲

もちろんいたずらに生きものを捕まえたり殺したりすることは許されない。しかし、自然の大切さを強調するあまり、子どもたちの自然への関心や感動を奪ってしまわないように、私たち大人や学校は気をつけなければならないと思う。

※1　昆虫採集…勉強のためにいろいろな虫を集めること。

※2　プリミティブ…基本的な、最初の。

» **基本** 基本，基礎，根本

» **不安** 不安，不放心，擔心；不穩定

» **理解** 理解，領會，明白；體諒，諒解

» **守る** 保衛，守護；遵守，保守；保持（忠貞）

≫翻譯

　　最近愈來愈少看到孩童在山野和樹林間採集昆蟲※1了。我小時候提到暑假作業，就會聯想到採集昆蟲或植物。男孩多半去捉蝴蝶或獨角仙之類的昆蟲，總是帶著捕蟲網滿身大汗地在山野間到處奔跑。我到今天依然忘不了順利捉到蟲子時①那種雀躍、激動的心情。

　　為什麼現在捉昆蟲的孩童們一天比一天少了呢？

　　我認為，首先是住家附近的山野和樹林變少了，另一個原因恐怕是過度保育自然環境。學校和大人們太過強烈排斥、甚至禁止捉蟲的行為，結果導致孩童們失去了直接觸摸生物的寶貴機會。

　　分子生物學家平賀壯太博士說過，「孩子們接觸生物時得到的感動非常重要。在捕捉生物時的那種原始的※2感動，甚至可以說是②認識大自然的第一步。」事實上，採集各種生物來做研究的人，最了解自然環境的重要性了。

当然，我們絕不允許濫捉濫殺生物的行為。然而，我們這些成年人和學校必須留意，千萬不要過度強調自然環境的寶貴，而抹煞了孩童們對大自然的關心與感動。

※1 昆虫採集：為了求知而採集各種昆蟲。

※2 プリミティブ：最原始的。

31 ①わくわく、どきどきした気持ちとは、どんな気持ちか。

　1　虫に対する恐怖心や不安感

　2　虫をかわいそうに思う気持ち

　3　虫を捕まえたときの期待感や緊張感

　4　虫を逃がしてしまった残念な気持ち

▶▶翻譯

[31] 文中提到①那種雀躍、激動的心情，是什麼樣的心情呢？

　1　對昆蟲的恐懼與害怕

　2　覺得昆蟲很可憐

　3　捉到昆蟲時的期待與緊張

　4　被昆蟲脫逃後的遺憾

題型解題訣竅　　　　　　　　　　　**✓ 心情題**　參考**28**頁

考點　雀躍、激動是什麼樣的心情呢？

關鍵　1. 心情描寫就是將人物內心的喜、怒、哀、樂呈現出來。

　　　2. 這題有直接也有間接的描寫，從雙方去揣摩。

　　　3. 間接描寫作者的行動「總是帶著捕蟲網滿身大汗地在山野間到處奔跑」，這裡可以知道作者的興致很高。到直接描寫

作者的心情「我到今天依然忘不了順利捉到蟲子時」這裡可以知道作者愉快而興奮的心情。

　　4. 以上面表面的文字信息為前提，知道答案是「捉到昆蟲時的期待與緊張」。

位置 第一段畫線前面及再往前的一句話。

題解 日文解題／解題中譯

答案是

<ruby>答<rt>こた</rt></ruby>えは 3

　　「わくわく、どきどき」は「<ruby>期待<rt>きたい</rt></ruby>や<ruby>喜<rt>よろこ</rt></ruby>び、<ruby>緊張<rt>きんちょう</rt></ruby>などで<ruby>心<rt>こころ</rt></ruby>が<ruby>落<rt>お</rt></ruby>ち<ruby>着<rt>つ</rt></ruby>かない<ruby>様子<rt>ようす</rt></ruby>を<ruby>表<rt>あらわ</rt></ruby>す」ことば。「わくわく、どきどき」の<ruby>気持<rt>きも</rt></ruby>ちに<ruby>合<rt>あ</rt></ruby>うことばを<ruby>探<rt>さが</rt></ruby>す。

1. ×…「<ruby>恐怖心<rt>きょうふしん</rt></ruby>や<ruby>不安感<rt>ふあんかん</rt></ruby>」ではない。
2. ×…「かわいそうに<ruby>思<rt>おも</rt></ruby>う<ruby>気持<rt>きも</rt></ruby>ち」ではない。
3. ○…「<ruby>期待感<rt>きたいかん</rt></ruby>や<ruby>緊張感<rt>きんちょうかん</rt></ruby>」に<ruby>合<rt>あ</rt></ruby>う。
4. ×…「<ruby>残念<rt>ざんねん</rt></ruby>な<ruby>気持<rt>きも</rt></ruby>ち」ではない。

正確答案是 3

　　「わくわく、どきどき」(雀躍、激動) 是「期待や喜び、緊張などで心が落ち着かない様子を表す」(描述因期待、歡欣或緊張等而無法平靜的心情) 的詞語。因此只要搜尋符合「わくわく、どきどき」(雀躍、激動) 的心情的詞語即是答案。

1. ×…不是「恐怖心や不安感」(恐懼與害怕)。
2. ×…不是「かわいそうに思う気持ち」(覺得昆蟲很可憐)。
3. ○…和這種心情吻合的是「期待感や緊張感」(期待與緊張)。
4. ×…不是「残念な気持ち」(遺憾的心情)。

32 ②自然を知る入口とはどのような意味か。

1 自然から教えられること

2 自然の恐ろしさを知ること

3 自然を知ることができないこと

4 自然を知る最初の経験

▶▶ 翻譯

[32] 文中提到②認識大自然的第一步，是什麼意思呢？

1 能夠從大自然學到的事

2 了解大自然的可怕

3 無法了解大自然

4 了解大自然的第一次體驗

題型解題訣竅　　　✔ 細節題　參考 22 頁

考點 文中提到認識大自然的第一步，是什麼意思呢？

關鍵 1. 題目句子中的關鍵詞是「入り口」。

2. 以文章中的文字信息為依據，以具體事實為前提，來推論文章中的具體細節。

3. 看到「自然を知る入り口」前面有一個「プリミティブ」這個字，再看它的註解「最初の」，除此之外，「入り口」也有「ものごとの初め」之意。

3. 由以上兩點推論，答案是4的「自然を知る最初の経験」了。

位置 第三段第二行中間左右。

答えは4

「入口」は「人や物が入っていく所」という意味と、「ものごとの初め」という意味がある。ここでは、後者の意味。つまり、②＿＿は「自然を知る初め」ということである。「入口」を適切にとらえているのは4「自然を知る最初の経験」である。

正確答案是4

「入口」（入口）除了具有「人や物が入っていく所」（人或物一開始進入的地方）的意思，另外也有「ものごとの初め」（事物的第一步）的意思。在本文中是指後者。也就是說，②＿＿指的是「自然を知る初め」（認識大自然的第一步）。因此，符合此處「入口」意涵的是選項4「自然を知る最初の経験」（了解大自然的第一次體驗）。

もんだい

33 この文章を書いた人の意見と合うのは次のどれか。

1　自然を守るためには、生きものを捕らえたり殺したりしないほうがいい。

2　虫捕りなどを禁止してばかりいると、かえって自然の大切さを理解できなくなる。

3　学校では、子どもたちを叱らず、自由にさせなければならない。

4　自然を守ることを強く主張する人々は、自然を深く愛している人々だ。

[33] 以下哪一段敘述與寫這篇文章的人的意見相同？

1　為了保護大自然，最好不要補捉和殺害生物。
2　一味禁止採集昆蟲，反而無法了解大自然的寶貴。
3　學校師長不要斥責孩童們，而必須讓他們隨心所欲。
4　強烈主張保護自然環境的人們，就是深愛大自然的人們。

　題型解題訣竅　　✔ 正誤判斷題＋主旨題　參考 36、20 頁

考點 以下哪一段敘述與寫這篇文章的人的意見相同？

關鍵 1. 先看題目及選項，並理解整個陳述的含意，再回去看文章。

　　　 2. 文章為論說文，闡述作者自己的想法，可參考主旨題做法，
　　　 這類文章作者的想法總結往往會出現在最後一段，不妨先
　　　 從最後一段開始確認。

　　　 3. 掌握最後一段內容，回到選項核對即可找到本題答案。

位置 解答的材料在整篇文章裡。

題解 日文解題／解題中譯　　　　　　　　　　　　　　　　答案是 **2**

答えは2

1.　×…最後の段落で「いたずらに生きものを捕まえたり殺した
　　りすることは許されない」と言っているが、その後「自然の
　　大切さを強調するあまり、子どもたちの自然への関心や感動
　　を奪ってしまわないように」と言っている。
2.　○…3段落で虫捕りを必要以上に否定し、禁止することによっ
　　て、「子どもたちは生きものに直接触れる貴重な機会をなく
　　してしまっている」と言っている。

3. ×…「子どもたちを叱らず、自由にさせなければならない」
とは言っていない。
4. ×…文章では述べられていない内容である。

正確答案是2

1. ×…雖然最後一段說「いたずらに生きものを捕まえたり殺
したりすることは許されない」(絕不允許濫捉濫殺生物的行
為)，然而其後又提到「自然の大切さを強調するあまり、子
もたちの自然への関心や感動を奪ってしまわないように」(不
要過度強調自然環境的寶貴，而抹煞了孩童們對大自然的關心
與感動)。

2. 〇…第三段提到因為太過強烈排斥，甚至禁止捉蟲的行為，結
果導致「子どもたちは生きものに直接触れる貴重な機会をな
くしてしまっている」(孩童們失去了直接觸摸生物的寶貴機
會)。

3. ×…文中沒有提到「子どもたちを叱らず、自由にさせなけれ
ばならない」(不要斥責孩童們，而必須讓他們隨心所欲)。

4. ×…這是文章中沒有提到的內容。

Grammar

| 1 | （よ）うとする
想…，打算… | そのことを忘れようとしましたが、忘れられませ
ん。
　　　　　　　　　動詞意向形＋（よ）うとする
我想把那件事給忘了，但卻無法忘記。 |
| 2 | ～ように
為了…而…；希望
…，請…；如同… | 後ろの席まで聞こえるように、大きな声で話した。
　　　　　　　　　　　動詞辞書形＋ように
提高了音量，讓坐在後方座位的人也能聽見。 |

感到開心時常使用的詞語

感到開心時最常使用的詞語莫過於「嬉しい」（高興）和
「楽しい」（愉快），但除此之外還能怎麼說呢？

わくわく
興奮雀躍

うきうき
樂不可支

ルンルン
心情很好

う ちょうてん
有頂天
欣喜若狂

ときめき
因喜悅而心狂跳

むね たか な
胸が高鳴る
欣喜高亢

よろこ
喜ぶ
喜悅

しあわ
幸せ
幸福

其中的「有頂天」這個詞語源自於佛教，指生死輪迴中最高的天，慣用法以「有頂天になる」
表示得意高興到忘我的樣子；「ルンルン」則是形容心情好時用鼻子哼歌的聲音。以後遇到開
心的事，就能多使用不同的詞語啦！

問題六 翻譯與題解

第6大題　請閱讀以下的文章，然後回答問題。答案請從 1、2、3、4 之中挑出最適合的選項。

　　二人で荷物を持って坂や階段を上がるとき、上と下ではどちらが重いかということが、よく問題になる。下の人は、物の重さがかかっているので下のほうが上より重いと言い、上の人は物を引き上げなければならないから、下より上のほうが重いと言う。

　　実際はどうなのだろうか。実は、力学※1的に言えば、荷物が二人の真ん中にあるとき、二人にかかる重さは全く同じなのだそうである。このことは、坂や階段でも平らな道を二人で荷物を運ぶときも同じだということである。

　　ただ、①これは、荷物の重心※2が二人の真ん中にある場合のことである。しかし、②もし重心が荷物の下の方にずれていると下の人、上の方にずれていると上の人の方が重く感じる。

　　③重い荷物を長い棒に結びつけて、棒の両端を二人でそれぞれ持つ場合、棒の真ん中に荷物があれば、二人の重さは同じであるが、そうでなければ、荷物に遠いほうが軽く、近いほうが重いということになる。

單字 》

» **坂** 坡道，斜面；（比喻人生或工作的關鍵時刻）大關，陡坡

» **実は** 其實，說真的，老實說，事實是，說實在的

» **それぞれ** 每個（人），分別，各自

» **離れる** 距離，相隔；離去；離開，分開；脫離（關係），背離

» **物理** 物理（學）；（文）事物的道理

» **中心** 中心，當中；中心，重點，焦點；中心地，中心人物

このように、重い荷物を二人以上で運ぶ場合、荷物の重心から、一番離れた場所が一番軽くなるので、④覚えておくとよい。

※1　力学…物の運動と力との関係を研究する物理学の一つ。

※2　重心…物の重さの中心。

>> 翻譯

　　人們經常提出對此抱持疑問：當兩個人一起搬東西爬上坡道或是樓梯時，在上面和在下面的人，哪一個人承受的重量比較多？有人說，物體的重量壓在下面那個人的身上，所以下面比上面來得重；也有人說，上面那個人必須把物體往上扛，所以上面比下面來得重。

　　那麼事實又是如何呢？其實，就力學※1而言，當物體位於兩個人的正中央時，兩人所承受的重量完全相同。無論兩個人是在坡道、樓梯或是平坦的路上搬運東西，都是同樣的結論。

　　不過，①這指的是當物體的重心位於兩個人的正中央的情況。②假如物體的重心往下移動，下面的人就會感覺比較重；若是物體的重心※2往上移動，上面的人就會感覺比較重。

　　③如果是將重物綁在長棍上，由兩人各自扛著棍子的兩端的情況，當物體位於棍子的正中央時，兩人承受的重量相同；若不是位在正中央，那麼物體離自己較遠者感覺比較輕、離自己較近者感覺比較重。

　　如同以上所述，當超過兩個人合力搬運重物時，距離物體的重心最遠的位置會感覺最輕，④請各位牢記在心。

※1 力学：研究物體的運動與作用力之相關性的一種物理學。

※2 重心：物體重量的中心。

もんだい

34 ①これは何を指すか。

1 物が二人の真ん中にあるとき、力学的には二人にかかる重さは同じであること

2 坂や階段を上がるとき、下の方の人がより重いということ

3 坂や階段を上がるとき、上の方の人により重さがかかるということ

4 物が二人の真ん中にあるときは、どちらの人も重く感じるということ

▶翻譯

[34] ①這指的是什麼？

1 當物體位於兩個人的正中央的時候，就力學而言，兩人所承受的重量完全相同

2 當爬上坡道或是樓梯時，在下面的人覺得比較重

3 當爬上坡道或是樓梯時，在上面的人必須承受較多重量

4 當物體位於兩個人的正中央的時候，不論是哪一個人都感覺很重

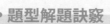

✔ 指示題 （參考 24 頁）

考點 這指的是什麼？

關鍵 1. 指示詞「これ」是替換曾經敘述過的事物時→答案在指示
詞之前。

2. 這一題答案在「これ」的前一段。

3. 指示的內容是一個「長文」。

位置 「これ」的前一段。

題解 日文解題／解題中譯   答案是 **1**

6

こた
答えは1

　指示語の指す内容は、前の部分から探すとよい。「これ」が指
す内容は、2段落の「荷物が二人の真ん中にあるとき、二人にか
かる重さは全く同じ」だということ。この部分を「これ」に当て
はめて意味が通るかどうかを確認する。

正確答案是1

　往前找尋指示語所敘述的內容即可。「これ」(這)是指第二段的
「荷物が二人の真ん中にあるとき、二人にかかる重さは全く同
じ」(當物體位於兩個人的正中央時，兩人所承受的重量完全相
同)。請把「これ」(這)套換成這個部分，再確認文義是否通順。

もんだい

35 坂や階段を上るとき、②もし重心が荷物の下の方にずれて

いると、どうなるか。

1　上の人のほうが重くなる。

2　下の人のほうが重くなる。

3　重心の位置によって重さが変わることはない。

4　上の人も下の人も重く感じる。

≫翻譯

[35] 當爬上坡道或是樓梯時，②假如物體的重心往下移動，會怎麼樣呢？

1　在上面的人覺得比較重。

2　在下面的人覺得比較重。

3　重量不會隨著重心位置的不同而有所改變。

4　在上面的人和在下面的人都感覺很重。

 題型解題訣竅　　✔ 細節題　參考22頁

考點 當爬上坡道或是樓梯時，假如物體的重心往下移動，會怎麼樣呢？

關鍵 1. 答案句常常和問題句同義或近義的關鍵詞、句。發現答案句，問題就可以迎刃而解。

2. 透過關鍵詞找到答案句，再經過簡化句子的結構，來推敲答案。

3. 問題句「坂や階段を上るとき、もし重心が荷物の下の方にずれていると」どうなるか。」就是文章裡的「もし重心が荷物の下の方にずれていると下の人...の方が重く感じる。」

6 こた
答えは2

②____のすぐ後に「下の人」とある。「下の人」に続くのは「下の人の方が重く感じる」である。

正確答案是2

緊接在②____後面的是「下の人」(下面的人)而接續於「下の人」(下面的人)之後表示「下の人の方が重く感じる」(下面的人就會感覺比較重)。

---

36 ③重い荷物を長い棒に結びつけて、棒の両端を二人でそれぞれ持つ場合、二人の重さを同じにするは、どうすればよいか。

1 荷物を長いひもで結びつける。
2 荷物をもっと長い棒に結びつける。
3 荷物を二人のどちらかの近くに結びつける。
4 荷物を棒の真ん中に結びつける。

≫翻譯

[36] ③如果是將重物綁在長棍上，由兩人各自扛著棍子的兩端的情況，該怎麼做，才能讓兩人承受的重量相同呢？

1 把物體用長繩子綁起來。
2 把物體綁在更長的棍子上。
3 把物體綁在靠近兩個人的其中一人的位置。
4 把物體綁在棒子的正中央。

題型解題訣竅

推斷題 參考 30 頁

考點 如果是將重物綁在長棍上，由兩人各自扛著棍子的兩端的情況，該怎麼做，才能讓兩人承受的重量相同呢？

關鍵 1. 推斷題在找到原文中對應點之後考察的是考生對於文中信息的簡單的邏輯推理能力。

2. 題目的關鍵句是「二人の重さを同じにする」。答案句是「棒の真ん中に荷物があれば、二人の重さは同じである」。言外之意是選項 4 的「荷物を棒の真ん中に結び付ける」。

題解 日文解題／解題中譯

答案是 **4**

答えは 4

③＿＿のすぐ後に「棒の真ん中に荷物があれば、二人の重さは同じである」とある。それを説明しているのは 4。

正確答案是 4

緊接在③＿＿後面的是「棒の真ん中に荷物があれば、二人の重さは同じである」(當物體位於棍子的正中央時，兩人承受的重量相同)，而說明這點的是選項 4。

もんだい

37 ④覚えておくとよいのはどんなことか。

1 荷物の重心がどこかわからなければ、どこを持っても重さは変わらないということ

2 荷物を二人で運ぶ時は、棒にひもをかけて持つと楽であるということ

3 荷物を二人以上で運ぶ時は、重心から最も離れたところを
持つと軽いということ

4 荷物を二人以上で運ぶ時は、重心から一番近いところを持
つと楽であるということ

>> 翻譯

[37] ④請各位牢記在心是指什麼事呢？

1 當不知道物體的重心位於哪裡時，不論搬哪一端重量都不會
改變

2 當兩個人搬運物體時，把物體用繩子綁在棍子上，扛起來最
輕鬆

3 當超過兩個人合力搬運物體時，握在距離物體的重心最遠的
位置感覺最輕

4 當超過兩個人合力搬運重物時，握在距離物體的重心最近的
位置最輕鬆

題型解題訣竅   ✔ 細節題 （參考 22 頁）

考點 請各位牢記在心是指什麼事呢？

關鍵 1.【what】なに（事）[是什麼事？]

2. 問題形式：～どんなことが～

3. 帶著問題閱讀原文，找到答案後再從選項中尋找出相應的
內容，就可以順利解題。

4. 從主旨的解題訣竅知道，主旨一般都在最後一段，這一題
可以參考主旨題的答題訣竅。「覚えておくとよい」是作者
的強調的觀點，因此，答案是除了這一句話以外的最後這
一段。

位置 最後一段。

6 答えは 3

　④＿＿＿のすぐ前のことばに注目する。「重い荷物を二人以上で運ぶ場合、荷物の重心から、一番離れた場所が一番軽くなる」とある。それを説明しているのは 3。

正確答案是 3

　請注意④＿＿＿前方的句子「重い荷物を二人以上で運ぶ場合、荷物の重心から、一番離れた場所が一番軽くなる」(當超過兩個人合力搬運重物時，距離物體的重心最遠的位置會感覺最輕)，而說明這點的是選項 3。

Grammar

1

～ように

如同…；為了…而…；希望…，請…

ご存じのように、来週から営業時間が変更になります。
└ 名詞の＋ように

誠如各位所知，自下週起營業時間將有變動。

MEMO

問題七 翻譯與題解

第7大題　下一頁是申請某間圖書館借閱證時的相關規定。請閱讀後回答下列問題。答案請從1、2、3、4之中挑出最適合的選項。

図書館カードの作り方

図書館カード

なまえ **マニラム・スレシュ**

中松市立図書館

〒 333-2212 中松市今中 1-22-3

☎ 0901-33-3211

① はじめて本を借りるとき

- 中松市に住んでいる人
- 中松市内で働いている人
- 中松市内の学校に通学する人は、カードを作ることができます。
- また、坂下市、三田市及び松川町に住所がある人も作ることができます。

カウンターにある「貸し出し申込書」に必要なことを書いて、図書館カードを受け取ってください。

その際、氏名・住所が確認できるもの（運転免許証・健康保険証・外国人登録証・住民票・学生証など）をお持ちください。中松市在勤、在学で、その他の市にお住まいの人は、その証明も合わせて必要です。

單字 》

- » **カード【card】** 卡片；撲克牌
- » **できる** 能夠；完成
- » **貸し出し** 出借；出租；貸款
- » **健康** 健康的，健全的
- » **在学** 在校學習，上學
- » **証明** 證明
- » **続ける** 繼續…；接連不斷
- » **変更** 變更，更改，改變
- » **氏名** 姓與名，姓名
- » **書類** 文書，公文，文件
- » **共通** 共同，通用
- » **資格** 資格，身分；水準
- » **パスポート【passport】** 護照；身分證

② 続けて使うとき、住所変更、カードをなくしたときの手続き

● 図書館カードは3年ごとに住所確認手続きが必要です。登録されている内容に変更がないか確認を行います。手続きをするときは、氏名・住所が確認できる書類をお持ちください。

● 図書館カードは中央図書館、市内公民館図書室共通で利用できます。3年ごとに住所変更のうえ、続けて利用できますので、なくさないようお願いいたします。

● 住所や電話番号等、登録内容に変更があった場合はカウンターにて変更手続きを行ってください。また、利用資格がなくなった場合は、図書館カードを図書館へお返しください。

● 図書館カードを紛失 ※された場合は、すぐに紛失届けを提出してください。カードをもう一度新しく作ってお渡しするには、紛失届け を提出された日から1週間かかります。

※ 紛失…なくすこと

圖書館借閱證的製發規定

圖書館借閱證

姓名 **馬尼拉姆・司雷舒**

中松市立圖書館

〒 333-2212 中松市今中 1-22-3　☎ 0901-33-3211

① 第一次借書時

- 中松市的居民
- 於中松市工作者
- 於中松市在學者
- 符合上述資格者，得申請借閱證。此外，坂下市、三田市及松川町的居民亦可申請。

　　請於放置於櫃臺上的「借閱證申請書」上填寫必要資料後，領取借閱證。

　　申請時，請攜帶能夠檢核姓名與住址的證件（例如：駕照、健保卡、外僑居留證、戶口名簿、學生證等）。於中松市工作或在學者，或是其他市町的居民，亦必須攜帶相關證件。

② 申請延長使用期限、住址異動，以及借閱證遺失時之手續

- 借閱證每 3 年必須辦理一次檢核住址的手續，以核對登載的資料是否異動。辦理時請攜帶能夠檢核姓名與住址的證明文件。

● 本借閱證亦可於中央圖書館及市內公民館圖書室使用，每3年一次完成住址檢核後即可延長使用期限，務請妥善保管。

● 當住址、聯絡電話、登載資料異動時，請至櫃臺辦理異動手續。此外，當不再具有借閱資格時，請將借閱證歸還圖書館。

● 假如遺失[※]借閱證，請立刻辦理掛失。借閱證將於申辦日起一星期後補發借閱證。

○   ○

※ 紛失：遺失

もんだい

38 中松市に住んでいる留学生のマニラムさん（21歳）は、図書館で本を借りるための手続きをしたいと思っている。マニラムさんが図書館カードを作るにはどうしなければならないか。

1 お金をはらう。

2 パスポートを持っていく。

3 貸し出し申込書に必要なことを書いて、学生証か外国人登録証を持っていく。

4 貸し出し申込書に必要なことを書いて、お金をはらう。

翻譯

[38] 住在中松市的留學生馬尼拉姆先生（21歲）為了能在圖書館借書而想辦理相關手續。請問馬尼拉姆先生要申辦借閱證時，應該完成以下哪項程序呢？

1　支付款項。

2　帶護照去。

3　在借閱證申請書上填寫必要資料，以及攜帶學生證或外僑居留證。

4　在借閱證申請書上填寫必要資料，以及付款。

題型解題訣竅

細節題 參考22頁

考點 請問馬尼拉姆先生要申辦借閱證時，應該完成以下哪項程序呢？

關鍵 1.【what】なに（事）[做什麼事？]

2. 問題形式：どうしなければならないか

3. 問題句的要點是「どうしなければならないか」，而對應此常用的句型是「～てください」、「お～ください」。文章中去找這樣的句型，就是答案了。

4. 先快速瀏覽整張製發規定，掌握製發規定大概的內容。

5. 從題目的關鍵詞給的提示去找答案。這裡的關鍵詞是「中松氏に住んでいる留学生」、「本を借りる手続き」、「図書館カードを作る」，把它圈起來。

6. 帶著題目找答案，注意細節，找出講座須知中「申辦借閱證需辦的手續」之處。

7. 對題目沒有提到的內容，可以快速跳過。

8. 圈出題目「申辦借閱證需辦的手續」要的答案。

位置 「①はじめて本を借りるとき」這一項的 10 ～ 14 行。

題解 日文解題／解題中譯

答案是 **3**

答えは3

　　図書館のカードを作るためには、「貸し出し申込書」を書く必要がある。その際、氏名・住所が確認できるもの（運転免許証・健康保険証・外国人登録証・住民票・学生証など）が必要である。マニラムさんは、中松市に住んでいる留学生なので、学生証か外国人登録証をカウンターで見せる。

正確答案是 3

　　申請借閱證必須填寫「貸し出し申込書」(借閱證申請書)。申請時，必須攜帶能夠檢核姓名與住址的證件 (例如：駕照、健保卡、外僑居留證、戶口名簿、學生證等)。因為馬尼拉姆先生是住在中松市的留學生，所以必須向櫃臺出示學生證或外僑居留證。

もんだい

39 図書館カードについて、正しいものはどれか。
1　図書館カードは、中央図書館だけで使うことができる。
2　図書館カードは、3年ごとに新しく作らなければならない。
3　住所が変わった時は、電話で図書館に連絡をしなければならない。
4　図書館カードをなくして、新しく作る時は一週間かかる。

翻譯

[39] 關於借閱證的敘述，以下哪一項正確？
1　借閱證只能在中央圖書館使用。
2　借閱證每 3 年就必須重新製發一次。
3　住址異動時，必須以電話通知圖書館。
4　遺失借閱證時，需花一個星期重新製發。

題型解題訣竅　　**正誤判斷題** 參考36頁

考點　關於借閱證的敘述，以下哪一項正確？
關鍵　1. 詳細閱讀並理解問題句，注意問題是問正確的選項。
　　2. 文章篇幅雖長，但文章段落的要點分明，用選項線索找關鍵字、句即可比對。

3. 由於本題選項難以字面上直接判斷，需仔細閱讀選項和內文的含意，確認兩者講的是否為同一件事情，不確定時可先刪除明顯錯誤的選項。

位置 解答的材料在某個段落裡，從大標題去找眼睛就不用跑太遠了。

題解 日文解題／解題中譯　　　　　　　　　　　　　　　　　　　答案是

答えは 4

1. ×…図書館カードは「中央図書館、市内公民館図書室共通で利用できます」とある。
2. ×…「3年ごとに住所確認のうえ、続けて利用できます」とある。
3. ×…「住所や電話番号等、登録内容に変更があった場合はカウンターにて変更手続きを行ってください」とある。電話ではなくて、カウンターに行く必要がある。
4. ○…「カードをもう一度新しく作ってお渡しするには、紛失届けを提出された日から1週間かかります」とある。

正確答案是 4

1. ×…規定中提到借閱證「中央図書館、市内公民館図書室共通で利用できます」(可於中央圖書館及市內公民館圖書室使用)。
2. ×…規定中提到「3年ごとに住所確認のうえ、続けて利用できます」(每3年一次完成住址檢核後即可延長使用期限)。
3. ×…規定中提到「住所や電話番号等、登録内容に変更があった場合はカウンターにて変更手続きを行ってください」(當住址、聯絡電話、登載資料異動時，請至櫃臺辦理異動手續)。這項異動手續不可使用電話通知，而必須親自到櫃台辦理。
4. ○…規定中提到「カードをもう一度新しく作ってお渡しするには、紛失届けを提出された日から1週間かかります」(借閱證將於申辦日起一星期後補發借閱證)。

關於日本圖書館

近幾年來，日本具特色、質感的圖書館已經成為旅客必訪的景點之一，例如「東京北區中央圖書館」以紅磚打造外牆，古色古香、「秋田國際大學圖書館」木製的半圓環設計溫暖又壯觀、「石川金澤海洋未來圖書館」搶眼的純白色設計，頗具前衛的時尚感。

◉ 製作借書證時會用到的會話

A：貸し出しカードを作りたいんですが。
B：はい。身分証明書を見せてください。
B：ここに名前などを書いてください。
B：はい。これが貸し出しカードです。

A：我想要做圖書借閱卡。
B：好的。請給我您的身分證。
B：請這裡填寫您的姓名等。
B：好的，這是圖書借閱卡。

文法比一比

んじゃない、んじゃないかとおもう　不…嗎，莫非是…

接續　{名詞な；形容動詞詞幹な；[形容詞・動詞]普通形} ＋んじゃない、んじゃないかと思う

說明　【主張】是「のではないだろうか」的口語形。表示意見跟主張。中文意思是：「不…嗎，莫非是…」。

例句　本当にダイヤなの。プラスチックなんじゃない。／是真鑽嗎？我看是壓克力鑽吧？

にちがいない　一定是…，准是…

接續　{名詞；形容動詞詞幹；[形容詞・動詞]普通形} ＋に違いない

說明　【肯定推測】表示說話人根據經驗或直覺，做出非常肯定的判斷，相當於「きっと～だ」。

例句　あの店はいつも行列ができているから、おいしいに違いない。／那家店總是大排長龍，想必一定好吃。

哪裡不一樣呢？

んじゃない【主張】

にちがいない【肯定推測】

說明　「んじゃない」表主張，表示說話者個人的想法、意見；「にちがいない」表肯定推測，表示說話者憑藉著某種依據，十分確信，做出肯定的判斷，語氣強烈。

にたいして（は）、にたいし、にたいする　向…，對（於）…

接續　{名詞} ＋に対して（は）、に対し、に対する

說明　【對象】表示動作、感情施予的對象，接在人、話題或主題等詞後面，表明對某對象產生直接作用。後接名詞時以「にたいするN」的形式表現。有時候可以置換成「に」。中文意思是：「向…、對（於）…」。

例句　この事件の陰には、若者の社会に対する不満がある。／這起事件的背後，透露出年輕人對社會的不滿。

について（は）、につき、についても、についての　有關…、就…、關於…

接續　{名詞} ＋について（は）、につき、についても、についての

說明　【對象】表示前項先提出一個話題，後項就針對這個話題進行說明。

例句　あの会社のサービスは、使用料金についても明確なので、安心して利用できます。／那家公司的服務使用費標示也很明確，因此可以放心使用。

にたいして（は）
【對象】

について（は）
【對象】

説明 「にたいして（は）」表對象，表示動作針對的對象。也表示前項的內容跟後項的內容是相反的兩個方面；「について（は）」也表對象，表示以前接名詞為主題，進行書寫、討論、發表、提問、說明等動作。

にきまっている 肯定是…，一定是…

接續 {名詞；[形容詞・動詞] 普通形} ＋に決まっている

説明 【自信推測】表示説話人根據事物的規律，覺得一定是這樣，不會例外，沒有模稜兩可，是種充滿自信的推測，語氣比「きっと～だ」還要有自信。中文意思是：「肯定是…、一定是…」。

例句 こんなに頑張ったんだから、合格に決まってるよ。／都已經那麼努力了，肯定考得上的！

わけがない、わけはない 不會…，不可能…

接續 {形容動詞詞幹な；[形容詞・動詞] 普通形} ＋わけがない、わけはない

説明 【強烈主張】表示從道理上而言，強烈地主張不可能或沒有理由成立，相當於「はずがない」。

例句 人形が独りでに動くわけがない。／洋娃娃不可能自己會動。

にきまっている
【自信推測】

わけがない
【強烈主張】

説明 「にきまっている」表自信推測，表示説話者很有把握的推測，覺得事情一定是如此；「わけがない」表強烈主張，表示沒有某種可能性，是很強烈的否定。

問題四 翻譯與題解

第４大題　請閱讀以下（１）至（４）的文章，然後回答問題。答案請從１、２、３、４之中挑出最適合的選項。

（1）

　　日本で、東京と横浜の間に電話が開通したのは1890年です。当時、電話では「もしもし」ではなく、「もうす、もうす（申す、申す）」「もうし、もうし（申し、申し）」とか「おいおい」と言っていたそうです。その当時、電話はかなりお金持ちの人しか持てませんでしたので、「おいおい」と言っていたのは、ちょっといばっていたのかもしれません。それがいつごろ「もしもし」に変わったかについては、よくわかっていません。たくさんの人がだんだん電話を使うようになり、いつのまにかそうなっていたようです。
　　　　　　　　└文法①

　　この「もしもし」という言葉は、今は電話以外ではあまり使われませんが、例えば、前を歩いている人が切符を落とした時に、「もしもし、切符が落ちましたよ。」というように使うことがあります。

24 そうなっていた は、どんなことをさすのか。
1　電話が開通したこと
2　人々がよく電話を使うようになったこと

單字 ≫

» **おい**（主要是男性對同輩或晚輩使用）打招呼的喂，唉；（表示輕微的驚訝）呀！啊！

» **かもしれません** 也許，也未可知

» **いつのまにか** 不知不覺地，不知什麼時候

» 前 前方，前面；（時間）早；預先；從前

3　お金持ちだけでなく、たくさんの人が電
　　話を使うようになったこと
4　電話をかける時に「もしもし」と言うよ
　　うになったこと

>>翻譯

　　在日本，東京與橫濱之間的電話於 1890 年開
通。據說當時電話接通後，人們說的不是「欸/も
しもし」，而是「說話/もうす、もうす(申す、
申す)」、「講話/もうし、もうし(申し、申し)」，
或是「喂/おいおい」。那時候，只有財力相當
雄厚的人才裝得起電話，因此用「喂/おいおい」
聽起來似乎有點傲慢。後來不知道什麼時候，接
通後改成了「もしもし」。可能是當愈來愈多人
使用電話以後，逐漸變成了這種用法。

　　關於「もしもし」這句話，如今除了撥接電
話時，很少用在其他場合，但是如果當我們發現
走在前方的人車票掉落的時候，可以採取「欸，
您車票掉了喔」這樣的用法。

[24] 所謂變成了這種用法，是指哪種用法呢？
1　指電話開通了
2　指人們經常使用電話了
3　指不只是有錢人，一般民眾都能普遍使用電
　　話了
4　指電話接通後改成說「もしもし」

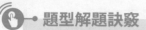
考點 所謂變成了這種用法，是指哪種用法呢？

關鍵 1. 指示詞「そう」用在避免同樣的詞語重複出現的情況。因此，所指示的事物就從指示詞前面的文章開始找起，甚至更前面的文章。

　　2. 答案在「そう」的同一段裡。

位置 畫線的前面一句，從「それがいつごろ～よくわかりません」。

題解 日文解題／解題中譯　　　　　　　　　　　　　　　　　答案是 **4**

答えは4

　「そうなっていた」の「そう」のさす內容を前の部分から探す。前の文に「いつごろ『もしもし』に変わったかについては、よくわかっていません」とある。いつのまにか、電話をかける時、「もしもし」と言うようになったということである。したがって、4が適切である。

正確答案是4

　可以往前尋找「そうなっていた」(變成了這種用法) 的「そう」(這種) 所指的內容。前面的文章提到「いつごろ『もしもし』に変わったかについては、よくわかっていません」(不知道什麼時候，接通後改成了「もしもし」)。意思是不知道什麼時候開始，接起電話時就變成回答「もしもし」了。所以，選項4是最適切的答案。

Grammar

1

～ようになる
變得…，逐漸會…

日本に来て、漢字が少し読めるようになりました。
　　　　　　　　　　　　　　└─ 動詞可能形＋ようになる
來到日本以後，漸漸能看懂漢字了。

学習能力を２倍にする

暮らし と 文化

接電話！

日本人接電話時，習慣先報上自己的姓名、自己的家或公司名，然後才開始談話。由於講電話看不見對方的表情，所以說話要慢，中途適當地停頓一下，讓對方反應或紀錄。另外，切忌說「わかりましたか」（你懂嗎）這類直接的讓人感到無禮的話哦！

◉ **職場上接電話用語**

A： はい、ワンデー翻訳（ほんやく）サービスです。

B： あさひ出版（しゅっぱん）の山口（やまぐち）です。お世話（せわ）になっております。

A： こちらこそ、お世話（せわ）になっております。

B： ちょっとうかがいたいことがあるんですが。

A：喂，一日翻譯，您好。
B：我是朝日出版的山口，一直以來承蒙關照。
A：哪裡哪裡，我們才是一直以來承蒙您的關照。
B：有件事情想詢問一下。

(2)

　「ペットボトル」の「ペット」とは何を意味しているのだろうか。もちろん動物のペットとはまったく関係がない。

　ペットボトルは、プラスチックの一種であるポリエチレン・テレフタラート（Polyethylene terephthalate）を材料として作られている。
　　　　　　　　　　　　　　　　　└文法①
実は、ペットボトルの「ペット（pet）」は、この語の頭文字をとったものだ。ちなみに「ペットボトル」という語と比べて、多くの国では
　　　　　　　　　　　└文法②
「プラスチック　ボトル（plastic bottle）」と呼ばれているということである。

　ペットボトルは日本では 1982 年から飲料用に使用することが認められ、今や、お茶やジュース、しょうゆやアルコール飲料などにも使われていて、毎日の生活になくてはならない存在である。

25　「ペットボトル」の「ペット」とは、どこから来たのか。

　1　動物の「ペット」の意味からきたもの
　2　「plastic bottle」を省略したもの
　3　1982 年に、日本のある企業が考え出したもの

單字》

» **まったく** 完全，全然；實在，簡直；（後接否定）絕對，完全

» **プラスチック【plastic】**（化）塑膠，塑料

» **ジュース【juice】** 果汁，汁液，糖汁，肉汁

» **省略** 省略，從略

272

4 ペットボトルの材料「Polyethylene
　terephthalate」の頭文字からとったもの

▶▶翻譯

　　「保特瓶（PET bottle）」的「保特（PET）」
是指什麼意思呢？這當然和動物的 pet（寵物）
沒有任何關係。

　　保特瓶是用一種名為聚對苯二甲酸乙二酯
（Polyethylene terephthalate）的塑膠原料製
作而成的。其實，保特瓶的「保特（PET）」就
是這個字的簡稱。順帶一提，「保特瓶」這個名
稱似乎只在日本這樣用，其他多數國家都稱為
「塑膠瓶（Plastic bottle）」。

　　在日本，保特瓶是從 1982 年起通過得以用
來盛裝飲料，現在也被廣泛當成茶飲、果汁、醬
油或含酒精飲料等等的容器，成為日常生活中不
可或缺的用品。

[25]「保特瓶（PET bottle）」的「保特（PET）」
　　 是從何得名的呢？

　1　從動物的「pet（寵物）」的意思而來
　2　「plastic bottle」的簡稱
　3　由日本的某家公司於 1982 年想出來的名稱
　4　保特瓶的原料「Polyethylene
　　　terephthalate」這個詞的簡寫

考點「保特瓶（PET bottle）」的「保特（PET）」是從何得名的呢？

關鍵 1.【how】どうやって（場所）[怎麼來的？]。

2. 問題形式：～どこから来たのか。

3. 從題目的關鍵詞、詞組給的提示去找答案。這一題是「ペットボトル」的「ペット」。

4. 然後從文章中找出跟這個關鍵詞、詞組相同或相近語，再用心斟酌包含此關鍵詞、詞組的答案句。在文章中找到答案句「ポリエチレン・テレフタラート（Polyethylene terephthalate）を材料として作られている」跟「『ペット』はこの語の頭文字をとったもの」。

5. 再經過簡化句子的結構「ポリエチレン・テレフタラート（Polyethylene terephthalate）の材料の頭文字からとったもの」，這就是答案了。

位置 第二段的第二～四行。

題解 日文解題／解題中譯　　　　　　　　　　　　　　　　答案是 ④

 答えは4

1. ×…「動物のペットとはまったく関係がない」とある。

2. ×…「plastic bottle」と呼ばれているのは、日本以外の国である。

3. ×…1892年は、ペットボトルを飲料用に使用することが認められた年である。

4. 〇…「ポリエチレン・テレフタラート（Polyethylene terephthalate）を材料として作られている」とある。また、「『ペット（pet）』は、この語の頭文字をとったもの」と述べられている。

正確答案是 4

1. ×…文中提到「動物のペットとはまったく関係がない」(和動物的 pet〈寵物〉沒有任何關係)。

2. ×…把保特瓶稱作「plastic bottle」的是日本以外的其他國家。

3. ×…1892 年發生的事是通過得以用保特瓶來盛裝飲料。

4. ○…文中提到保特瓶「ポリエチレン・テレフタラート (Polyethylene terephthalate) を材料として作られている」(是用一種名為聚對苯二甲酸乙二酯 (Polyethylene terephthalate) 的塑膠原料製作而成的)，並且說明「『ペット （pet）』は、この語の頭文字をとったもの」(「保特 (PET)」就是這個字的簡稱)。

Grammar

1 **として**

作為…，以…身分；如果是…的話，對…來說

<u>趣味として</u>、書道を続けています。

名詞＋として

作為興趣，我持續地寫書法。

2 **～に（と）比べて**

與…相比，跟…比較起來，比較…

日本語は、<u>中国語に比べて</u>、ふだん使う漢字の数が少ない。

名詞＋に比べて

相較於中文，日文使用的漢字數目可能比較少。

MEMO

（3）

　レストランの入り口に、お知らせが貼ってある。

お知らせ

　2020 年 8 月 1 日から 10日まで、ビル外がわの階段工事を行います。
ご来店のみなさまには、大変ご迷惑をおかけいたしますが、どうぞよろしくお願い申し上げます。
　なお、工事期間中は、お食事をご注文のお客様に、コーヒーのサービスをいたします。
みなさまのご来店を、心よりお待ちしております。

レストラン　サンセット・クルーズ
店主　山村

26 このお知らせの内容と、合っているものはどれか。

1　レストランは、8 月 1 日から休みになる。
2　階段の工事には、10日間かかる。
3　工事の間は、コーヒーしか飲めない。
4　工事中は、食事ができない。

» **知らせ** 通知；預兆，前兆
» **工事** 工程，工事
» **迷惑** 麻煩，煩擾；為難，困窘；討厭，妨礙，打擾
» **期間** 期間，期限內
» **注文** 點餐，訂貨，訂購；希望，要求，願望
» **合う** 正確，適合；一致，符合；對，準；合得來；

▶▶翻譯

餐廳的門口張貼著一張告示：

敬告顧客

自 2020 年 8 月 1 日至 10 日，本大樓的室外階梯將進行修繕工程。

非常抱歉造成各位來店顧客的不便，敬請多多包涵。

此外，於施工期間點餐的顧客，本店將致贈咖啡。

由衷期待您的光臨。

餐廳 日落·克魯茲

店長 山村

[26] 以下哪一段敘述符合這張告示的內容？

1 餐廳從 8 月 1 日起公休。
2 階梯修繕工程需要 10 天的工期。
3 施工期間只供應咖啡。
4 施工時無法提供餐點。

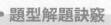
✅ 正誤判斷題 〔參考36頁〕

考點 以下哪一段敘述符合這張告示的內容？

關鍵 1. 詳細閱讀並理解問題句，注意問題是問正確的選項。

2. 先看選項，可知要尋找什麼時間？會發生什麼事？再回去文章核對答案。

3. 仔細比對選項和文中句子符合或不符合，將不符合的刪除，而選項2無法從字面上得知，要從公告內容計算得出正解。

位置 解答的材料在整篇文章裡。

題解 日文解題／解題中譯 答案是 **2**

6

答えは2

1. ×…工事期間中でもレストランは開いている。

2. ○…「2020年8月1日から10日まで」とある。つまり10日間である。

3. ×…食事を注文したお客に「コーヒーをサービス」するのであって、「コーヒーしか飲めない」わけではない。

4. ×…「お食事をご注文のお客様に」とあることから、食事ができることがわかる。

正確答案是2

1. ×…施工期間餐廳仍然照常營業。

2. ○…告示上表明修繕工程是「2020年8月1日から10日まで」（2020年8月1日至10日）。也就是10天。

3. ×…告示上寫的是將「コーヒーをサービス」（致贈咖啡）給點餐的客人，而不是「コーヒーしか飲めない」（只供應咖啡）。

4. ×…告示上提到「お食事をご注文のお客様に」（點餐的顧客），由此得知仍然可以在餐廳內用餐。

學習能力を2倍にする

暮らし と 文化

日文的日期

日文的日期可不像中文從一到十數一遍就好，其中一日到十日的特定念法更是常常讓人反應不及。建議大家可以像下表一樣，在家裡的月曆或常用的行事曆上寫下每一天的念法，多寫、多讀，就能朗朗上口了！

にせんにじゅういち ねん しちがつ
2 0 2 1 年 7月

にちよう び 日曜日 （星期日）	げつよう び 月曜日 （星期一）	か よう び 火曜日 （星期二）	すいよう び 水曜日 （星期三）	もくよう び 木曜日 （星期四）	きんよう び 金曜日 （星期五）	ど よう び 土曜日 （星期六）
				1日	2日	3日
				ついたち	ふつか	みっか
4日	5日	6日	7日	8日	9日	10日
よっか	いつか	むいか	なのか	ようか	ここのか	とおか
11日	12日	13日	14日	15日	16日	17日
じゅういちにち	じゅうににち	じゅうさんにち	じゅうよっか	じゅうごにち	じゅうろくにち	じゅうしちにち
18日	19日	20日	21日	22日	23日	24日
じゅうはちにち	じゅうくにち	はつか	にじゅういちにち	にじゅうににち	にじゅうさんにち	にじゅうよっか
25日	26日	27日	28日	29日	30日	
にじゅうごにち	にじゅうろくにち	にじゅうしちにち	にじゅうはちにち	にじゅうくにち	さんじゅうにち	

日文發音中有分音讀和訓讀，訓讀指的是日本原有的讀音，而非漢語的發音，而 2 日到 10 日的讀音來源自於日本的訓讀讀法。而 1 日之所以讀做「ついたち」是為了與一天之意的「ついたち」做出區別，讀音據說是來自「月立ち」，指的是月亮出現之日。

(4)

これは、野口さんに届いたメールである。

単字 》

» **欠席** 缺席

» **ぜひ** 務必；好
與壊

» **参加** 参加，加
入

» **世話係** 幹事

結婚お祝いパーティーのご案内

[koichi.mizutani @xxx.ne.jp]
送信日時：2020/8/10（月）10:14
宛先：2020danceclub@members.ne.jp

このたび、山口友之さんと三浦千恵さんが
結婚されることになりました。
つきましてはお祝いのパーティーを行いた
いと思います。

日時　2020 年 10 月 17 日（土）18:00 〜
場所　ハワイアンレストラン HuHu（新宿）
会費　5000 円

出席か欠席かのお返事は、8 月 28 日（金）
までに、水谷 koichi.mizutani@xxx.ne.jp に、
ご連絡ください。
楽しいパーティーにしたいと思います。ぜ
ひ、ご参加ください。

世話係
水谷高一

koichi.mizutani@xxx.ne.jp

27 このメールの内容で、正しくないのはどれ
か。

1 山口友之さんと三浦千恵さんは、8 月 10
日 (月) に結婚した。

2 パーティーは、10 月 17 日 (土) である。

3 パーティーに出席するかどうかは、水谷さ
んに連絡をする。

4 パーティーの会費は、5000 円である。

>> 翻譯

這是寄給野口先生的一封電子郵件：

結婚祝賀酒會相關事宜

[koichi.mizutani @xxx.ne.jp]
日期：2020/8/10 （一）10:14
收件地址：2020danceclub@members.ne.jp

山口友之先生與三浦千惠小姐將要結婚了！
我們即將為這對新人舉行祝賀派對。

日期　2020 年 10 月 17 日（六）18:00 ～
地點　夏威夷餐廳 HuHu （新宿）
出席費　5000 圓

敬請於 8 月 28 日（五）前，通知水谷 koichi.mizutani
@xxx.ne.jp 您是否出席。
竭誠邀請您一起來為他們辦一場充滿歡樂的派對！

幹事
水谷高一
koichi.mizutani @xxx.ne.jp

[27] 關於這封電子郵件的內容，以下何者不正
　　 確？

　 1　山口友之先生與三浦千惠小姐在 8 月 10 日
　　　（一）結婚了。
　 2　派對將在 10 月 17 日 (六) 舉行。
　 3　是否出席派對，請通知水谷先生。
　 4　派對的出席費是 5000 圓。

題型解題訣竅

✔ 正誤判斷題 參考 36 頁

考點 關於這封電子郵件的內容，以下何者不正確？

關鍵 1. 詳細閱讀並理解問題句，注意問題是問錯誤的選項。

　　　 2. 先看選項，知道要找什麼時間？什麼人物？做什麼事等，
　　　　 再回去找答案。

　　　 3. 信件的篇幅通常不長，且格式固定，掌握信件的寄信人、
　　　　 收件人以及段落要點答案就不難找了。一一核對選項便能
　　　　 找出正解。

位置 解答的材料在整篇文章裡。

題解　日文解題／解題中譯

答案是 **1**

答えは 1

　メールが届いたのが 8 月 10 日。「山口知之さんと三浦千恵さん
が結婚されることになりました」とあることから、まだこのとき
結婚していないことがわかる。したがって、1 がメールの内容が
正しくないものである。

　2.　×…「日時　2020 年 10 月 17 日（土）18:00 ～」とある。

3. ×…「出席か欠席かのお返事は、8月28日（金）までに、
水谷 koichi.mizutani@xxx.ne.jp に、ご連絡ください」とある。
「水谷さん」はこのメールを出した人である。

4. ×…「会費　5000円」とある。

正確答案是1

　寄送郵件的日期是8月10日，而郵件中提到「山口知之さんと
三浦千恵さんが結婚されることになりました」(山口友之先生與
三浦千恵小姐將要結婚了)，因此可知此時兩人還沒有結婚，所以
選項1是不正確的。

2. ×…郵件確實提到結婚祝賀酒會將於「日時　2020年10
月17日(土) 18:00～」(日期　2020年10月17日(六)
18:00～) 舉行。

3. ×…郵件上提到「出席か欠席かのお返事は、8月28日（金）
までに、水谷 koichi.mizutani@xxx.ne.jp に、ご連絡くださ
い」(敬請於8月28日(五)前，通知水谷 koichi.mizutani
@xxx.ne.jp 您是否出席)，由此可知「水谷さん」(水谷先生)
是寄送這封郵件的人。

4. ×…郵件上確實提到「会費　5000円」(出席費5000圓)。

MEMO

問題五 翻譯與題解

第5大題　請閱讀以下（1）至（2）的文章，然後回答問題。答案請從1、2、3、4之中挑出最適合的選項。

（1）
　　日本では毎日、数千万人もの人が電車や駅を利用しているので、①もちろんのことですが、毎日のように多くの忘れ物が出てきます。

　　JR東日本※の方に聞いてみると、一番多い忘れ物は、マフラーや帽子、手袋などの衣類、次が傘だそうです。傘は、年間約30万本も忘れられているということです。雨の日や雨上がりの日などには、「傘をお忘れになりませんように。」と何度も車内アナウンスが流れるほどですが、②効果は期待できないようです。

　　ところで、今から100年以上も前、初めて鉄道が利用されはじめた明治時代には、③現代では考えられないような忘れ物が、非常に多かったそうです。

　　その忘れ物とは、いったい何だったのでしょうか。

　　それは靴（履き物）です。当時はまだ列車に慣れていないので、間違えて、駅で靴を脱いで列車に乗った人たちがいたのです。そして、降りる駅で、履きものがない、と気づいたのです。

單字》

» マフラー【muffler】圍巾；（汽車等的）滅音器

» アナウンス【announce】廣播；報告；通知

» 流れる 播放；傳布；流動；漂流；飄動；流逝；流浪；（壞的）傾向

» 効果 效果，成效，成績；（劇）效果

» 現代 現代，當代；（歷史）現代（日本史上指二次世界大戰後）

» 非常 非常，很，特別；緊急，緊迫

» いったい 到底，究竟；一體，同心合力

» 列車 列車，火車

日本では、家にあがるとき、履き物を脱ぐ習慣がありますので、つい、靴を脱いで列車に乗ってしまったということだったのでしょう。

※　ＪＲ東日本…日本の鉄道会社名

>> 間違える 錯；弄錯

>> つい 不知不覺，無意中；不由得，不禁

>> 翻譯

　　日本每天都有數千萬人行經車站或搭乘電車，①理所當然地，幾乎每天都會出現許多遺失物。

　　請教ＪＲ東日本※的相關人員後得知，最常見的遺失物是圍巾、帽子、手套等衣物，接著是傘。每年大約有多達三十萬支傘被忘在車上。儘管下雨天和雨過天晴的時候，總是一再播放車廂廣播「請記得帶走您的傘」，可惜②效果仍然不大。

　　順帶一提，距今100年前，也就是電車開始營運的明治時代，當時出現了非常大量的遺失物是③現代人所難以想像的。

　　您不妨猜猜看，是什麼樣的遺失物呢？

　　答案是鞋子（鞋履）。當時的人們還不習慣搭乘電車，因此很多人誤在車站脫下鞋子後才上了電車。結果到站下車後，這才發現沒有鞋子可穿了。

　　應該是由於日本人進入房屋時習慣脫下鞋子，以致於一不留神就把鞋子脫下來，走進電車車廂裡了。

※ＪＲ東日本：日本的鐵路公司名稱

28 ①もちろんのこととは、何か。

1 毎日、数千万人もの人が電車を利用していること

2 毎日のように多くの忘れ物が出てくること

3 特に衣類の忘れ物が多いこと

4 傘の忘れ物が多いこと

>> 翻譯

[28] 文中提到①理所當然地，是指什麼呢？

　　1　每天都有數千萬人搭乘電車

　　2　幾乎每天都會出現許多遺失物

　　3　尤其以衣物類的遺失物最多

　　4　很多傘都被忘在車上

題型解題訣竅　　　　　　✔ 細節題　參考 22 頁

考點 文中提到理所當然地，是指什麼呢？

關鍵 1. 要找答案句，就從問題句著手。

　　　2. 答案句常常有著和問題句同義或近義的關鍵詞、詞組。

　　　3. 這題問題句裡的「もちろん」是關鍵詞。

　　　4. 答案句在「もちろん」所在的第一段裡。

　　　5. 細讀這段文章，掌握「もちろんのこと」前後文之間的脈絡關係。

　　　6. 從前文推敲出必然會發生後面的結果，後面的結果就是答案了。

位置 第一段最後一句。

6 答えは2

「もちろんのこと」とは、前の内容を受けて、当然、後の結果になるということ。「毎日、数千万人もの人が電車や駅を利用している」から、どうなるか。それはすぐ後にある「毎日のように多くの忘れ物が出て」くるということ。したがって、2が正しい。

正確答案是2

「もちろんのこと」(理所當然地)是指得知前項內容的事實後,必然會發生後面的結果。「毎日、数千万人もの人が電車や駅を利用している」(每天都有數千萬人行經車站或搭乘電車),因此會發生什麼事呢?這句話後面提到「毎日のように多くの忘れ物が出て」(每天都會出現許多遺失物)。所以選項2是正確的。

もんだい

29 ②効果は期待できないとはどういうことか。
1 衣類の忘れ物がいちばん多いということ
2 衣類の忘れ物より傘の忘れ物の方が多いこと
3 傘の忘れ物は少なくならないということ
4 車内アナウンスはなくならないということ

≫翻譯

[29] 文中提到②效果仍然不大,是指什麼呢?
1 是指衣物類的遺失物最多
2 是指相較於衣物類的遺失物,忘在車上的傘更多
3 是指被忘在車上的雨傘數量無法減少
4 是指車廂廣播不可或缺

考點 文中提到效果仍然不大，是指什麼呢？

關鍵 1.【what】なに (事) [是什麼？]。

2. 問題形式：〜とはどういうことか。

3. 這題問題句裡的「効果は期待できない」是關鍵句。其中特別關鍵的是「期待できない」。

4. 與「期待できない」意思相近的是選項 3 的「少なくならない」。

位置 第二段畫線句的前半句。

題解 日文解題／解題中譯   答案是 **3**

答えは 3

「効果は期待できない」とは、効果はないということ。具体的には、何度も車内アナウンスをしても傘の忘れ物は減らないということ。したがって、3 が正しい。

正確答案是 3

「効果は期待できない」(效果仍然不大) 是指沒有效果。具體而言，即使再三播放車廂廣播，被遺忘的傘也沒有減少，所以選項 3 是正確的。

もんだい

30 ③現代では考えられないのは、なぜか。

1 鉄道が利用されはじめたのは、100 年以上も前だから

2 明治時代は、車内アナウンスがなかったから

3 現代人は、靴を脱いで電車に乗ることはないから

4 明治時代の日本人は、履き物を脱いで家に上がっていたから

≫翻譯

[30] 文中提到③現代人所難以想像的，為什麼呢？

    1 因為電車開始營運是在距今 100 年前

    2 因為明治時代沒有車廂廣播

    3 因為現代人不會脫下鞋子搭乘電車

    4 因為明治時代的日本人總是脫下鞋履才進入房屋

 題型解題訣竅　　　✔ **因果關係題** 參考26頁

考點 文中提到現代人所難以想像的，為什麼呢？

關鍵 1. 在文章裡找到畫底線的詞組，往前後搜尋。

    2. 前方段落開頭為「ところで (順帶一提)」，可知應往後尋找線索。而下兩段也揭曉了遺失物和當時的人們會遺失此物的原因。

    3. 而現代人之所以想像不到是因為現代人不會脫鞋子搭電車。文章並未直接說明，需要讀者自行推論，得出答案。

位置 由底線之後的內容找到答案。

題解 日文解題／解題中譯　　　　　　　　　　　　　　　答案是 **3**

 答えは 3

    「現代では考えられないような忘れ物」とは何かをまずとらえる。後に「それは靴（履き物）です」とある。次になぜ靴が「現代では考えられない」のかをとらえる。100 年以上も前は、駅で靴を脱いで列車に乗った人たちがいたので、降りる時、靴がないと気づいたのだ。それに対して現代は、靴を脱いで列車に乗る人はいないので、靴を忘れるということはなくなったのである。したがって、3 が正しい。

正確答案是 3

　首先要找出「現代では考えられないような忘れ物」(現代人所難以想像的遺失物) 這句話指的是什麼。這句話是指後面的「それは靴(履き物)です」(鞋子〈鞋履〉)。接下來要找出為什麼鞋子是「現代では考えられない」(現代人所難以想像的)。後文接著說明因為在距今 100 年前，人們會在車站脫鞋後再搭乘電車，直到下車時才發現沒有鞋子可以穿。相較之下，現在已經不會有人脫鞋搭車了，所以也不會有忘記把鞋子帶走的情形。因此選項 3 是正確答案。

Grammar

1

～ということだ

聽說…，據說…；…也就是說…，這就是…

課長(かちょう)は、日帰(ひがえ)りで出張(しゅっちょう)に行(い)ってきたということだ。
簡體句＋ということだ

聽說課長出差，當天就回來。

2

～ように

請…，希望…；為了…而…；如同…

明日(あした)は駅前(えきまえ)に8時(じ)に集合(しゅうごう)です。遅(おく)れないように。
動詞否定形＋ように

明天 8 點在車站前面集合。請各位千萬別遲到。

3

～ような

像…樣的，宛如…一樣的…

警察(けいさつ)が疑(うたが)っているようなことは、していません。
動詞普通形＋ような

我沒有做過會遭到警方懷疑的壞事。

4

～とは

…指的是，所謂的…；這個…，是…，叫…的

食(た)べ放題(ほうだい)とは、食(た)べたいだけ食(た)べてもいいということです。
名詞＋とは

所謂的吃到飽，意思就是想吃多少就可以吃多少。

（2）

　　挨拶は世界共通の行動であるらしい。た
だ、その方法は、社会や文化の違い、挨拶する
場面によって異なる。日本で代表的な挨拶と
いえばお辞儀※1であるが、西洋でこれに代わ
るのは握手である。また、タイでは、体の前
で両手を合わせる。変わった挨拶としては、
ポリネシアの挨拶が挙げられる。ポリネシアで
も、現代では西洋的な挨拶の仕方に変わりつつ
あるそうだが、①伝統的な挨拶は、お互いに鼻
と鼻を触れ合わせるのである。

　　日本では、相手に出会う時間や場面によっ
て、挨拶が異なる場合が多い。

　　朝は「おはよう」や「おはようございます」
である。これは、「お早くからご苦労様です」
などを略したもの、昼の「こんにちは」は、
「今日はご機嫌いかがですか」などの略であ
る。そして、夕方から夜にかけての「こんばん
は」は、「今晩は良い晩ですね」などが略され
て短い挨拶の言葉になったと言われている。

　　このように、日本の挨拶の言葉は、相手に
対する感謝やいたわり※2の気持ち、または、
相手の体調などを気遣う※3気持ちがあらわれ
たものであり、お互いの人間関係をよくする
働きがある。時代が変わっても、お辞儀や挨

單字 》

» **共通** 共同，通
用

» **方法** 方法，辦
法

» **場面** 場面，場
所；情景，(戲
劇、電影等) 場
景，鏡頭

» **代表** 代表

» **的** 表示狀態或
性質；（前接名
詞）關於，對於

» **代わる** 代替，
代理，代理

» **握手** 握手；和
解，言和；合
作，妥協；會
師，會合

» **合わせる** 合
併；核對，對照；
加在一起，混合

» **お互い** 彼此，
互相

» **相手** 夥伴，共
事者；對方，敵
手；對象

» **出会う** 見面，
遇見，碰見，偶
遇；約會，幽會

» **あらわれる** 表
現，顯出；出
現，出來

^{さつ}拶は、<ruby>最<rt>もっと</rt></ruby>も<ruby>基本的<rt>きほんてき</rt></ruby>な<ruby>日本<rt>にほん</rt></ruby>の<ruby>慣習<rt>かんしゅう</rt></ruby>^{※4}として、ぜ
ひ<ruby>残<rt>のこ</rt></ruby>していきたいものである。

※1 お<ruby>辞儀<rt>じぎ</rt></ruby>…<ruby>頭<rt>あたま</rt></ruby>を<ruby>下<rt>さ</rt></ruby>げて<ruby>礼<rt>れい</rt></ruby>をすること。

※2 いたわり…<ruby>親切<rt>しんせつ</rt></ruby>にすること。

※3 <ruby>気遣<rt>きづか</rt></ruby>う…<ruby>相手<rt>あいて</rt></ruby>のことを<ruby>考<rt>かんが</rt></ruby>えること。

※4 <ruby>慣習<rt>かんしゅう</rt></ruby>…<ruby>社会<rt>しゃかい</rt></ruby>に<ruby>認<rt>みと</rt></ruby>められている<ruby>習慣<rt>しゅうかん</rt></ruby>。

≫翻譯

　　問候是世界各國共通的行為。不過，隨著社會與文化的差異，以及場合的不同，問候的方式也不一樣。在日本，最具代表性的問候方式要算是鞠躬^{※1}，而在西方社會則是握手。另外，在泰國是將雙手合掌放在胸前。最特別的，要算是玻里尼西亞人的問候了。玻里尼西亞的現代問候方式雖然逐漸演變為西方社會的問候方式，但是①傳統的問候方式是互相摩蹭彼此的鼻子。

　　在日本，隨著雙方見面的時間與場合的不同，問候的方式也經常不一樣。

　　據說，早上互道「おはよう（早）」或「おはようございます（早安）」，這是從「お早くからご苦労様です（一早就辛苦您了）」簡化而來的；而白天時段的「こんにちは（您好）」是「今日はご機嫌いかがですか（您今天感覺如何呢）」的簡略說法；至於從黃昏到晚上的「こんばんは（晚上好）」，則是將「今晩は良い晩ですね（今晚是個美好的夜晚哪）」縮短成簡短的問候語。

　　如上所述，日本的問候語是源自於表達感謝或慰勞^{※2}對方的心意，或是對其健康狀態的關心^{※3}而來，有助於增進雙方的人際關係。即使時代演進，鞠躬和寒暄仍然是日本人最重要的習俗^{※4}，殷切盼望能夠流傳後世。

※1 お辞儀：低頭行禮。

※2 いたわり：表示慰問之意。

※3 気遣い：關心對方。

※4 慣習：社會公認的習慣。

もんだい

31 ポリネシアの①<u>伝統的な挨拶</u>は、どれか。

1 お辞儀をすること　　2 握手をすること

3 両手を合わせること　　4 鼻を触れ合わせること

》翻譯

[31] 玻里尼西亞①傳統的問候方式是哪一種？

1 鞠躬　　　　　2 握手

3 雙手合掌　　　4 磨蹭彼此的鼻子

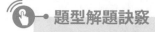

題型解題訣竅

✔ **細節題** 參考22頁

考點 玻里尼西亞傳統的問候方式是哪一種？

關鍵 1.【what】なに（事）[是哪一種？]→

2. 問題形式：～次のどれですか。

3. 這題問題句裡的畫線部分「伝統的な挨拶」是關鍵詞。當然也要知道問的國家是「ポリネシア」。

4. 答案句在「伝統的な挨拶」所在的這一段裡。

5. 瀏覽這段文章，掌握「伝統的な挨拶」前後文的意思。前文是說明，後文是舉出具體實例。

6.「お互いに鼻と鼻を触れ合わせる」簡化一下就是「鼻を触れ合わせる」。

位置 第一段畫線句的後半句。

答えは 4

1. ×…「お辞儀」は日本の代表的な挨拶。
2. ×…「握手」は西洋で行われている挨拶。
3. ×…「両手を合わせる」のはタイで行われている挨拶。
4. ○…①＿＿のすぐ後に「鼻と鼻を触れ合わせる」とある。

正確答案是 4

1. ×…「お辞儀」（低頭行禮）是日本很具代表性的問候方式。
2. ×…「握手」（握手）是西方社會使用的問候方式。
3. ×…「両手を合わせる」（雙手合掌）是泰國使用的問候方式。
4. ○…①＿＿的後面提到「鼻と鼻を触れ合わせる」（互相摩蹭彼此的鼻子）。

もんだい

32 日本の挨拶の言葉は、どんな働きを持っているか。
1 人間関係がうまくいくようにする働き
2 相手を良い気持ちにさせる働き
3 相手を尊重する働き
4 日本の慣習をあとの時代に残す働き

≫翻訳

[32] 日本的問候語具有什麼樣的效果？

1 有助於增進人際關係
2 有助於雙方的心情愉快
3 有助於尊重對方
4 有助於使日本的習俗流傳後世

題型解題訣竅　　　✅ 主旨題　參考20頁

考點 日本的問候語具有什麼樣的效果？

關鍵 1. 從位置上找出來。表示主旨的中心段落，一般是在文章的開頭或結尾。

2. 這一題在最後一段裡。

3. 文章的最後一段裡「お互いの人間関係をよくする働きがある」表明作者對「日本の挨拶の言葉」所具的效果，提出了觀點。

4.「よくする」意思與「うまくいくようにする」相近。

位置 最後一段第三行後半句。

題解 日文解題／解題中譯　　　答案是 **1**

答えは1

1. ○…最後の段落に「お互いの人間関係をよくする働きがある」とある。

2. ×…「相手を良い気持ちにさせる」とは書かれていない。

3. ×…「相手を尊重する」とは書かれていない。

4. ×…「日本の慣習をあとの時代に残す」は筆者が将来希望していることである。

正確答案是1

1.○…最後一段提到「お互いの人間関係をよくする働きがある」(有助於增進雙方的人際關係)。

2.×…文中沒有寫到「相手を良い気持ちにさせる」(使雙方的心情愉快)。

3.×…文中沒有寫到「相手を尊重する」(尊重對方)。

4.×…「日本の慣習をあとの時代に残す」(使日本的習俗流傳後世)是作者對未來寄予的期盼。

33 この文章に、書かれていないことはどれか。

1 挨拶は世界共通だが、社会や文化によって方法が違う。
2 日本の挨拶の言葉は、長い言葉が略されたものが多い。
3 目上の人には、必ず挨拶をしなければならない。
4 日本の挨拶やお辞儀は、ずっと残していきたい。

▶ 翻譯

[33] 這篇文章沒有提到的是哪一段敘述？

1 問候雖然是世界各國共通的行為，但隨著社會與文化的差異而有不同的方式。
2 日本的問候語有許多都是從長句簡化而成的。
3 對於身分地位比較高的人，一定要向他請安。
4 希望日本的鞠躬和寒暄能後永傳後世。

題型解題訣竅

✓ 正誤判斷題 參考 36 頁

考點 這篇文章沒有提到的是哪一段敘述？

關鍵 1. 看到題目問沒有提到的選項，可知答案可能在整篇文章裡，應用刪去法先找出有提及的選項。

2. 先了解每個選項的含意，再找到文中對應的句子。選項可能是某個段落的精簡說明，可視情況仔細閱讀關鍵字的前後文。

3. 最後確定文章除了選項 3，其他都有提及。

位置 解答的材料在整篇文章裡。

答えは 3

1. ×…1段落に「社会や文化の違い、挨拶する場面によって異なる」とある。

2. ×…「おはよう」「こんにちは」「こんばんは」の挨拶を例にして、「長い言葉が略されたもの」であることを説明している。

3. ○…「目上の人には、挨拶しなければならない」とは書かれていない。

4. ×…この文章の最後に「お辞儀や挨拶は、最も基本的な日本の慣習として、ぜひ残していきたい」とある。

正確答案是 3

1. ×…因為文中第一段提到「社会や文化の違い、挨拶する場面によって異なる」(隨著社會與文化的差異，以及場合的不同，問候的方式也不一樣)。

2. ×…文中有說明「おはよう」(早)、「こんにちは」(您好)、「こんばんは」(晚上好) 這些問候語都是「長い言葉が略されたもの」(從長句簡化而成的)。

3. ○…文中沒有寫到「目上の人には、挨拶しなければならない」(對於身分地位比較高的人，一定要向他請安)。

4. ×…本文最後提到「お辞儀や挨拶は、最も基本的な日本の慣習として、ぜひ残していきたい」(鞠躬和寒暄仍然是日本人最重要的習俗，殷切盼望能夠流傳後世)。

Grammar

1

〜によって

根據…；因為…；
由…；依照…

築年数、広さによって家賃が違う。
　　　　　　名詞＋によって

房租是根據屋齡新舊及坪數大小而有所差異。

問題六 翻譯與題解

第6大題　請閱讀以下的文章，然後回答問題。答案請從1、2、3、4
之中挑出最適合的選項。

「必要は発明の母」という言葉がある。何か
に不便を感じてある物が必要だと感じることか
ら発明が生まれる、つまり、必要は発明を生む
母のようなものである、という意味である。電
気洗濯機も冷蔵庫も、ほとんどの物は必要から
生まれた。

　しかし、現代では、必要を感じる前に次から
次に新しい製品が生まれる。特にパソコンや携
帯電話などの情報機器※がそうである。①その
原因はいろいろあるだろう。

　第一に考えられるのは、明確な目的を持たな
いまま機械を利用している人々が多いからであ
ろう。新製品を買った人にその理由を聞いてみ
ると、「新しい機能がついていて便利そうだか
ら」とか、「友だちが持っているから」などだっ
た。その機能が必要だから買うのではなく、た
だ単に珍しいからという理由で、周囲に流され
て買っているのだ。

　第二に、これは、企業側の問題なのだが、②
企業側が新製品を作る競争をしているからだ。

單字》

» **発明** 發明
» **感じる** 感覺，
感到；感動，感
觸，有所感
» **つまり** 也就是
說，即；阻塞，
困窘；到頭，盡
頭；總之，說到
底
» **生む** 產出，產
生
» **洗濯機** 洗衣機
» **製品** 製品，產
品
» **情報** 情報，信
息
» **目的** 目的，目
標
» **眠る** 擱置不用；
埋藏；睡覺
» **資源** 資源
» **むだ** 浪費，白
費；徒勞，無益
» **重要** 重要，要
緊

人々の必要を満たすことより、売れることを
目指して、不必要な機能まで加えた製品を作
る。その結果、人々は、機能が多すぎてかえっ
て困ることになる。③新製品を買ったものの、
十分に使うことができない人たちが多いのはそ
のせいだ。

次々に珍しいだけの新製品が開発されるた
め、古い携帯電話やパソコンは捨てられたり、
個人の家の引き出しの中で眠っていたりする。
ひどい資源のむだづかいだ。

確かに、生活が便利であることは重要であ
る。便利な生活のために機械が発明されるのは
いい。しかし、必要でもない新製品を作り続け
るのは、もう、やめてほしいと思う。

※ 情報機器…パソコンや携帯電話など、情
報を伝えるための機械。

» **続ける**（接在
動詞連用形後，
複合語用法）繼
續…，不斷地

» **不足** 不足，不
夠，短缺；缺
乏，不充分；不
滿意，不平

» **翻譯**

有一句話叫做「需要為發明之母」。這句話
的意思是，當感覺到不方便時，會想到需要某種
東西來幫忙，就此誕生了一項發明，也就是說，
需要如同催生出某項發明的母親。包括電動洗衣
機和冰箱等等，幾乎所有的物件都是基於需要應
運而生的。

但是到了現代，在人們感覺到需要之前，新
產品已經接連面市了。尤其是電腦和行動電話這

類資訊裝置※更是如此。至於造成這種狀況的①理由，應該有許多因素。

第一個能夠想像得到的原因應該是，有許多人在不具明確目的之情況下就使用這類裝置了。在詢問購買了新產品的人為何要買下它，答案是「因為新產品搭載了新功能，感覺很方便」，或是「因為朋友有這種新產品」等等。亦即，並不是因為需要那種功能而購買，只是基於稀奇的理由，就跟隨一窩蜂的熱潮也買了。

第二個原因是在於企業端的問題，也就是②企業不斷競相製造出新產品。亦即，企業比起滿足人們的需要，更重視銷售的目標，不惜製造出搭載不需要的功能的產品。結果是功能太多，反而造成人們的困擾。③有很多人儘管買了新產品，卻沒有辦法讓它發揮最大的效用，原因就在這裡。

由於接而連三研發出功能與眾不同的新產品，導致舊機型的行動電話與電腦被棄置，或是沉睡在家中的抽屜裡，形同嚴重的資源浪費。

的確，生活上的便利很重要，若是為了享有便利的生活而發明新的機器，當然很好；然而，真希望別再像這樣不停製造出人們根本不需要的新產品了。

※ 情報機器：諸如電腦和行動電話之類能夠傳遞資訊的裝置。

もんだい

34 ①その原因は、何を指しているか。

1 ほとんどの物が必要から生まれたものであること

2 パソコンや携帯電話が必要にせまられて作られること

3 目的なしに機械を使っている人が多いこと

4 新しい情報機器が次から次へと作られること

▶ 翻譯

[34] 文中提到的①那個理由，是指什麼意思呢？

1 因為幾乎所有的東西都是基於需要應運而生的

2 因為電腦和行動電話是迫於需要而被製造出來的

3 因為很多人毫無目的就使用裝置

4 因為接連不斷製造出新的資訊裝置

題型解題訣竅
✔ 指示題 參考 24 頁

考點 文中提到的那個理由，是指什麼意思呢？

關鍵 1. 指示詞「その」是替換曾經敘述過的事物時→答案在指示
詞之前。

2. 答案在「その」的同一段裡。

位置 「その」的前兩句。

答えは 4

「その原因」の「その」の指す内容を前の部分から探す。①___の前に、「特にパソコンや携帯電話などの情報機器がそうである」とある。この「そう」は前の文の、「必要を感じる前に次から次に新しい製品が生まれる」ということ。つまり、「その原因」とは、「次から次に新しい製品が生まれる原因」である。したがって、4 が正しい。

正確答案是 4

可以從前文找出「その原因」(這個理由)的「その」(這個)所指的內容。①___的前面提到「特にパソコンや携帯電話などの情報機器がそうである」(尤其是電腦和行動電話這類資訊裝置更是如此)。這個「そう」(如此)是指前面提到的「必要を感じる前に次から次に新しい製品が生まれる」(感覺到需要之前，新產品已經接連面市了)。也就是說，「その原因」(這個理由)是「次から次に新しい製品が生まれる原因」(新產品接連面市的原因)，因此選項 4 是正確答案。

もんだい

35 ②企業が新製品を作る競争をしている目的は何か。

1 技術の発展のため
2 工業製品の発明のため
3 多くの製品を売るため
4 新製品の発表のため

翻譯

[35] ②企業不斷競相製造出新產品，目的是什麼？

1　為了發展技術

2　為了發明工業製品

3　為了大量銷售產品

4　為了發表新產品

題型解題訣竅

✓ 細節題　參考22頁

考點 企業不斷競相製造出新產品，目的是什麼？要考的是文章的細節理解和把握。

關鍵 1. 這一題考的是細節題的 【what】なに（物・事）[目的是什麼？]

2. 題目的「目的（目的）」就是文章的「目指して（目標）」。也是關鍵字。

3. 透過關鍵詞「「目指して」」找到答案句，再經過簡化句子的結構「～より、売ることを目指して～」，來推敲答案「多くの製品を売るため」。

位置 第四段「企業が新製品を作る競争をしている」的後面。

題解　日文解題／解題中譯

答案是 **3**

答えは 3

　　②___の後に、「人々の必要を満たすことより、売れることを目指して」とある。つまり、3「多くの製品を売るため」が目的である。

正確答案是 3

　　②___的後面提到「人々の必要を満たすことより、売れることを目指して」(比起滿足人們的需要，更重視銷售的目標)，也就是說選項 3「多くの製品を売るため」(為了大量銷售產品) 才是目的。

ンだい

36 ③新製品を買ったものの、十分に使うことができない人たちが多いのは、なぜか

1 企業側が、製品の扱い方を難しくするから

2 不必要な機能が多すぎるから

3 使う方法も知らないで新製品を買うから

4 新製品の説明が不足しているから

▶ 翻譯

[36] ③有很多人儘管買了新產品，卻沒有辦法讓它發揮最大的效用，原因在哪裡呢？

1 因為企業端把產品設計得很難操作

2 因為不需要的功能太多了

3 因為連使用方式都不知道就買了新產品

4 因為新產品的使用說明不夠充分

題型解題訣竅　　　✔ 因果關係題　參考26頁

考點 有很多人儘管買了新產品，卻沒有辦法讓它發揮最大的效用，原因在哪裡呢？

關鍵 1. 在文章裡找到畫底線的詞組，往前後搜尋。

2. 詞組後方寫到「そのせいだ」，可知「その」所指的就是其原因。

3. 往前尋找可知「その」所指的就是企業為了銷量達載了過多的功能。

位置 由底線之後的內容找到答案。

答えは 2

　③＿＿の前に、「不必要な機能まで加えた製品を作る」「機能が多すぎてかえって困る」とある。つまり、不必要な機能が多くて困るということである。それに合うのは 2。

正確答案是 2

　③＿＿的前面提到「不必要な機能まで加えた製品を作る」(製造出搭載不需要的功能的產品)、「機能が多すぎてかえって困る」(功能太多反而造成人們的困擾)。也就是說，因為不必要的功能太多而感到困擾。符合這段敘述的是選項 2。

もんだい

37 この文章の内容と合っていないのはどれか。
1 明確な目的・意図を持たないで製品を買う人が多い。
2 新製品が出たら、使い方をすぐにおぼえるべきだ。
3 どの企業も新製品を作る競争をしている。
4 必要もなく新製品を作るのは資源のむだ使いだ。

▶翻譯

[37] 以下哪一段敘述不符合這篇文章的內容呢？

1 有許多人在不具明確目的、用途的情況下，就買了產品。
2 當新產品一上市，就應該立刻學會操作方式。
3 每一家企業同樣競相製造出新產品。
4 製造不需要的產品形同資源浪費。

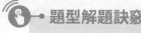 題型解題訣竅

正誤判斷題 參考36頁

考點 以下哪一段敘述不符合這篇文章的內容呢？

關鍵 1. 詳細閱讀並理解問題句，注意本題是問不符合的選項。

2. 知道要選不符合，可用刪去法將符合文章內容的選項都找出來。

3. 先看選項，再回到文章一邊閱讀一邊核對，最後找出文章沒有提及的選項。

位置 解答的材料在整篇文章裡。

題解 日文解題／解題中譯   答案是 **2**

 こた
答えは2

1. ×…3段落に「明確な目的を持たないまま機械を利用している人々が多い」とある。

2. ○…「使い方をすぐにおぼえるべきだ」と述べたところはない。

3. ×…4段落に「企業が新製品を作る競争をしている」とある。

4. ×…5段落に「ひどい資源のむだ使いだ」とある。

正確答案是2

1. ×…請見第三段提到「明確な目的を持たないまま機械を利用している人々が多い」(許多人在不具明確目的之情況下就使用這類裝置)。

2. ○…文章中沒有提到「使い方をすぐにおぼえるべきだ」(應該立刻學會操作方式)。

3. ×…請見第四段提到「企業が新製品を作る競争をしている」(企業不斷競相製造出新產品)。

4. ×…請見第五段提到「ひどい資源のむだづかいだ」(嚴重的資源浪費)。

問題七　翻譯與題解

第 7 大題　右頁是某個 NPO 刊登的留學生報名須知。請閱讀後回答下列問題。答案請從 1、2、3、4 之中挑出最適合的選項。

2020 年　第 29 回夏のつどい留学生募集案内

北海道ホームステイプログラム「夏のつどい※1」

北海道
はこだてくうこう
函館空港

とうきょうえき
東京駅
はねだくうこう
羽田空港

かんさいくうこう
関西空港

ふくおかくうこう
福岡空港

日程	8 月 20 日（木）〜 9 月 2 日（水） 14 泊 15 日			
募集人数	100 名			
参加費	A プラン 68,000 円 （東京駅集合・関西空港解散）			
	B プラン 65,000 円 （東京駅集合・羽田空港解散）			
	C プラン 70,000 円 （福岡空港集合・福岡空港解散）			
	D プラン 35,000 円 （函館駅集合・現地※2 解散※3）			
定員	100 名			
申し込み 締め切り	6 月 23 日（火）まで			

單字》

» **費** 費用；消費，花費

» **締め切り**（時間、期限等）截止，屆滿；封死，封閉

» **集まり** 集會；收集（的情況）

» **グループ【group】**（共同行動的）集團，夥伴；組，幫，群

» **申し込む** 報名；申請；提議，提出；訂購；預約

※ 毎年大人気のプログラムです。締め切りの前に定
　員に達する場合もありますので、早めにお申し込
　みください。

申し込み・問い合わせ先
(財)北海道国際文化センター
〒 040-0054 函館市元町 ××ー1
Tel：0138-22-××××　　Fax：0138-22-××××
http://www. ×××.or.jp/
E-mail：×××@hif.or.jp

※1　つどい…集まり
※2　現地…そのことを行う場所。
※3　解散…グループが別れること

▶翻譯

2020 年　第 29 屆夏令營留學生招募公告

北海道寄宿家庭體驗活動「夏令營※1」

北海道
函館機場
東京車站
羽田機場
關西機場
福岡機場

日程	8月20日（四）〜9月2日（三）　15天14夜
参加人數	100人
参加費用	A方案 68,000 圓 （東京車站集合・關西機場解散） B方案 65,000 圓 （東京車站集合・羽田機場解散） C方案 70,000 圓 （福岡機場集合・福岡機場解散） D方案 35,000 圓 （函館機場集合・同一地點※2解散※3）
額滿人數	100人
報名截止日期	6月23日（二）之前

※ 每年本活動參加人數相當踴躍，可能會在截止日
　 期前額滿，敬請提早報名。

洽詢單位：

財團法人北海道國際文化中心

〒040-0054 函館市元町 xx ― 1

Tel 0138-22-xxxx　Fax 0138-22-xxxx

http://www.xxx.or.jp

E-mail: xxx@hif.or.jp

※1 つどい：集會。

※2 現地：現場。

※3 解散：團體的成員各自分開。

もんだい

38 東京に住んでいる留学生のジャミナさんは、日本語学校の
　　夏休みにホームステイをしたいと思っている。その前に、
　　北海道の友達の家に遊びに行くため、北海道までは一人で
　　行きたい。どのプランがいいか。

　　1　Aプラン　　2　Bプラン　　3　Cプラン　　4　Dプラン

[38] 住在東京留學生潔敏娜小姐打算利用日語學校的暑假期間，去住在寄宿家庭裡體驗當地的生活。但是去寄宿前，她想先到北海道的朋友家玩，因此必須單獨前往北海道。請問她該選擇哪項方案比較好呢？

　1 Ａ方案　　2 Ｂ方案　　　3 Ｃ方案　　　　4 Ｄ方案

題型解題訣竅

　　✔ 細節題　參考 22 頁

考點 請問她該選擇哪項方案比較好呢？

關鍵 1. 先快速瀏覽整張招募公告，掌握報名須知大概的內容。

2. 從題目的關鍵詞給的提示去找答案。這裡的關鍵詞是「北海道」、「プラン」，把它圈起來。當然也必須具備知道函館是位於北海道這一地理知識。

3. 帶著題目找答案，注意細節，對比講座須知中「參加費」、「プラン」的不同之處。

4. 對題目沒有提到的內容，可以快速跳過。

5. 圈出題目「北海道」、「プラン」要的答案。

6. 需要在問題中找到相關依據，還要根據已知的信息做一整理，才能得出答案。

位置 【參加費】裡的內容。

題解 日文解題／解題中譯　　　　　　　　　　　　　　　答案是 **4**

答えは4

　　ジャミナさんは北海道までは一人で行きたいと言っている。

1. ×…Aプランは東京駅集合・関西空港解散。
2. ×…Bプランは東京駅集合・羽田空港解散。
3. ×…Cプランは福岡空港集合・福岡空港解散。
4. ○…Dプランは函館駅集合・現地解散。

正確答案是 4

　題目說的是潔敏娜小姐想先一個人去北海道。

1. ×…因為 A 方案是在東京車站集合，關西機場解散。

2. ×…因為 B 方案是在東京車站集合，羽田機場解散。

3. ×…因為 C 方案是在福岡機場集合，福岡機場解散。

4. ○…因為 D 方案是在函館機場集合，然後在同一地點解散。

もんだい

39 このプログラムに参加するためには、いつ申し込めばいいか。

1　8月20日までに申し込む。

2　6月23日が締め切りだが、早めに申し込んだ方がいい。

3　夏休みの前に申し込む。

4　6月23日の後で、できるだけ早く申し込む。

▶ 翻 譯

[39] 為了參加這項體驗活動，她什麼時候報名比較好呢？

1　8月20日之前報名。

2　6月23日截止報名，但是盡早報名為佳。

3　放暑假前報名。

4　6月23日之後盡早報名。

題型解題訣竅　　　　　✔ 細節題　參考 22 頁

考點　為了參加這項體驗活動，她什麼時候報名比較好呢？

關鍵　1.【when】いつ（時間）[什麼時候？]

　　　2. 問題形式：いつ申し込めばいいか。

　　　3. 問題句的要點是「～ばいいか」，而對應此常用的句型是「～てく
　　　　ださい」、「お～ください」。文章中去找這樣的句型就是答案了。

311

4. 上一題已經先快速瀏覽整張招募公告的內容了。

5. 從題目的關鍵詞給的提示去找答案。這裡的關鍵詞是「いつ申し込める」，把它圈起來。

6. 帶著題目找答案，注意細節，對比講座須知中「いつ申し込める」的地方。

7. 對題目沒有提到的內容，可以快速跳過。

8. 圈出題目「いつ申し込める」要的答案。

9. 需要在問題中找到相關依據，還要根據已知的信息做一整理，才能得出答案。

位置 【申し込み締め切り】及 【※】裡的內容。

題解 日文解題／解題中譯　　　　　　　　　　　　　　　答案是 **②**

答えは 2

1. ×…8月20日はこのプログラムが始まる日である。

2. ○…締め切りは6月23日（火）。ただし、「締め切りの前に定員に達する場合もありますので、早めにお申し込みください」と付け加えてある。

3. ×…「夏休み前に」という記述はない。

4. ×…「6月23日（火）まで」で、「後」ではない。

正確答案是 2

1. ×…公告中提到8月20日是這個夏令營開始的日期。

2. ○…截止日期是6月23日(二)，但是備註部分已說明「締め切りの前に定員に達する場合もありますので、早めにお申し込みください」(可能會在截止日期前額滿，敬請提早報名)。

3. ×…公告沒有標注要在「夏休み前に」(放暑假前)報名。

4. ×…是「6月23日（火）まで」(到6月23日(二))，而非「後」(之後)。

学習能力を2倍にする

暮らし
と
文化

關於行李託運

若要搭飛機，託運的行李 20 公斤以內是免費的。要帶上飛機的手提行李中不可以有水果刀、打火機等可能成為攻擊武器的物品，另外像是洗髮精、乳液等液態物品必須裝在 100ml 以內的容器中，並且全部加起來不得超過 1000ml！

◉ 入國審查會用到的會話

A：パスポートを見（み）せてください。

A：入国目的（にゅうこくもくてき）は何（なん）ですか？

B：観光（かんこう）です。

A：どのくらい日本（にほん）にいますか？

B：5日間（いつかかん）です。

A：請出示護照。

A：這次來日本的目的是什麼呢？

B：我是來旅遊的。

A：會在日本停留多久呢？

B：5天。

文法比一比

にくらべて、にくらべ　與…相比，跟…比較起來，比較…

接續　{名詞} ＋に比べて、に比べ

說明　【基準】表示比較、對照。相當於「に比較して」。

例句　今年は去年に比べて雨の量が多い。／今年比去年雨量豐沛。

にくわえ（て）　而且…，加上…，添加…

接續　{名詞} ＋に加え（て）

說明　【附加】表示在現有前項的事物上，再加上後項類似的別的事物。有時是補充某種性質、有時是強調某種狀態和性質。後項常接「も」。相當於「だけでなく～も」。中文意思是：「而且…、加上…、添加…」。

例句　毎日の仕事に加えて、来月の会議の準備もしなければならない。／除了每天的工作項目，還得準備下個月的會議才行。

哪裡不一樣呢？

にくらべて【基準】

にくわえて【附加】

說明　「にくらべて」表基準，表示比較兩個事物，前項是比較的基準；「にくわえて」表附加，表示某事態到此並沒有結束，除了前項，要再添加上後項。

ような　像…樣的，宛如…一樣的…，感覺像…

接續　{名詞の；形容動詞詞幹な；[形容詞・動詞] 辭書形} ＋ような気がする

說明　表示說話人的感覺或主觀的判斷。中文意思是：「感覺像…」。

例句　何か悪いことが起こるような気がする。／總覺得要發生不祥之事了。

らしい　似乎…，像…樣子，有…風度

接續　{名詞；形容動詞詞幹；[形容詞・動詞] 普通形} ＋らしい

說明　【樣子】表示充分反應出該事物的特徵或性質。也表示從眼前可觀察的事物等狀況，來進行判斷。

例句　大石さんは、とても男らしい人です。／大石先生給人感覺很有男人味。

哪裡不一樣呢？

ような
【判斷】

らしい
【樣子】

說明 「ような」表判斷，表示說話人的感覺或主觀的判斷；「らしい」表樣子，表示充分具有該事物應有的性質或樣貌，或是說話者根據眼前的事物進行客觀的推測。

によって（は）、により　根據…，按照…；由於…，因為…

接續 {名詞}＋によって（は）、により

說明 【手段】表示事態所依據的方法、方式、手段。中文意思是：「根據…」。

例句 実験によって、薬の効果が明らかになった。／藥效經由實驗而得到了證明。

にもとづいて、にもとづき、にもとづく、にもとづいた

根據…，按照…，基於…

接續 {名詞}＋に基づいて、に基づき、に基づく、に基づいた

說明 【依據】表示以某事物為根據或基礎。相當於「をもとにして」。

例句 この雑誌の記事は、事実に基づいていない。／這本雜誌上的報導沒有事實根據。

哪裡不一樣呢？

によって（は
【手段】

にもとづいて
【依據】

事実

說明 「によって（は）」表手段，表示做後項事情的方法、手段；「にもとづいて」表依據，表示以前項為依據或基礎，進行後項的動作。

問題四 翻譯與題解

第4大題 請閱讀以下（1）至（4）的文章，然後回答問題。答案請從1、2、3、4之中挑出最適合的選項。

（1）

最近、自転車によく乗るようになりました。特に休みの日には、気持ちのいい風を受けながら、のびのびとペダルをこいでいます。

自転車に乗るようになって気づいたのは、自転車は車に比べて、見える範囲がとても広いということです。車は、スピードを出していると、ほとんど風景を見ることができないのですが、自転車は走りながらでもじっくりと周りの景色を見ることができます。そうすると、今までどんなにすばらしい風景に気づかなかったかがわかります。小さな角を曲がれば、そこには、新しい世界が待っています。それはその土地の人しか知らない珍しい店だったり、小さなすてきなカフェだったりします。いつも何となく車で通り過ぎていた街には、実はこんな物があったのだという新しい感動に出会えて、<u>考えの幅も広がるような気</u>がします。

24 考えの幅も広がるような気がするのは、なぜか。

1 自転車では珍しい店やカフェに寄ることができるから

單字 》

» **範囲** 範圍，界線

» **スピード【speed】** 快速，迅速；速度

» **周り** 周圍，周邊

» **感動** 感動，感激

» **考え** 想法，思想，意見；念頭，觀念，信念；考慮，思考

» **幅** 寬度，幅面；幅度，範圍；勢力；伸縮空間

» **広がる** 開放，展開；（面積、規模、範圍）擴大，蔓延，傳播

» **発見** 發現

2　自転車は思ったよりスピードが出せるか
　　ら
3　自転車ではその土地の人と話すことがで
　　きるから
4　自転車だと新しい発見や感動に出会える
　　から

>>翻譯

　　最近我常騎腳踏車。尤其是休假日，享受著舒爽的涼風，悠然自在地踩著踏板前進。

　　自從開始騎腳踏車以後，我發現腳踏車和汽車相比，視野範圍來得寬廣多了。汽車的速度快，幾乎沒有辦法看到什麼風景，而腳踏車則可以一邊騎一邊仔細看清楚周圍的景色。結果這才發現，我以往錯過了多少美麗的風景。只要拐過一個小轉角，就有一個嶄新的世界等在眼前。有時候是只有當地人才知道的稀奇店鋪，有時候是一家小巧而美好的咖啡廳。平時搭車經過時沒什麼特別感覺的街道，原來有這些新奇的事物，自從體悟到這種全新的感動後，彷彿連想法也變得更加開闊了。

[24] 為什麼彷彿連想法也變得更加開闊了呢？
　　1　因為騎腳踏車可以繞到稀奇的店鋪與咖啡廳
　　2　因為騎腳踏車的速度比想像中來得快
　　3　因為騎腳踏車可以和當地人聊天
　　4　因為騎腳踏車能有新的發現與感動

考點 為什麼作者會說<u>彷彿連想法也變得更加開闊了</u>呢？

關鍵 1. 在文章裡找到畫底線的詞組，往前後搜尋。

2. 前一句雖然沒有明顯的因果關係詞，但仔細閱讀內容可以判斷有因果關係的邏輯在內，推斷前一句就是原因。

3. 用關鍵字在選項中找答案，核對內容後確定答案。

位置 由底線之前的內容找到答案。

題解 日文解題／解題中譯　　　　　　　　　　　　　　　　　答案是 **4**

6 答えは 4

　　＿＿線部の前に、「新しい世界が待っています」「実はこんな物があったのだという新しい感動に出会えて」とある。これに合うのは 4「新しい発見や感動に出会える」である。

正確答案是 4

　　＿＿底線部分的前面提到「新しい世界が待っています」(嶄新的世界等在眼前)、「実はこんな物があったのだという新しい感動に出会えて」(原來有這些新奇的事物，自從體悟到這種全新的感動)。符合這些敘述的是選項 4「新しい発見や感動に出会える」(有新的發現與感動)。

Grammar

1 ～に比べて 與…相比，跟…比較起來，比較…	平野に比べて、盆地の夏は暑いです。 └ 名詞＋に比べて 跟平原比較起來，盆地的夏天熱多了。
2 ～ということだ …也就是說…，這就是…；聽說…，據說…	今、大人用の塗り絵がはやっているということです。 └ 簡體句＋ということだ 目前正在流行成年人版本的著色畫冊。
3 ～という（のは） （內容）…的…；是…，這個…，叫…的；所謂的…，…指的是	日本にも台湾にも、「松山」という地名がある。 └ 名詞＋という＋名詞 在日本和在台灣都有「松山」這個地名。

(2)

　仕事であちらこちらの会社や団体の事務所に行く機会があるが、その際、よくペットボトルに入った飲み物を出される。日本茶やコーヒー、紅茶などで、夏は冷たく冷えているし、冬は温かい。ペットボトルの飲み物は、清潔な感じがするし、出す側としても手間がいらないので、忙しい現代では、とても便利なものだ。

　しかし、たまにその場でいれた日本茶をいただくことがある。茶葉を入れた急須※1から注がれる緑茶の香りやおいしさは、ペットボトルでは味わえない魅力がある。丁寧に入れたお茶をお客に出す温かいもてなし※2の心を感じるのだ。

　何もかも便利で簡単になった現代だからこそ、このようなもてなしの心は大切にしたい。それが、やがてお互いの信頼関係へとつながるのではないかと思うからである。

└─文法①

※1　急須…湯をさして茶を煎じ出す茶道具。
※2　もてなし…客への心をこめた接し方。

25　大切にしたい のはどんなことか。

1　お互いの信頼関係　　2　ペットボトルの便利さ
3　日本茶の味や香り　　4　温かいもてなしの心

單字》

» **団体** 團體，集體

» **清潔** 乾淨的，清潔的；廉潔；純潔

» **現代** 現代，當代；(歷史) 現代（日本史上指二次世界大戰後）

» **感じる** 感覺，感到；感動，感觸，有所感

» **お互い** 彼此，互相

» **つながる** 延伸；相連，連接，聯繫；(人) 排隊，排列；有 (血緣、親屬) 關係，牽連

» **茶** 茶；茶水；茶葉；茶樹

» **～こそ** 正是…，才 (是)…；唯有…才…

》》翻譯

　　工作上有不少機會到各家公司與團體的事務所拜訪，這時，對方常端出裝在保特瓶裡的飲料來招

待。飲料的種類包括日本茶、咖啡或紅茶等等，夏天時冰鎮得透心涼，而冬天則是溫溫熱熱的。保特瓶飲料不但讓人感覺潔淨，招待方也不必費功夫準備，對於忙碌的現代人來說非常便利。

　　不過，偶爾可以喝到現沏的日本茶。從擱入了茶葉的茶壺[※1] 裡傾出的綠茶香氣與芳醇，具有保特瓶飲料所無法品嚐到的魅力，可以讓人感受到那份為客人送上用心沏茶的體貼款待[※2]。

　　正因為身處一切講求簡單便利的現代社會，像這樣的款待之心更令人倍感珍惜。那份心意，讓人聯想到或許將延伸為日後雙方的相互信賴。

※1 急須：裝盛查水的小壺，茶壺。

※2 もてなし：帶著為客人著想的心意接待對方。

[25] 所謂倍感珍惜指的是什麼呢？

　　1　雙方的相互信賴

　　2　保特瓶的便利性

　　3　日本茶的美味與香氣

　　4　體貼的款待之心

題型解題訣竅

✔ 主旨題　參考 20 頁

考點 所謂倍感珍惜指的是什麼呢？

關鍵 1. 抓住中心段落。中心段落就是文章的主旨所在。因此，找準了它就就特別重要了。這一題中心段落在第二、三段裡。

　　　 2. 閱讀整篇文章，大致掌握文章寫了什麼「以招待的飲料，闡述體貼的款待之心」。

　　　 3. 看到重點意見時劃上雙線。重點在第二段的「温かいもてなしの心」跟第三段的「このようなもてなしの心」。都是作者闡述的感受。

位置 第二段的最後一行跟最後一段的畫線句前面半句。

6　答えは 4

1. ×…「もてなしの心」を大切にすると、「お互いの信頼関係へとつながる」と述べている。つまり、「つながる」と言っているのであって、「大切にしたい」ことではない。

2. ×…ペットポトルは便利だが、「大切にしたい」というのは、文章中にない内容。

3. ×…丁寧に入れた日本茶の味や香りの魅力については、「温かいおもてなしの心」の例としてあげているにすぎない。

4. ○…＿＿線部の前の「このようなもてなしの心」を、前の段落で「温かいもてなしの心」と言っている。

正確答案是 4

1. ×…文中提到如果能珍惜「もてなしの心」(款待的心)，就能「お互いの信頼関係へとつながる」(延伸為雙方的相互信賴)。也就是說，這裡說的是「つながる」(延伸)，而不是「大切にしたい」(倍感珍惜) 的事。

2. ×…雖然保特瓶很方便，但是對保特瓶「大切にしたい」(倍感珍惜) 是文章中沒有提到的內容。

3. ×…用心泃的日本茶的甘醇與香氣的魅力，只不過是「温かいおもてなしの心」(體貼的款待之心) 的舉例而已。

4. ○…＿＿底線部分的前面「このようなもてなしの心」(像這樣的款待之心) 說的是前一段的「温かいもてなしの心」(體貼款待的心)。

Grammar

1

（の）ではないかと思う

我想…吧；不就…嗎

彼は誰よりも君を愛していたのではないかと思う。

└─ 動詞普通形＋のではないかと思う

我覺得他應該比任何人都還要愛妳吧！

(3)

　ホテルのロビーに、下のようなお知らせの紙が貼ってある。

» **影響** 影響
» **理解** 體諒，諒解；理解，領會，明白
» **協力** 配合，協力，合作，共同努力
» **変更** 變更，更改，改變
» **前もって** 預先，事先
» **総** 總括；總覽；總，全體；全部

8月11日（金）
屋外プール休業について

お客様各位

　平素は山花レイクビューホテルをご利用いただき、まことにありがとうございます。台風12号による強風・雨の影響により、8/11（金）、屋外※プールを休業とさせて頂きます。ご理解とご協力を、よろしくお願い申し上げます。
8/12（土）については、天候によって、営業時間に変更がございます。前もってお問い合わせをお願いいたします。

山花ホテル　総支配人

※　屋外…建物の外

26 このお知らせの内容と合っているものはどれか。

1　11日に台風が来たら、プールは休みになる。
2　11日も12日も、プールは休みである。
3　12日はプールに入れる時間がいつもと変わる可能性がある。
4　12日はいつも通りにプールに入ることができる。

▶翻譯

旅館的大廳張貼著以下這張告示：

8月11日（五）
戶外泳池暫停開放通知

各位貴賓：

　　非常感謝各位對山花湖景旅館的支持與愛護。由於受到 12 號颱風帶來的強風與豪雨影響，8/11（五）戶外 ※ 泳池將暫停開放。感謝您的諒解與合作。

　　8/12（六）的開放時間將視天候狀況有所異動，敬請於使用前洽詢櫃臺人員。

山花旅館 總經理

※ 屋外：建築物的外面

[26] 以下哪一項符合這張告示的內容？

1　假如 11 日颱風來襲的話，泳池將暫停開放。

2　11 日與 12 日泳池都暫停開放。

3　12 日可以進入泳池的時間隨時都可能改變。

4　12 日泳池和平常一樣正常開放使用。

 題型解題訣竅　　　　　　　✔ 正誤判斷題 參考 36 頁

考點 以下哪一項符合這張告示的內容？

關鍵 1. 詳細閱讀並理解問題句，注意本題是問正確的選項。

　　　 2. 先看選項，知道選項只分別對 11 日及 12 日進行描述後，可以縮小範圍針對這兩天的敘述尋找。

　　　 3. 一邊閱讀一邊核對選項，找到符合文章敘述的答案。

位置 解答的材料在整篇文章裡。

答えは 3

1. ×…「11 日に台風が来たら」が正しくない。仮定ではなく、プールは休みになることは決まっている。

2. ×…12 日は、営業時間に変更があるかもしれないが、プールは営業する。

3. 〇…「天候によって、営業時間に変更がございます」とある。

4. ×…「いつも通り」ではない。天候によって、営業時間に変更がある可能性がある。

正確答案是 3

1. ×…「11 日に台風が来たら」(假如 11 日颱風來襲) 是不正確的，告示中寫的並不是假設，而是已經確定泳池將暫停開放。

2. ×…雖然 12 日的開放時間可能異動，但泳池仍會開放。

3. 〇…告示上提到「天候によって、営業時間に変更がございます」(開放時間將視天候狀況有所異動)。

4. ×…並不是「いつも通り」(和平常一樣)，而是視天候狀況，開放時間可能有所異動。

Grammar

1

〜により

因為…；根據…；由…；依照…

地震により、500 人以上の貴い命が奪われました。
名詞＋により

這一場地震，奪走了超過 500 條寶貴的生命。

2

〜によって

根據…；依照…；因為…；由…

価値観は人によって違う。
名詞＋によって

價值觀因人而異。

3

〜通り（に）

按照，正如…那樣，像…那樣

荷物を、指示どおりに運搬した。
名詞＋どおりに

行李依照指示搬運。

(4)

これは、一瀬さんに届いたメールである。

株式会社 山中デザイン
一瀬さゆり様

　いつも大変お世話になっております。
　私事^{※1}ですが、都合により、8月31日をもって退職^{※2}いたすことになりました。
　在職中^{※3}はなにかとお世話になりました。心よりお礼を申し上げます。
　これまで学んだことをもとに、今後は新たな仕事に挑戦してまいりたいと思います。^{文法①}
　一瀬様のますますのご活躍をお祈りしております。
　なお、新しい担当は川島と申す者です。あらためて本人よりご連絡させていただきます。
　簡単ではありますが、メールにてご挨拶申しあげます。

株式会社 日新自動車販売促進部
加藤太郎
住所：〒111-1111　東京都○○区○○町 1-2-3
TEL：03 - ＊＊＊＊ - ＊＊＊＊
FAX：03 - ＊＊＊＊ - ＊＊＊＊
URL：http://www.×××.co.jp
Mail：×××@example.co.jp

單字》

» 届く（送東西）寄達；及，達到；周到；達到（希望）

» デザイン【design】設計（圖）；（製作）圖案

» 退職 退休，離職

» 今後 今後，以後，將來

» 挑戦 挑戰

» ますます 越發，益發，更加

» 活躍 活躍

» 本人 本人

» やめる 辭職；休學

※1　私事…自分自身だけに関すること。

※2　退職…勤めていた会社をやめること。

※3　在職中…その会社にいた間。

27 このメールの内容で、正しいのはどれか。

1　これは、加藤さんが会社をやめた後で書いたメールである。

2　加藤さんは、結婚のために会社をやめる。

3　川島さんは、現在、日新自動車の社員である。

4　加藤さんは、一瀬さんに、新しい担当者を紹介してほしいと頼んでいる。

≫翻譯

這是寄給一瀬小姐的電子郵件：

山中設計 股份有限公司
一瀬小百合小姐　敬覽

感謝您一直以來的照顧。
雖與工作無關，但我將於 8 月 31 日因個人理由 ※1 離職 ※2。
這段時間 ※3 以來承蒙您多方關照，由衷感激。

在這裡學到的心得，我將運用在下一份工作中接受全新的挑戰。
預祝一瀬小姐鴻圖大展。
此外，後續工作將由川島接任，他將與您另行聯絡。

謹此，匆草如上。

日新汽車股份有限公司 銷售部

加藤太郎

地址：〒 111-1111 東京都◎◎區◎◎町 1-2-3

TEL：03-＊＊＊＊-＊＊＊＊／ FAX: 03-＊＊＊＊-＊＊＊＊

URL:http://www. ｘｘｘ .co.jp

Mail: ｘｘｘ @example.co.jp

※1 私事：只和自己有關的事。

※2 退職：離開原本工作的公司。

※3 在職中：待在那家公司的期間。

[27] 關於這封電子郵件的內容，以下何者正確？

   1　這是加藤先生離職以後寫的電子郵件。

   2　加藤先生由於結婚而辭去工作。

   3　川島先生目前是日新汽車的職員。

   4　加藤先生希望請一瀨小姐幫忙介紹接手後續
　　　工作的人。

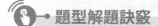

題型解題訣竅　　　✅ **正誤判斷題** 參考36頁

考點 關於這封電子郵件的內容，以下何者正確？

關鍵 1. 先細看題目與選項並理解整個陳述的含意，再一邊閱讀文
　　　章一邊找需要的答案。

    2. 本題選項 1 和 3 無法從字面上直接找到答案，需要讀懂文
　　　章和選項的意思，再透過推敲細節，來做出判斷。

    3. 最後由兩人是同事關係來推出選項 3 正確。

位置 解答的材料在整篇文章裡。

6 答えは 3

1. ×…「8月31日をもって退職いたすことになりました」とある。「8月31日で」ということで、メールを送ったときは、8月31日より前である。

2. ×…会社を辞める理由を「結婚のため」とは書いていない。

3. 〇…川島さんは加藤さんと同じ会社（日新自動車）の人で、加藤さんの仕事を引きつぐ。

4. ×…加藤さんは、一瀬さんに「新しい担当者を紹介してほしい」と頼んでいない。

正確答案是 3

1. ×…郵件中提到「8月31日をもって退職いたすことになりました」(將於 8 月 31 日離職)。因為是「8月31日で」(將於 8 月 31 日)，所以可以知道寄信的日期於 8 月 31 日之前。

2. ×…郵件中沒有提到辭職的理由是「結婚のため」(因為結婚)。

3. 〇…川島先生是加藤先生同公司 (日新汽車) 的同事，接手加藤先生的工作。

4. ×…加藤先生並沒有請一瀬小姐「新しい担当者を紹介してほしい」(介紹接手後續工作的人)。

Grammar

1 ～をもとに

在…基礎上，以…為根據，以…為參考

いままでに習った<u>文型</u>をもとに、文を作ってください。
　　　　　　　　　　　名詞＋をもとに
請參考至今所學的文型造句。

問題五　翻譯與題解

第5大題　請閱讀以下（1）至（2）的文章，然後回答問題。答案請從1、
2、3、4之中挑出最適合的選項。

（1）

　　日本人は寿司が好きだ。日本人だけでなく
外国人にも寿司が好きだという人が多い。しか
し、銀座などで寿司を食べると、目の玉が飛び
出るほど値段が高いということである。

　　私も寿司が好きなので、値段が安い回転寿司
をよく食べる。いろいろな寿司をのせて回転し
ている棚から好きな皿を取って食べるのだが、
その中にも、値段が高いものと安いものがあ
り、お皿の色で区別しているようである。

　　回転寿司屋には、チェーン店が多いが、作
り方やおいしさには、同じチェーン店でも①
「差」があるようである。例えば、店内で刺身を
切って作っているところもあれば、工場で切っ
た冷凍※1の刺身を、機械で握ったご飯の上に
載せているだけの店もあるそうだ。

　　寿司が好きな友人の話では、よい寿司屋かど
うかは、「イカ」を見るとわかるそうである。
②イカの表面に細かい切れ目※2が入っている
かどうかがポイントだという。なぜなら、生の
イカの表面には寄生虫※3がいる可能性があっ

單字 》

》 **のせる** 放在…
上，放在高處；
裝載，裝運；納
入，使參加

》 **棚** （放置東西
的）隔板，架
子，棚

》 **皿** 盤子；盤形
物；（助數詞）
一碟等

》 **握る** 握飯團或
壽司；握，抓；
掌握，抓住

》 **友人** 友人，朋
友

》 **表面** 表面

》 **なぜなら** 因
為，原因是

》 **殺す** 殺死，致
死；抑制，忍
住，消除；埋沒；
浪費，犧牲

》 **目的** 目的，目
標

》 **生物** 生物

て、冷凍すれば死ぬが、生で使う場合は切れ目
を入れることによって、食べやすくすると同時
にこの寄生虫を殺す目的もあるからだ。こん
なことは、料理人の常識なので、イカに切れ
目がない店は、この常識を知らない料理人が
作っているか、冷凍のイカを使っている店だと
言えるそうだ。

※1　冷凍…保存のために凍らせること。

※2　切れ目…物の表面に切ってつけた傷。
　　　　また、切り口。

※3　寄生虫…人や動物の表面や体内で生き
　　　　る生物。

>> 翻譯

　　日本人喜歡吃壽司。而且不單是日本人，許
多外國人也喜歡吃壽司。但是，在銀座這樣的高
級地段吃壽司的話，結帳時的昂貴價格會把人嚇
得連眼珠子都快掉下來了。

　　我也喜歡吃壽司，因此常去便宜的迴轉壽司
店。從擺著各式各樣的壽司轉圈的檯面拿下喜歡
的壽司盤享用，價錢有的高有的低，以盤子的顏
色做區分。

　　迴轉壽司店有很多是連鎖店，但即使是同為
連鎖店，製作的方法與美味程度也有①「差異」。
舉例來說，有些是在店裡現切生魚片捏製，有些
則只是把在工廠裡切好的冷凍※1生魚片擺到用機
器捏好的飯糰上而已。

　　有個喜歡吃壽司的朋友告訴我，想分辨一家

壽司店的高級與否，只要看「墨魚」就知道了。關鍵在於②墨魚的表面有沒有細細的割痕^{※2}。理由是生墨魚的表面可能沾附著寄生蟲^{※3}，只要經過冷凍就能殺死寄生蟲；但是如果生食，就必須用刀子在表面劃出細痕，這樣不但方便嚼食，也同時達到殺死那些寄生蟲的功效。這是廚師的基本常識，因此如果一家店的墨魚表面沒有割痕，就表示這是沒有這種基本常識的廚師做的，或者這家店用的是冷凍墨魚。

※1 冷凍：為了保存而冰凍。

※2 切れ目：物體表面被切開的割痕，也就是切口處。

※3 寄生虫：在人類或動物的體表或體內生存的生物。

もんだい

28 ①「差」は、何の差か。

1 値段の「差」
2 チェーン店か、チェーン店でないかの「差」
3 寿司が好きかどうかの「差」
4 作り方や、おいしさの「差」

翻譯

[28] 所謂的①「差異」，指的是什麼？

1 價格的「差異」
2 是連鎖店或不是連鎖店的「差異」
3 喜不喜歡壽司的「差異」
4 製作的方法與美味程度的「差異」

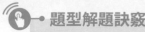

考點 所謂的「差異」，指的是什麼？

關鍵【what】なに(事)[是什麼？]

　　　1. 問題形式：～何の差か。

　　　2. 透過關鍵詞找到答案句，再經過簡化句子的結構，來推敲答案。

　　　3. 答案在「差」之前。也就是「チェーン店が多いが作り方や おいしさには、同じチェーン店でも差があるようである」，這句話簡化之後，就是選項4的「作り方や おいしさの差」。

　　　4. 細節題與推斷題的不同：細節題答案一般可以在文章中找到；推斷題需要用到簡單的邏輯推理，更多是還需要排除法，甚至是計算的。

位置 第三段第一、二行。

題解 日文解題／解題中譯　　　　　　　　　　　　　　　　答案是 **4**

答えは4

　　何に差があるかは、①＿＿＿の前に「作り方やおいしさ」とある。

正確答案是4

　　所謂的差異指的是＿＿＿的前面提到的「作り方やおいしさ」(製作的方法與美味程度)。

もんだい

29 ②イカの表面に細かい切れ目が入っているかどうかとあるが、この切れ目は何のために入っているのか。

1　イカが冷凍かどうかを示すため

2　食べやすくすると同時に、寄生虫を殺すため

3　よい寿司屋であることを客に知らせるため

4　常識がある料理人であることを示すため

[29] 文中提到②墨魚的表面有沒有細細的割痕，這種割痕的用意是什麼呢？

1 為了表示墨魚是否經過冷凍
2 為了方便嚼食以及殺死寄生蟲
3 為了讓顧客知道那是一家高級的壽司店
4 為了表示是具有基本常識的廚師所做的

題型解題訣竅

☑ 因果關係題 參考 26 頁

考點 文中提到墨魚的表面有沒有細細的割痕，這種割痕的用意是什麼呢？

關鍵 1. 在文章裡找到畫底線的詞組，往前後搜尋。

2. 可發現後文立刻提到「なぜなら」，後面就是這麼做的原因了。

3. 回到選項用關鍵字找答案，核對選項內容後確定答案。

位置 由底線之後的內容找到答案。

題解 日文解題／解題中譯

答案是 **2**

答えは 2

　②＿＿の後の「なぜなら」に注目する。「なぜなら」は前に述べたことの理由を言う接続語である。「食べやすくすると同時にこの寄生虫を殺す目的もあるからだ」と、イカの表面に細かい切れ目を入れる理由を述べている。それに合うのは 2 である。

正確答案是 2

　請注意②＿＿的後面「なぜなら」(理由是)。接續語「なぜなら」(理由是) 用於說明前面已敘述之事的理由。「食べやすくすると同時にこの寄生虫を殺す目的もあるからだ」(這樣不但方便嚼

食，也同時達到殺死那些寄生蟲的功效）說明了墨魚的表面有細細的割痕的理由。與此相符的是選項 2。

30 回転寿司について、正しいのはどれか。

1 銀座の回転寿司は値段がとても高い。

2 冷凍のイカには表面に細かい切れ目がつけてある。

3 寿司の値段はどれも同じである。

4 イカを見るとよい寿司屋かどうかがわかる。

>> 翻譯

[30] 關於迴轉壽司，以下何者正確？

1 銀座的迴轉壽司價格非常昂貴。

2 冷凍墨魚的表面有細細的割痕。

3 壽司的價格每盤都一樣。

4 只要看墨魚就能分辨是否為高級的壽司店。

題型解題訣竅　**正誤判斷題** 參考36頁

考點 關於迴轉壽司，以下何者正確？

關鍵 1. 先細看題目與選項，再用關鍵字，回去一邊閱讀文章一邊找需要的答案。

2. 選項 1 和 4 找關鍵字、句還是沒辦法得到答案，可看整句、看前後句，或跨段落的尋找答案。

3. 選項 4 與最後一段作者的總結意思相同，仔細了解內容後可知答案。

位置 解答的材料在整篇文章裡。

⑥　答えは 4

1. ×…銀座の回転寿司が、すべて値段が高いのか、安い回転寿司があるのかはこの文章でははっきりしない。

2. ×…イカの表面に細かい切れ目を入れるのは、「生のイカ」の場合である。

3. ×…「寿司の値段はどれも同じ」ではない。銀座などの寿司は高いし、回転寿司でも「値段が高いものと安いものがあり」と書かれている。

4. ○…最後の段落に「よい寿司屋かどうかは、『イカ』を見るとわかる」とある。

正確答案是 4

1. ×…銀座的迴轉壽司是否全都非常昂貴，或是也可能有平價的迴轉壽司，在本篇文章中並沒有明確說明。

2. ×…在墨魚表面劃上細細的割痕，是用在「生のイカ」（生墨魚）上。

3. ×…並非「寿司の値段はどれも同じ」（壽司的價格都一樣）。文中提到銀座等地方的壽司較昂貴，而且即使一樣是迴轉壽司也是「値段が高いものと安いものがあり」（價錢有的高有的低）。

4. ○…請見最後一段提到「よい寿司屋かどうかは、『イカ』を見るとわかる」（想分辨一家壽司店的高級與否，只要看「墨魚」就知道了）。

「イカ」（墨魚）該以什麼量詞計算呢？

「イカ」（墨魚）、「タコ」（章魚）、「カニ」（螃蟹）等動物該以什麼量詞計算呢？其實當牠們活著的時候，要以「一匹」（一隻）、「二匹」（二隻）計算，但在牠們死後被擺上餐桌時，則要說「イカ一杯」（一隻墨魚）、「タコ二杯」（兩隻章魚）哦！以下補充點餐的情境對話。

◉ **點餐時會用到的會話**

A：えーっと、この A をお願いします。

B：A 定食ですね。かしこまりました。

B：お飲み物はよろしいですか。

A：コーヒーをください。

A：嗯！我要這個A餐。
B：A定食。好的。
B：您要點飲料嗎？
A：我要咖啡。

(2)

　世界の別れの言葉は、一般に「Goodbye＝神があなたとともにいますように」か、「See you again＝またお会いしましょう」か、「Farewell＝お元気で」のどれかの意味である。つまり、相手の無事や平安※1を祈るポジティブ※2な意味がこめられている。しかし、日本語の「さようなら」の意味は、その①どれでもない。

　恋人や夫婦が別れ話をして、「そういうことならば、②仕方がない」と考えて別れる場合の別れに対するあきらめであるとともに、別れの美しさを求める心を表していると言う人もいる。

　または、単に「左様ならば（そういうことならば）、これで失礼します」と言って別れる場合の「左様ならば」だけが残ったものであると言う人もいる。

　いずれにしても、「さようなら」は、もともと、「左様であるならば＝そうであるならば」という意味の接続詞※3であって、このような、別れの言葉は、世界でも珍しい。ちなみに、私自身は、「さようなら」という言葉はあまり使わず、「では、またね」などと言うことが多い。やはり、「さようなら」は、なんとなくさびしい感じがするからである。

※1　平安…穏やかで安心できる様子。

單字》》

» 別れ　別，離別，分離；分支，旁系

» 恋人　情人，意中人

» 夫婦　夫婦，夫妻

» 表す　表現出，表達；象徴

» やはり　畢竟還是；仍然；果然

» 積極的　積極的

» 反対　相反；反對

» 消極的　消極的

» つなぐ　連接，接上；拴結，繫；延續，維繫（生命等）

» 反省　反省，自省（思想與行為）；重新考慮

※2　ポジティブ…積極的（せっきょくてき）なこと。ネガティブはその反対（はんたい）に消極的（しょうきょくてき）、否定的（ひていてき）なこと。

※3　接続詞（せつぞくし）…言葉（ことば）と言葉（ことば）をつなぐ働（はたら）きをする言葉（ことば）。

▶▶翻譯

　　世界上的道別語，其含意通常是「Goodbye ＝神與你同在」、「See you again ＝下次再會」或「Farewell ＝請保重」這三者的其中之一。換句話說，具有祈願對方平安[※1]無恙的正面意義[※2]。然而，日文的「さようなら（再見）」的意涵，則①<u>不屬於以上的任何一種</u>。

　　有一派說法是，這是當情人或夫妻話別時，在這個離別的時刻心裡揣著「既然這樣的話，②<u>也是沒辦法的事</u>」的想法，而只好接受了道別，於此同時，亦是其尋求離別美感的心緒流露。

　　另一派說法則是，其語源單純是從道別時說的「既是如此（既然這樣的話），那就在此告辭」這段話，只有「既是如此（左樣ならば）」這一句流傳至今。

　　總而言之，「さようなら」原本是「左樣であるならば＝そうであるならば」這個意思的連接詞[※3]，而這種來由的道別語在世界上算是相當少見。順帶一提，我本身不常用「さようなら」，多半說的是「では、またね」。因為不知道為什麼，總覺得「さようなら」帶著一股淡淡的哀傷。

※1 平安：平穩能夠安心的狀態。

※2 ポジティブ：積極。相反詞是ネガティブ，指消極、否定。

※3 接続詞：具有將詞語和詞語連接起來的作用的詞語。

もんだい

31 ①<u>どれでもない</u>、とはどんな意味か。

1 日本人は、「Goodbye」や「See you again」「Farewell」
を使わない。

2 日本語の「さようなら」は、別れの言葉ではない。

3 日本語の「さようなら」という言葉を知っている人は少ない。

4 「さようなら」は、「Goodbye」「See you again」「Farewell」
のどの意味でもない。

▶▶翻 譯

[31] 文中提到的①<u>不屬於以上的任何一種</u>，是指什麼意思呢？

1 日本人不使用「Goodbye」、「See you again」或
「Farewell」。

2 日文的「さようなら」不是道別語。

3 很少人知道日文的「さようなら」這句話。

4 「さようなら」的意涵和「Goodbye」、「See you again」
或「Farewell」都不一樣。

題型解題訣竅　　✓ 指示題 參考24頁

考點 文中提到的不屬於以上的任何一種，是指什麼意思呢？

關鍵 1. 指示詞「どれ」是替換曾經敘述過的事物時→答案在指示
詞之前。

2. 答案在「どれ」的同一段裡。

位置 第一段的第二跟第三行的括號裡。

答えは4

　①＿＿の前で、「Goodbye＝神があなたとともにいますように」「See you again＝またお会いしましょう」「Farewell＝お元気で」と、世界の別れの言葉とそれぞれの意味を述べている。それに対して「さようなら」の意味は、そのどの意味ともちがうと述べている。したがって、4が適切。

正確答案是 4

　①＿＿的前面提到「Goodbye＝神があなたとともにいますように」(Goodbye＝神與你同在)、「See you again＝またお会いしましょう」(See you again＝下次再會)、「Farewell＝お元気で」(Farewell＝請保重)，陳述了世界上道別的話語和其個別的意義，而「さようなら」(再見)的含意則不屬於其中任何一種。所以選項4是最適切的答案。

もんだい

32 仕方がないには、どのような気持ちが込められているか。
1 自分を反省する気持ち　　2 別れたくないと思う気持ち
3 別れをつらく思う気持ち　4 あきらめの気持ち

≫翻譯

[32] 文中提到②也是沒辦法的事，是一種什麼樣的心情呢？
1 自我反省的心情　　　　2 覺得不想分別的心情
3 覺得分別很難受的心情　4 打消了念頭的心情

題型解題訣竅

細節題 參考 22 頁

考點 文中提到也是沒辦法的事，是一種什麼樣的心情呢？

關鍵 1.【how】どのような (樣子) [什麼樣？]

2. 從問題找出關鍵詞組「仕方がない」，來對應文章裡相近意思的「あきらめる」。

3. 從「仕方がないと考えて分かれる場合の別れに対するあきらめである～」一句可得出「あきらめの気持ち」的結論。

位置「仕方がない」後面接的那一句。

題解 日文解題／解題中譯

答案是 **4**

答えは 4

「仕方がない」とは「どうしようもない。どうにもならない」という意味。「仕方がない」と似た意味の言葉として、②___の後に「別れに対するあきらめ」とある。「あきらめ」は「あきらめる（＝だめだと思う）」の名詞の形。したがって、4 が適切。

正確答案是 4

「仕方がない」(沒辦法) 是「どうしようもない。どうにもならない」(該怎麼辦，沒有任何辦法) 的意思。②___的後面寫的「別れに対するあきらめ」(只好接受了道別) 是和「仕方がない」(沒辦法) 意思相近的詞語。「あきらめ」(斷念) 是「あきらめる（＝だめだと思う）」(斷念〈＝認為已經無法挽回了〉) 的名詞型態。因此選項 4 是最適切的答案。

33 この文章の内容に合っているのはどれか。

1 「さようなら」は、世界の別れの言葉と同じくネガティブな言葉である。

2 「さようなら」には、別れに美しさを求める心がこめられている。

3 「さようなら」は、相手の無事を祈る言葉である。

4 「さようなら」は、永遠に別れる場合しか使わない。

▶▶翻譯

[33] 以下哪一段敘述和這篇文章的內容相符？

1 「さようなら」和世界上的道別語同樣都是負面的語言

2 「さようなら」蘊含著尋求離別美感的心緒流露

3 「さようなら」是祈願對方無恙的話語

4 「さようなら」只能用在永遠離別的情況下

題型解題訣竅

✔ 正誤判斷題 參考 36 頁

考點 以下哪一段敘述和這篇文章的內容相符？

關鍵 1. 本題要找出正確的選項，先看選項圈起關鍵字，再一邊閱讀文章一邊找需要的答案。

2. 遇到難以判斷的選項，也可以留到後面，先用刪去法再透過推敲細節來做出判斷。

3. 錯誤選項如選項1和選項4無法從字面上直接找到答案，可看整句、看前後句，並與其他選項比較，選出最符合文章敘述的答案。

位置 解答的材料在整篇文章裡。

6 答えは 2

1. ×…世界の別れの言葉は一般に「ポジティブ」である。
2. ○…2 段落に「別れの美しさを求める心を表している」とある。
3. ×…相手の無事を祈る言葉は「Goodbye」「See you again」「Farewell」などである。
4. ×…「永遠に別れる場合にしか使わない」とは文章中では述べられていない内容である。

正確答案是 2

1. ×…世界上的道別語通常都是「ポジティブ」(正面)的語言。
2. ○…請見第二段寫的「別れの美しさを求める心を表している」(尋求離別美感的心緒流露)。
3. ×…請見第一段，祈願對方無恙的話語是「Goodbye」「See you again」「Farewell」等等。
4. ×…「永遠に別れる場合にしか使わない」(只能用在永遠離別的情況下)這是文章中沒有提到的內容。

Grammar

1

〜とともに

和…一起；與…同時，也…；隨著…

雷の音とともに、大粒の雨が降ってきた。
└─ 名詞＋とともに
隨著打雷聲，落下了豆大的雨滴。

2

〜ように

如同…；了…而…；希望…，請…

どうか明日晴れますように。
└─ 動詞普通形＋ように
求求老天爺明天給個大晴天。

3

〜に対する

向…，對（於）…

お客様に対しては、常に神様と思って接しなさい。
└─ 名詞＋に対して
面對顧客時，必須始終秉持顧客至上的心態。

日語道別的說法

「さようなら」是日語道別的說法，但日本人其實也很少使用。若是隔天還會見到面的情況，通常會說「またあした」（明天見）來道別。好朋友之間道別可以用較隨意的「またね」（再見）、「じゃあ」（再見），但對長輩或不熟的人可就不能這麼說哦！要用「お先に失礼します」（我先告辭了）、「失礼いたします」（容我告辭），如果能搭配鞠躬就更得體了。下面舉了兩題敬語的相關用法，試著回答看看吧！

◎ 道別的說法

1. 先輩より先に帰る時、何といいますか。

   (1) お先に失礼しました。

   (2) お先に失礼します。

   (3) お先に失礼させます。

2. 今日は、これで失礼します。

   (1) また、ぜひいらっしゃってください。

   (2) こちらこそ、失礼します。

   (3) とんでもない。

問題六 翻譯與題解

第6大題　請閱讀以下的文章，然後回答問題。答案請從1、2、3、4之中挑出最適合的選項。

　　日本語の文章にはいろいろな文字が使われている。漢字・平仮名・片仮名、そしてローマ字などである。

　　①漢字は、3000年も前に中国で生まれ、それが日本に伝わってきたものである。4〜5世紀ごろには、日本でも漢字が広く使われるようになったと言われている。「仮名」には「平仮名」と「片仮名」があるが、これらは、漢字をもとに日本で作られた。ほとんどの平仮名は漢字をくずして書いた形から作られたものであ_{文法①}り、片仮名は漢字の一部をとって作られたものである。例えば、平仮名の「あ」は、漢字の「安」をくずして書いた形がもとになっており、片仮名の「イ」は、漢字「伊」の左側をとって作られたものである。

　　日本語の文章を見ると、漢字だけの文章に比べて、やさしく柔らかい感じがするが、それは、平仮名や片仮名が混ざっているからであると言われる。

　　それでは、②平仮名だけで書いた文はどうだろう。例えば、「はははははつよい」と書いて

單字

» **ローマ字** 羅馬字

» **世紀** 世紀，百代；時代，年代；百年一現，絕世

» **混ざる** 混雜，夾雜

» **はっきり** 清楚；直接了當

» **混ぜる** 混合，攪拌

» **付く** 附著，沾上；長，添增；跟隨；隨從，聽隨；偏坦

も意味がわからないが、漢字をまぜて「母は歯は強い」と書けばわかる。漢字を混ぜて書くことで、言葉の意味や区切りがはっきりするのだ。

　それでは、③片仮名は、どのようなときに使うのか。例えば「ガチャン」など、物の音を表すときや、「キリン」「バラ」など、動物や植物の名前などは片仮名で書く。また、「ノート」「バッグ」など、外国から日本に入ってきた言葉も片仮名で表すことになっている。
　　　文法②
　このように、日本語は、漢字と平仮名、片仮名などを区別して使うことによって、文章をわかりやすく書き表すことができるのだ。

▶▶翻譯

　日文的文章裡使用各種不同的文字：漢字、平假名、片假名，以及羅馬拼音。

　①漢字是距今 3000 年前於中國誕生、之後傳入日本的文字。相傳在 4 至 5 世紀時，日本人也同樣廣泛使用漢字。「假名」包括「平假名」和「片假名」，這種文字是日本人以漢字為基礎所衍生出來的。幾乎所有的平假名都是由漢字的筆畫簡化而來，而片假名則是擷取漢字的局部字體變化而成。例如，平假名的「あ」是由漢字的「安」的筆畫簡化而來，而片假名的「イ」則是從漢字的「伊」的左偏旁變化而成。

　閱讀日文的文章時，比起通篇漢字的文章感覺較為柔和，據說是裡面摻入了平假名和片假名的緣故。

　　那麼，②只用平假名書寫的文章又是如何呢？舉例來說，文章裡出現了「はははははつよい」這樣一段文字，實在無法了解是什麼意思，但只要用上幾個漢字寫成「母は歯は強い（媽媽的牙齒很強健）」，馬上就讀懂了。書寫時透過加入漢字，有助於釐清語句的意思，並使句讀更加明確。

　　至於③片假名又是在哪些情況下使用的呢？譬如用片假名「ガチャン(哐啷、啪)」來表示物體發出的聲響，或是「キリン（長頸鹿）」、「バラ（玫瑰）」之類的動物和植物的名稱。此外，諸如「ノート（筆記本）」、「バッグ（皮包）」這些從外國傳入日本的詞彙，也會用片假名表示。

　　像這樣，在各種情況下分別使用漢字、平假名和片假名，能夠讓日文的文章寫得更加清楚易懂。

もんだい

34　①漢字について、正しいのはどれか。

1　3000 年前に中国から日本に伝わった。
2　漢字から平仮名と片仮名が日本で作られた。
3　漢字をくずして書いた形から片仮名ができた。
4　漢字だけの文章は優しい感じがする。

≫翻譯

[34] 關於①漢字，以下哪一段敘述正確？

1　距今 3000 年前從中國傳入了日本。
2　日本人以漢字為基礎衍生出平假名和片假名。
3　片假名是由漢字的筆畫簡化而來。
4　通篇漢字的文章較為柔和。

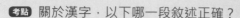

題型解題訣竅 | ✔ 正誤判斷題 參考 36 頁

考點 關於漢字，以下哪一段敘述正確？

關鍵 1. 詳細閱讀並理解問題句，注意本題要找出正確的選項。

2. 先看選項，圈上關鍵詞並理解整個陳述的含意。找到答案句，認真仔細地閱讀並進行比較。

3. 本題的錯誤選項都只是部分符合文章，文章跟選項都要仔細閱讀、理解，擔心被題目誤導可用刪去法刪除錯誤選項，即可確定正解。

位置 解答的材料在整篇文章裡。

題解 日文解題／解題中譯 | 答案是 ②

こた
答えは 2

1. ×…「3000 年前」は中国で漢字が生まれた時代。日本に伝わった時代ではない。

2. ○…①＿＿の後に、『仮名』には『平仮名』と『片仮名』があるが、これらは漢字をもとに日本で作られた」とある。

3. ×…漢字をくずしてできたのは「片仮名」ではなく「平仮名」。

4. ×…3 段落に、日本語の文章は「漢字だけの文章に比べて、やさしく柔らかい感じがする」とある。日本語の文章は平仮名や片仮名が混じっているからである。したがって、「漢字だけの文章は優しい感じがする」は誤り。

正確答案是 2

1. ×…「3000 年前」(距今 3000 年前) 是漢字在中國誕生的時代。而不是傳入日本的時代。

2. ○…請見①＿＿的後面提到「『仮名』には『平仮名』と『片仮名』があるが、これらは漢字をもとに日本で作られた」(「假名」包括「平假名」和「片假名」，這種文字是以漢字為基礎所衍生出來的)。

3. ×…由漢字的筆畫簡化而來的是「平仮名」(平假名)而非「片仮名」(片假名)。

4. ×…第三段提到閱讀日文的文章時，會覺得「漢字だけの文章に比べて、やさしく柔らかい感じがする」(比起通篇漢字的文章感覺較為柔和)。這是因為文章裡混入了平假名和片假名的緣故。所以「漢字だけの文章は優しい感じがする」(通篇漢字的文章較為柔和)是錯誤的。

もんだい

35 ②平仮名だけで書いた文がわかりにくいのはなぜか。

1 片仮名が混じっていないから

2 文に「、」や「。」が付いていないから

3 言葉の読み方がわからないから

4 言葉の意味や区切りがはっきりしないから

▶▶翻 譯

[35] 為什麼②只用平假名書寫的文章不容易讀懂呢？

1 因為裡面沒有使用片假名

2 因為文章裡沒有加上「、」和「。」

3 因為不知道語句的讀法

4 因為語句的意思和句讀並不明確

● 題型解題訣竅　　　✔ 因果關係題 參考26頁

考點 為什麼只用平假名書寫的文章不容易讀懂呢？

關鍵 1. 在文章裡找到畫底線的詞組，往前後搜尋。

2. 畫線詞組後可找到「例えば」，後面舉例說明只有平假名的文章，以及混入漢字的文章閱讀難易度的差別。

3. 理解文章後回到選項，用關鍵字找出最貼切的答案。

位置 由底線之後的內容找到答案。

題解 日文解題／解題中譯　　　　　　　　　　　　　　　　　答案是 **4**

答えは4

　②＿＿の後に「漢字を混ぜて書くことで、言葉の意味や区切りがはっきりする」とある。言い換えれば、平仮名だけだと、言葉の意味や区切りがはっきりしないということ。

正確答案是4

　請見②＿＿＿的後面提到「漢字を混ぜて書くことで、言葉の意味や区切りがはっきりする」(書寫時透過加入漢字，有助於釐清語句的意思，並使句讀更加明確)。換言之，通篇使用平假名的文章，其語意和句讀並不明確。

もんだい

36 ③片仮名は、どのようなときに使うのかとあるが、普通、片仮名で書かないのはどれか

1 「トントン」など、物の音を表す言葉
2 「アタマ」など、人の体に関する言葉
3 「サクラ」など、植物の名前
4 「パソコン」など、外国から入ってきた言葉

≫翻譯

[36] 文章提到③片假名又是在哪些情況下使用的呢，一般而言，以下何者不會用片假名書寫？

1 「トントン（咚咚）」之類用來表示物體聲響的語詞

2 「アタマ（頭）」之類與人體有關的語詞

3 「サクラ（櫻）」之類的植物名稱

4 「パソコン（電腦）」之類從外國傳入的語詞

 題型解題訣竅　　　✔ **正誤判斷題**（參考 36 頁）

考點 文章提到片假名又是在哪些情況下使用的呢，一般而言，以下何者不會用片假名書寫？

關鍵 1. 正誤判斷題要問的是選項跟文章所敘述，或作者所提出的是否符合，還是不符合。

2. 本題提問方式是：一誤三正。

3. 問題形式：普通、片仮名で書かないのはどれか。

4. 先注意問題是問正確選項，還是錯誤選項。

5. 本題解答的材料都集中在倒數第二段裡。

6. 答題時從選項中的線索詞到原文中找出相關的句子，與選項進行比較進而確定答案。

位置 倒數第二段。

題解 日文解題／解題中譯　　　　　　　　　　　　　　　　　答案是 **2**

答えは 2

1. ×…物の音を表す言葉は、片仮名で書く。

2. ○…「頭」のように、漢字で書く。

3. ×…植物の名前は片仮名で書く。

4. ×…外国から入った言葉は片仮名で書く。

正確答案是 2

1. ×…表示物體聲響的語詞會用片假名書寫。

2. ○…「アタマ（頭）」會用漢字書寫成「頭」。

3. ×…植物的名稱會用片假名書寫。

4. ×…從外國傳入的語詞會用片假名書寫。

もんだい

37 日本語の文章について、間違っているものはどれか。

1 漢字だけでなく、いろいろな文字が混ざっている。

2 漢字だけの文章に比べて、やわらかく優しい感じを受ける。

3 いろいろな文字が区別して使われているので、意味がわか
りやすい。

4 ローマ字が使われることは、ほとんどない。

▶▶ 翻 譯

[37] 關於日文的文章，以下何者有誤？

1 不單用漢字，還使用各種不同的文字。

2 和通篇漢字的文章相較，感覺較為柔和。

3 能在各種情況下分別使用不同文字，有助於清楚易懂。

4 幾乎沒有使用羅馬拼音。

題型解題訣竅　　　✓ 正誤判斷題　參考36頁

考點 關於日文的文章，以下何者有誤？

關鍵 1. 詳細閱讀並理解問題句，注意本題要找出錯誤的選項。

2. 先看選項，再一邊閱讀文章一邊找需要的答案。

3. 由於正確答案在文中難以明確比對，不確定選項是否有誤
時，可用刪去法先將正確的選項刪除，選出答案。

位置 解答的材料在整篇文章裡。

Part 3

6　答えは4

1. ×…日本語の文章は、漢字、平仮名、片仮名、ローマ字が混じっている。
2. ×…「漢字だけの文章に比べて、やさしく柔らかい感じがする」とある。
3. ×…最後の一文に「日本語は、漢字と平仮名、片仮名などを区別して使うことによって、文章をわかりやすく書き表すことができる」とある。
4. ○…ローマ字は使われている。

正確答案是 4

1. ×…日文的文章會使用漢字、平假名、片假名、羅馬拼音混合書寫而成。
2. ×…文中提到「漢字だけの文章に比べて、やさしく柔らかい感じがする」(和通篇漢字的文章相較，感覺較為柔和)。
3. ×…文章的最後提到「日本語は、漢字と平仮名、片仮名などを区別して使うことによって、文章をわかりやすく書き表すことができる」(分別使用漢字、平假名和片假名，能夠讓日文的文章寫得更加清楚易懂)。
4. ○…日文文章也會用到羅馬拼音。

Grammar

1

〜をもとに

以…為參考，以…為根據，在…基礎上

いままでに習った<u>文型をもとに</u>、文を作ってください。
　　　　　　　　　名詞＋をもとに

請參考至今所學的文型造句。

2

〜ことになっている

按規定…；預定…；將…

夏休みの間、家事は子供たちが<u>することになっている</u>。
　　　　　　　　　　　動詞辭書形＋ことになっている

暑假期間，說好家事是小孩們要做的。

問題六　翻譯與題解

問題七 翻譯與題解

第7大題　下一頁是某家旅館的官網上刊載關於和服體驗教室參加者報名須知的廣告。請閱讀後回答下列問題。答案請從1、2、3、4之中挑出最適合的選項。

着物体験
参加者募集

【着物体験について】

1回：二人～三人程度、60分～90分

料金：〈大人用〉6,000円～9,000円／一人
　　　〈子ども用〉（12歳まで）4,000円／一人
　　　（消費税込み）

＊着物を着てお茶や生け花※1をする「日本文化体験コース」もあります。

＊着物を着てお出かけしたり、人力車※2観光をしたりすることもできます。

＊ただし、一部の着物はお出かけ不可。

＊人力車観光には追加料金がかかります。

【写真撮影について】

振り袖から普通の着物・袴※3などの日本の伝統的な着物を着て写真撮影ができます。着物は、大人用から子ども用までございますので、お好みに合わせてお選びください。小道具※4や背景セットを使った写真が楽しめます。（デジカメ写真プレゼント付き）

ご予約時の注意点

①上の人数や時間は、変わることもあります。お気軽にお問い合わせください。（多人数の場合は、グループに分けさせていただきます。）

單字 》

» 消費　消費，耗費

» コース【course】課程，學程；路線，（前進的）路徑

» 観光　觀光，遊覽，旅遊

» デジカメ【digital camera】數位相機（「デジタルカメラ」之略稱）

» グループ【group】組，幫，群；（共同行動的）集團，夥伴

» 分ける　分，分開；區分，劃分；分配，分給；分開

» 前もって　預先，事先

» 広告　廣告；作廣告，廣告宣傳

» 内容　內容

②予約制ですので、前もってお申し込みください。（土・日・祝日は、空いていれば当日受付も可能です。）
③火曜日は定休日です。（但し、祝日は除く）
④中国語・英語でも説明ができます。

ご予約 承 ります！
お問い合せ・お申込みは
富士屋

nihonntaiken@ ×××fujiya.co.jp
電話 03- ××××- ××××

※1　お茶・生け花…日本の伝統的な文化で、茶道と華道のこと。
※2　人力車…お客をのせて人が引いて走る二輪車。
※3　振り袖〜袴…日本の着物の種類。
※4　小道具…写真撮影などのために使う道具。

>> 翻譯

和服體驗
報名須知

【和服體驗須知】

每次：二人〜三人左右、60 分〜 90 分
費用：〈成人服裝〉6,000 圓〜 9,000 圓／一人
　　　〈兒童服裝（12 歲以下）〉4,000 圓／一人
　　　（含消費稅）

＊另有穿著和服學習點茶或插花^{※1}的「日本文
　化體驗課程」。
＊亦可穿著和服外出，或搭人力車^{※2}觀光。
＊部分和服不可穿出教室外。
＊搭人力車觀光需額外付費。

【人像攝影須知】
　　本教室可提供長袖和服、一般和服、褲裙禮
服^{※3}等等日本的傳統服裝拍攝人像。和服尺寸
從成人服裝到兒童服裝一應俱全，歡迎挑選喜愛
的服飾。配合小道具^{※4}及布景讓照片更有意境。
（贈送照片電子圖檔）

預約注意事項：

① 上述人數與時間可能異動，歡迎洽詢。（人數較
　多時，將會分組進行。）
② 本課程採取預約制，敬請事先報名。（週六、日
　與國定假日有空檔的時段可以當天受理報名。）
③ 每週二公休。（但是國定假日除外）
④ 可用中文與英文講解。

　　　　　　　　　　　　歡迎預約！
　　　　　　　　　　報名與詢問請洽
　　　　　　　　　　富士屋
　　　nihonntaiken@×××fujiya.co.jp
　　　電話 03-××××-××××

※1 お茶・生け花：此處指日本傳統文化的茶道與花道。
※2 人力車：由人力拉著乘客移動的兩輪車。
※3 振り袖～袴：日本和服的種類。
※4 小道具：人像攝影時使用的道具。

もんだい

38 会社員のハンさんは、友人と日本に観光に行った際、着物を着てみたいと思っている。ハンさんと友だちが着物を着て散歩に行くには、料金は一人いくらかかるか。

1　6,000 円

2　9,000 円

3　6,000 円〜9,000 円

4　10,000 円〜13,000 円

▶▶翻譯

[38] 有位上班族韓小姐和朋友去日本旅遊時希望嘗試穿和服。如果韓小姐和朋友想穿著和服在街上散步的話，每人約需支付多少費用呢？

1　6,000 圓

2　9,000 圓

3　6,000 〜 9,000 圓

4　10,000 〜 13,000 圓

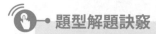 題型解題訣竅

✔ 細節題 參考 22 頁

考點 有位上班族韓小姐和朋友去日本旅遊時希望嘗試穿和服。如果韓小姐和朋友想穿著和服在街上散步的話，每人約需支付多少費用呢？

關鍵 1. 先快速瀏覽整張報名須知，掌握報名須知大概的內容。

　　 2. 從題目的關鍵詞給的提示去找答案。這裡的關鍵詞是「会社員」、「友人＝大人」、「料金は一人いくら」，把它圈起來。

　　 3. 帶著題目找答案，注意細節，對比講座須知中「料金」、「対象」的不同之處。

4. 對題目沒有提到的內容，可以快速跳過。

5. 圈出題目「料金」、「対象」要的答案。

6. 需要在問題中找到相關依據，還要根據已知的信息做一整理，才能得出答案。

位置 【着物体験について】這一段上半部。

題解 日文解題／解題中譯　　　　　　　　　　　　　　　　答案是 ③

こた
答えは 3

　ハンさんは会社員なので、大人。その友だちも大人だと考えられる。着物体験の料金は、「〈大人用〉6,000 円〜 9,000 円／一人」である。つまり、一人「6,000 円〜 9,000 円」である。

正確答案是 3

　因為韓小姐是上班族，所以是成人，因此推測她的朋友也是成人。廣告上寫道和服體驗的費用是「〈大人用〉6,000 円〜 9,000 円 / 一人」(〈成人服裝〉6,000 圓〜 9,000 圓 / 一人)。也就是說，一個人需要「6,000 円〜 9,000 円」(6,000 圓〜 9,000 圓)。

もんだい

39 この広告の内容と合っているものはどれか。

1　着物を着て、小道具や背景セットを作ることができる。

2　子どもも、参加することができる。

3　問い合わせができないため、予約はできない。

4　着物を着て出かけることはできないが、人力車観光はできる。

>> 翻譯

[39] 以下哪一項和這份廣告的內容相符？

　　1 可以穿著和服，製作小道具和布景。

　　2 兒童也可以參加。

　　3 由於無法洽詢，因此不能預約。

　　4 雖然不能穿著和服外出，但是可以搭人力車觀光。

題型解題訣竅
✔ 正誤判斷題 參考36頁

考點 以下哪一項和這份廣告的內容相符？

關鍵 1. 詳細閱讀並理解問題句，注意本題要找出正確的選項。

　　2. 先看選項，並了解文章結構，本篇文章清楚分成兩部分，
　　　一邊閱讀一邊核對選項。

　　3. 刪除明顯錯誤的選項後，要注意選項1的「を作る」與文
　　　中「を使った写真」意思不同，為小小的陷阱，仔細、細
　　　心地確認選項內容，就能選出正解。

位置 解答的材料在整篇文章裡。

題解　日文解題／解題中譯
答案是 **2**

答えは 2

1. ×…「小道具や背景セットを作る」のではない。「小道具や背
　　景セットを使った写真」の撮影ができるのである。

2. ○…子ども用料金があることから、子どもも参加することが
　　できることがわかる。

3. ×…「予約制ですので、前もってお申し込みください」とある。

4. ×…「着物を着てお出かけしたり、人力車観光をしたりする
　　こともできます」とある。

正確答案是 2

1. ×…並不是「小道具や背景セットを作る」(製作小道具和布景)。而是可以拍攝「小道具や背景セットを使った写真」(配合小道具及布景的照片)。

2. 〇…因為廣告中註明了兒童的費用，因此得知兒童也可以參加和服體驗。

3. ×…廣告中提到「予約制ですので、前もってお申し込みください」(本課程採取預約制，敬請事先報名)。

4. ×…廣告中提到「着物を着てお出かけしたり、人力車観光をしたりすることもできます」(可穿著和服外出，或搭人力車觀光)。

Grammar

1

〜際

…的時候，在…時，當…之際

パスポートを申請する際には写真が必要です。

_{動詞普通形＋際}

申請護照時需要照片。

2

〜みたい

想要嘗試…；好像…

一度、富士山に登ってみたいですね。

_{動詞普通形＋みたい}

真希望能夠登上一次富士山呀！

MEMO

和服和浴衣有什麼不同？

其實浴衣也是和服的一種，只是布料較薄，通常在夏天穿著。和服和浴衣最大的差異是，浴衣可以當睡衣直接穿著入睡，而和服不行。另外，和服裡必須穿上長襯衣，浴衣則不需要。

◉ **租和服時會用到的會話**

A： ネットで予約しました李と申します。

B： 李様ですね。ご予約 承 っております。

B： この中から好きな着物をお選びください。

A： 一番人気なのはどれですか。

A：我是網路預約的。我姓李。
B：您是李小姐對嗎。確認有您的預定。
B：請從中挑選喜歡的和服。
A：最受歡迎的是哪一件？

文法比一比

をもとに、をもとにして　以…為根據，以…為參考，在…基礎上

接續 {名詞} ＋をもとに（して）

說明 【根據】表示將某事物做為啟示、根據、材料、基礎等。後項的行為、動作是根據或參考前項來進行的。相當於「に基づいて、を根拠にして」。中文意思是：「以…為根據、以…為參考、在…基礎上」。

例句 この映画は実際にあった事件をもとにして作られた。／這部電影是根據真實事件拍攝而成的。

にもとづいて、にもとづき、にもとづく、にもとづいた

根據…，按照…，基於…

接續 {名詞} ＋に基づいて、に基づき、に基づく、に基づいた

說明 【根據】表示以某事物為根據或基礎。相當於「をもとにして」。

例句 その健康食品は、科学的な根拠に基づかずに「がんに効く」と宣伝していた。／那種健康食品毫無科學依據就不斷宣稱「能夠有效治療癌症」。

哪裡不一樣呢？

説明 「にかんして」表關連，表示跟前項相關的信息。表示討論、思考、敘述、研究、發問、聽聞、撰寫、調查等動作，所涉及的對象；「にたいして」表對象，表示行為、感情所針對的對象，前接人、話題等，表示對某對象的直接發生作用、影響。

とともに　和…一起，與…同時，也…

接續 {名詞；動詞辭書形} ＋とともに

說明 【相關關係】表示後項變化隨著前項一同變化。中文意思是：「隨著…」。

例句 国の発展と共に、国民の生活も豊かになった。／隨著國家的發展，國民的生活也變得富足了。

にともなって、にともない、にともなう　伴隨著…，隨著…

接續 {名詞；動詞普通形} ＋に伴って、に伴い、に伴う

說明 【平行】表示隨著前項事物的變化而進展，相當於「とともに」、「につれて」。

例句 牧畜業が盛んになるに伴って、村は豊かになった。／伴隨著畜牧業的興盛，村子也繁榮起來了。

哪裡不一樣呢？

ともに【相關關係】　にともなって【平行】

說明　「ともに」表相關關係，表示後項變化隨著前項一同變化；「にともなって」表平行，表示隨著前項的進行，後項也有所進展或產生變化。

さい、さいは、さいに（は）　…的時候，在…時，當…之際

接續　{名詞の；動詞普通形} ＋際（は）、際に（は）

說明　【時點】表示動作、行為進行的時候。也就是面臨某一特殊情況或時刻。一般用在正式場合，日常生活中較少使用。相當於「ときに」。中文意思是：「…的時候、在…時、當…之際」。

例句　明日、御社へ伺う際に、詳しい資料をお持ち致します。／明天拜訪貴公司時，將會帶去詳細的資料。

ところに　…的時候，正在…時

接續　{名詞の；形容詞辭書形；動詞て形＋いる；動詞た形} ＋ところに

說明　【時點】表示行為主體正在做某事的時候，發生了其他的事情。大多用在妨礙行為主體的進展的情況，有時也用在情況往好的方向變化的時候。相當於「ちょうど～しているときに」。

例句　出かけようとしたところに、電話が鳴った。／正要出門時，電話鈴就響了。

哪裡不一樣呢？

さい（は）【時點】　ところに【時點】

說明　「さい（は）」表時點，表示在做某個行為的時候；「ところに」也表時點，表示在做某個動作的當下，同時發生了其他事情。

問題四 翻譯與題解

第 4 大題　請閱讀以下（1）至（4）的文章，然後回答問題。答案請從 1、2、3、4 之中挑出最適合的選項。

（1）

　　人類は科学技術の発展によって、いろいろなことに成功しました。例えば、空を飛ぶこと、海底や地底の奥深く行くこともできるようになりました。今や、宇宙へ行くことさえできます。└文法①

　　しかし、人間の望みは限りがないもので、さらに、未来や過去へ行きたいと思う人たちが現れました。そうです。『タイムマシン』の実現です。

　　いったいタイムマシンを作ることはできるのでしょうか？

　　理論上は、できるそうですが、現在の科学技術ではできないということです。

　　残念な気もしますが、でも、未来は夢や希望として心の中に描くことができ、また、過去は思い出として一人一人の心の中にあるので、それで十分ではないでしょうか。

24　「タイムマシン」について、文章の内容と合っていないのはどれか。

　1　未来や過去に行きたいという人間の夢をあらわすものだ

單字 》

» **成功** 成功，成就，勝利；功成名就，成功立業
» **奥** 裡頭，深處；裡院；盡頭
» **未来** 將來，未來；（佛）來世
» **現れる** 出現，呈現，顯露
» **いったい** 到底，究竟；根本，本來；大致上
» **描く** 想像，勾勒；以…為形式，描寫；畫，描繪

2　理論上は作ることができるものだが実際
　　には難しい

3　未来や過去も一人一人の心の中にあるも
　　のだ

4　タイムマシンは人類にとって必要なもの
　　だ

>> 翻譯

　　人類隨著科學技術的發展，達成了各式各樣
的目標。比方人類已經可以飛上天空，也能夠到
海底及地底深處，現在甚至可以到外太空了。

　　但是，人的欲望是無窮無盡的，因此出現了
一些人想要前往未來或是回到過去。是的，人們
想要製造「時光飛行器」。

　　人類究竟能不能夠成功做出時光飛行器呢？

　　理論上似乎可行，但是以目前的科學技術似
乎還沒有辦法實現。

　　儘管有些遺憾，但是，人們可以在心中勾勒
出對未來的夢想與希望，並且每一個人也能夠將
過去的回憶深藏在心裡，我想，這樣已經足夠了。

[24] 關於「時光飛行器」，以下哪一段敘述與文
　　章內容不符？

1　這可以實現人類想前往未來或是回到過去的
　　夢想

2　儘管理論上可行，但是實際上還很困難

3　未來與過去都藏在每一個人的心裡

4　時光飛行器對人類是不可或缺的

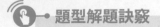
考點 關於「時光飛行器」，以下哪一段敘述與文章內容不符？

關鍵 1. 詳細閱讀並理解問題句，注意本題要找出唯一的錯誤選項。

2. 先看選項，再回去一邊閱讀文章一邊刪去符合的選項。

3. 用刪去法找到答案，並確認文章確實未提及，即可選出答案。

位置 解答的材料在整篇文章裡。

題解 日文解題／解題中譯　　　　　　　　　　　　　　　　答案是 4

答えは 4

1. ✕…「未来や過去へ行きたいと思う人たちが現れました」とある。

2. ✕…「理論上は、できるそうですが、現在の科学技術ではできない」とある。

3. ✕…最後の段落に「一人一人の心の中にある」とある。

4. 〇…「人類にとって必要なものだ」とは言っていない。

正確答案是 4

1. ✕…文中提到「未来や過去へ行きたいと思う人たちが現れました」(出現了一些人想要前往未來或是回到過去)。

2. ✕…文中提到「理論上は、できるそうですが、現在の科学技術ではできない」(理論上似乎可行，但是以目前的科學技術似乎還沒有辦法實現)。

3. ✕…文章最後一段提到「一人一人の心の中にある」(藏在每個人的心裡)。

4. 〇…文中沒有提到時光飛行器「人類にとって必要なものだ」(對人類是不可或缺的)。

Grammar

1

〜さえ

連…，甚至…

電気もガスも、水道さえ止まった。
　　　　　　　名詞＋さえ
包括電氣、瓦斯，就連自來水也全都沒供應了。

(2)

　　　これは、田中さんにとどいたメールである。

==

あて先：jlpt1127.clear@nihon.co.jp
件名：パンフレット送付※のお願い
送信日時：2020 年 8 月 14 日　13:15

==

ご担当者様

　　はじめてご連絡いたします。
　　株式会社山田商事、総務部の山下花子と申します。
　　このたび、御社のホームページを拝見し、新発売のエアコン「エコール」について、詳しくうかがいたいので、パンフレットをお送りいただきたいと存じ、ご連絡いたしました。2 部以上お送りいただけると助かります。
　　どうぞよろしくお願いいたします。

【送付先】
〒 564-9999
大阪府〇〇市△△町 11-9　XX ビル 2F
TEL：066-9999-XXXX
株式会社　山田商事　総務部
担当：山下　花子

※　送付…相手に送ること。

單字》

» パンフレット【pamphlet】
小冊子

» ホームページ【homepage】
網站，網站首頁

» エアコン【air conditioning】
空調；溫度調節器

» 詳しい　詳細；精通，熟悉

» 助かる　有幫助，省事；得救，脫險

» 相手　對象；夥伴，共事者；對方，敵手

25 このメールを見た後、田中さんはどうしな

ければならないか。

1 「エコール」について、メールで詳しい説
明をする。

2 山下さんに「エコール」のパンフレット
を送る。

3 「エコール」のパンフレットが正しいかど
うか確認する。

4 「エコール」の新しいパンフレットを作る。

>> 翻譯

這是一封寄給田中先生的電子郵件：

收件地址: jlpt1127.clear@nihon.co.jp
主旨: 敬請寄送※說明書
寄件日期: 2020 年 8 月 14 日 13:15
=====================================

承辦人，您好：

請恕冒昧打擾。
我是山田商事股份有限公司總務部的山下花
子。
最近在貴公司的官網看到新上市的空調機
「École」，希望進一步了解詳情，想索取說明書，
因此與貴公司聯繫。方便的話，盼能索取兩份說
明書。
非常感謝撥冗郵寄。

【郵寄地址】

〒564-9999

大阪府○○市△△町 11-9 ××大樓 2F

TEL：066-9999-xxxx

山田商事股份有限公司 總務部

承辦人：山下 花子

※送付：致送對方。

[25] 看到這封電子郵件後，田中先生必須做什麼
     事呢？

1 以電子郵件回覆並詳細說明「École」。
2 把「École」的說明書寄給山下小姐。
3 檢查「École」的說明書是否正確。
4 重新編寫「École」的說明書。

題型解題訣竅　　　✅ 細節題　參考 22 頁

考點 看到這封電子郵件後，田中先生必須做什麼事呢？

關鍵 1.【what】なに（事）[是什麼事？]

2. 問題形式：～どうしなければならないか。

3. 問題句的要點是「～なければならない」，而對應此常用的
   句型尊敬的說法是「お～いただきたい」、「お～いただけ
   る」。到文章中去找這樣的句型，就是答案了。

3.「送る」的尊敬形是「お送りいただきたい」、「お送りいた
   だける」。

6

答えは 2

　　山下さんはメールに「パンフレットをお送りいただきたい」と書いている。田中さんがすることは、「エコール」のパンフレットを送ることである。したがって、2が適切である。

正確答案是 2

　　山下小姐在郵件上寫的是「パンフレットをお送りいただきたい」(想索取說明書)。田中先生要做的事是把「École」的說明書寄過去。所以選項 2 是最適切的答案。

MEMO
----

(3)

これは、大学内の掲示である。

台風 9 号による 1・2 時限^{※1}
休講^{※2}について

本日（10 月 16 日）、関東地方に大型
の台風が近づいているため、本日と、
明日 1・2 時限目の授業を中止して、
休講とします。なお、明日の 3・4・5
時限目につきましては、大学インフォメー
ションサイトの「お知らせ」で確認し
て下さい。

東青大学

※1　時限…授業のくぎり。

※2　休講…講義が休みになること。

26　正しいものはどれか。

1　台風が来たら、10 月 16 日の授業は休講
になる。

2　台風が来たら、10 月 17 日の授業は行わ
れない。

3　本日の授業は休みで、明日の 3 時限目か
ら授業が行われる。

4　明日 3、4、5 時限目の授業があるかどう
かは、「お知らせ」で確認する。

單字 »

» **近づく** 臨近，
靠近；接近，交
往；幾乎，近似
» **本日** 本日，今
日
» **確認** 證實，確
認，判明

Part 3

1
2
3
4
5
6

問題四　翻譯與題解

這是大學的內部公告：

為因應 9 號颱風來襲，
第一二堂※1 停課※2 公告

今天（10 月 16 日）由於關東地區有大型颱風來襲，取消今天、以及明天第一二堂課。此外，明天第三、四、五堂課是否上課，請上校內網站的「公告欄」查詢。

東青大學

※1 時限：授課的時間單位。
※2 休講：停課。

[26] 以下哪一段敘述正確？

1 假如颱風來襲，10 月 16 日的課程將會停課。

2 假如颱風來襲，10 月 17 日的課程將不會上課。

3 今天全日停課，明天從第三堂課開始上課。

4 明天第三、四、五堂課是否上課，必須查詢「公告欄」。

 題型解題訣竅

✓ 正誤判斷題 參考 36 頁

考點 以下哪一段敘述正確？

題解 日文解題／解題中譯　　　　　　　　　　　　　　　　　　　　　答案是 **4**

答えは4

1・2. ✕…「台風が来たら」が誤り。台風が近づいているので、16日と、17日の1・2時限目の授業の休講は決まっている。

3. ✕…「明日の3・4・5時限目につきましては、大学インフォメーションサイトの『お知らせ』で確認して下さい」とある。つまり、3時限目からの授業があるかどうかはまだわからない。

4. 〇…大学インフォメーションサイト「お知らせ」を確認する必要がある。

正確答案是4

1・2. ✕…「台風が来たら」(假如颱風來襲)是錯誤的。因為颱風正在逼近，所以已經確定取消16日和17日的第一、二堂課。

3. ✕…公告上寫的是「明日の3・4・5時限目につきましては、大学インフォメーションサイトの『お知らせ』で確認して下さい」(明天第三、四、五堂課是否上課，請上校內網站的「公告欄」查詢)。也就是說，還不知道是否從第三堂課開始上課。

4. 〇…必須上校內網站的「公告欄」確認明天第三、四、五堂課是否上課。

（4）

日本では、少し大きな駅のホームには、立ったまま手軽に「そば」や「うどん」を食べられる店（立ち食い屋）がある。

「そば」と「うどん」のどちらが好きかは、人によってちがうが、一般的に、関東では「そば」の消費量が多く、関西では「うどん」の消費量が多いと言われている。

地域毎に「そば」と「うどん」のどちらに人気があるかは、実は、<u>駅のホームで簡単にわかる</u>そうである。ホームにある立ち食い屋の名前を見ると、関東と関西で違いがある。関東では、多くの店が「そば・うどん」、関西では、「うどん・そば」となっている。「そば」と「うどん」、どちらが先に書いてあるかを見ると、その地域での人気がわかるというのだ。

27 <u>駅のホームで簡単にわかる</u>、とあるが、どんなことがわかるのか。

1 自分が、「そば」と「うどん」のどちらが好きかということ

2 関東と関西の「そば」の消費量のちがい

3 駅のホームには必ず、「そば」と「うどん」の立ち食い屋があるということ

4 店の名前から、その地域で人気なのは「うどん」と「そば」のどちらかということ

》ホーム【platform 之略】月台

》そば 蕎麥；蕎麥麵

》うどん 烏龍麵條，烏龍麵

》消費 消費，耗費

》毎 每

》人気 人緣，人望

>> 翻 譯

　　在日本，稍具規模的車站月台上，開設有站著就能以便宜的價格享用「蕎麥麵」或「烏龍麵」的店鋪（立食店）。

　　喜歡吃「蕎麥麵」還是「烏龍麵」因人而異，但一般來說，「蕎麥麵」在關東地區的消費量比較高，而「烏龍麵」則在關西地區的消費量比較高。

　　不同地區的「蕎麥麵」和「烏龍麵」何者較受歡迎，其實<u>只要從當地車站月台就很容易分辨</u>。觀察開在車站月台上的立食店名稱，會發現關東地區和關西地區不一樣。在關東地區，多數店鋪寫的是「蕎麥麵・烏龍麵」，而關西地區則是「烏龍麵・蕎麥麵」。只要看「蕎麥麵」和「烏龍麵」是哪一個寫在前面，就可以知道當地是哪一種比較受歡迎了。

[27] 文中提到<u>只要從當地車站月台就很容易分辨</u>，到底是怎麼分辨的呢？

1　看自己比較喜歡「蕎麥麵」還是「烏龍麵」
2　從關東地區和關西地區的「蕎麥麵」消費量不同得知
3　因為車站的月台一定有「蕎麥麵」或「烏龍麵」的立食店鋪
4　從店鋪的名稱，可以推論出當地較受歡迎的是「烏龍麵」還是「蕎麥麵」

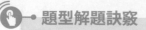

✔ 細節題 （參考 22 頁）

考點 文中提到只要從當地車站月台就很容易分辨，到底是怎麼分辨的呢？

關鍵 1.【what】なに（事）[什麼事情？]

2. 問題形式：～どんなことが～。

3. 答案可能在，跟選項句相同、近似或相關的關鍵詞或詞組裡。

4. 有關「駅のホームで簡単に分かる」的事情，文章第三段中提到「ホームにある立ち食い屋の名前を見ると」意思跟選項「店の名前」近似；文章中的「『そば』と『うどん』、どちらが先に書いてあるかを見ると、その地域での人気がわかるというのだ」意思就是選項的「その地域で人気なのは『うどん』と『そば』のどちらかということ」。知道答案是 4 了。

位置 在第三段裡。

題解 日文解題／解題中譯

答案是 **4**

 答えは4

　文章の最後の文に「『そば』と『うどん』、どちらが先に書いてあるかを見ると、その地域での人気がわかる」とある。つまり、駅のホームにある立ち食いの店の名前から、どちらに人気があるかわかるということである。したがって、4が適切。

正確答案是 4

　請見文章的最後「『そば』と『うどん』、どちらが先に書いてあるかを見ると、その地域での人気がわかる」（只要看「蕎麥麵」和「烏龍麵」是哪一個寫在前面，就可以知道當地是哪一種比較受歡迎了）。也就是說，只要看車站月台上的立食店的店名，就可以知道是哪一種比較受歡迎。因此選項 4 是最適切的答案。

学習能力を2倍にする

暮らし と 文化

日式料理的說法

除了「そば」（蕎麥麵）和「うどん」（烏龍麵），日本還有很多美食哦！把這些日式料理的說法學起來，下次去日本就可以用日語點菜囉！

サクサク！

てん ていしょく
天ぷら定食
天婦羅套餐

しゃぶしゃぶ
涮涮鍋

おでん
關東煮

じゅう
うな重
鰻魚飯

こってり！

や
すき焼き
壽喜燒

うまい！

どん
カツ丼
豬排飯

とんかつ
炸豬排

ラーメン
拉麵

說到關東關西的差異，鰻魚飯的做法也大不相同。由於江戶為武士之都，切開魚肚會使人聯想到切腹，因此關東的鰻魚是由背部切開，而關西則是商人居多，鰻魚便直接從腹部切開。此外關東在燒烤前會先蒸過，口感細緻滑嫩，關西則不蒸，吃起來表層較為酥脆。各位有機會不妨比較看看兩者的差異！

問題五 翻譯與題解

第5大題　請閱讀以下（1）至（2）的文章，然後回答問題。答案請從1、2、3、4之中挑出最適合的選項。

（1）

テクノロジーの進歩で、私たちの身の回りには便利な機械があふれています。特にITと呼ばれる情報機器は、人間の生活を便利で豊かなものにしました。①例えば、パソコンです。パソコンなどのワープロソフトを使えば、誰でもきれいな文字を書いて印刷まですることができます。また、何かを調べるときは、インターネットを使えばすぐに必要な知識や世界中の情報が得られます。今では、これらのものがない生活は考えられません。

しかし、これらテクノロジーの進歩が②新たな問題を生み出していることも忘れてはなりません。例えば、ワープロばかり使っていると、漢字を忘れてしまいます。また、インターネットで簡単に知識や情報を得ていると、自分で努力して調べる力がなくなるのではないでしょうか。

これらの機器は、便利な反面、人間の持つ能力を衰えさせる面もあることを、私たちは忘れないようにしたいものです。

▶▶翻譯

科技的進步，使得我們身邊隨處可見便利的

單字 ≫

» **進步** 進步，逐漸好轉

» **豊か** 富裕，優裕；豐盈；十足，足夠

» **知識** 知識

» **努力** 努力

» **能力** 能力；（法）行為能力

裝置。尤其是被稱為 IT 的資訊裝置，幫助人類的生活變得更加便利與豐富。①舉例來說，電腦就是其中一項。只要使用電腦上的文字處理軟體，任何人都能打出漂亮的文字，甚至列印出來。還有，要查詢什麼資料時，只要連上網際網路，立刻就能找到需要的知識與全世界的資訊。時至今日，已經無法想像生活中沒有這些東西會變成什麼樣子了。

　　然而，不能忘記的是，這些科技的進步也衍生出②新的問題。例如，一天到晚使用文字處理軟體，結果忘記漢字的寫法。另外，透過網際網路就能輕鬆獲得知識與資訊，或許將會導致人們失去了親自努力調查的能力。

　　這些裝置雖有便利的一面，但也具有造成人類原本擁有的能力日漸衰退的另一面，希望我們必須將這點牢記在心。

もんだい

28 ①例えばは、何の例か。
1　人間の生活を便利で豊かなものにした情報機器
2　身の回りにあふれている便利な電気製品
3　文字を美しく書く機器
4　情報を得るための機器

翻譯

[28] 文中提到的①舉例來說，舉了什麼例子呢？
1　讓人類的生活變得更加便利與豐富的資訊裝置
2　隨處可見的便利的電器產品

3　能寫出漂亮文字的機器
4　能夠得到資訊的機器

 題型解題訣竅

✔ 細節題　參考 22 頁

考點 文中提到的舉例來說，舉了什麼例子呢？

關鍵 1.【what】なに（事）[是什麼？]

2. 問題形式：～何の例か。

3. 經過簡化句子的結構，來推敲答案。

4. 答案句在「例えば」前面「特に IT と呼ばれる情報機器は、人間の生活を便利で豊かなものにしました」，簡化後句子就成為選項 1 的「人間の生活を便利で豊かなものにした情報機器」。

位置 第一段「例えば」的前一句。

題解 日文解題／解題中譯　　　　　　　　　　　　　　答案是 ①

答えは 1

　①____の直前の文「特に IT と呼ばれる情報機器は、人間の生活を便利で豊かなものにしました」に注目する。「人間の生活を豊かなものにした情報機器」の例として、「パソコン」を挙げている。したがって、1 が適切。

正確答案是 1

　請注意①____的前面提到「特に IT と呼ばれる情報機器は、人間の生活を便利で豊かなものにしました」(尤其是被稱為 IT 的資訊裝置，幫助人類的生活變得更加便利與豐富)。本文舉了「パソコン」(電腦) 作為「人間の生活を豊かなものにした情報機器」(讓人類的生活變得更加便利與豐富的資訊裝置) 的例子。因此選項 1 是最適切的答案。

もんだい

29 ②新たな問題とは、どんな問題か。

1 新しい便利な機器を作ることができなくなること
2 ワープロやパソコンを使うことができなくなること
3 自分で情報を得る簡単な方法を忘れること
4 便利な機器に頼ることで、人間の能力が衰えること

▶▶翻譯

[29] 文中提到的②新的問題，是指什麼樣的問題呢？

1 沒有辦法製造出便利的新機器
2 沒有辦法使用文字處理機和電腦
3 忘記靠自己得到資訊的簡單方法
4 由於依賴便利的裝置，導致人類的能力日漸衰退

題型解題訣竅

☑ 主旨題 參考 20 頁

考點 文中提到的新的問題，是指什麼樣的問題呢？

關鍵 1.「新たな問題」就是作者提出來要告訴我們的觀點、問題點。

2. 抓住中心段落。中心段落是為了突出文章的中心思想，抓住它就能準確的概括作者要告訴我們的觀點、論點、看法了。

3. 這一題中心段落集中在二、三段裡。首先第二段具體舉例說「便利な機器を頼っていると人間の能力が衰える」，最後一段更是總結說「機器は便利な反面、人間の持つ能力を衰えさせる面もある」。

4. 表示主旨的中心段落，一般是在文章的開頭或結尾。這一題可以算是在結尾的地方的。

位置 在二、三段裡。

答えは 4

　　文章の最後の文で「これらの機器は、便利な反面、人間の持つ能力を衰えさせる面もある」と述べている。便利な機器に頼っていると、人間の能力が衰えるというのである。したがって、4 が適切。

正確答案是 4

　　文章最後提到「これらの機器は、便利な反面、人間の持つ能力を衰えさせる面もある」(這些裝置雖有便利的一面，但也具有造成人類原本擁有的能力日漸衰退的另一面)。依賴便利的裝置，可能導致人類的能力日漸衰退。所以選項 4 是最適切的答案。

もんだい

30　②新たな問題を生みだしているのは、何か。

1　人間の豊かな生活
2　テクノロジーの進歩
3　漢字が書けなくなること
4　インターネットの情報

≫翻譯

[30] 所謂衍生出②新的問題，是指什麼呢？

1　人類的豐富生活
2　科技的進步
3　寫不出漢字
4　網際網路的資訊

題型解題訣竅　 **細節題** 參考 22 頁

考點 所謂衍生出新的問題，是指什麼呢？

關鍵 1.【what】なに（事）[是什麼？]

　　　2. 問題形式：～のは、何か。

　　　3. 有關「新たな問題」，在前面就直接提到「テクノロジーの進步」，據此看選項，答案就直接出現在選項 2 了。

位置 「新たな問題」之前的半句。

題解 日文解題／解題中譯　　　　　　　　　　　　　　　　　　答案是 **2**

答えは 2

　何が、「新たな問題」を生み出しているかに注意する。「新たな問題」とは何かではない。②＿＿＿のすぐ前に「テクノロジーの進歩が」とある。したがって、2 が適切。

正確答案是 2

　請注意是什麼產生了「新たな問題」(新的問題)。「新たな問題」(新的問題) 不是別的，指的就是②＿＿＿前面提到的「テクノロジーの進歩が」(科技的進步)。所以選項 2 是最適切的答案。

 MEMO

(2)

　日本語を学んでいる外国人が、いちばん苦労するのが敬語の使い方だそうです。日本に住んでいる私たちでさえ難しいと感じるのですから、外国人にとって難しく感じるのは当然です。文法① 文法②

　ときどき、敬語があるのは日本だけで、外国語にはないと聞くことがありますが、そんなことはありません。丁寧な言い回しというものは例えば英語にもあります。ドアを開けて欲しいとき、簡単に「Open the door.（ドアを開けて。）」と言う代わりに、「Will you〜（Can you〜）」や「Would you〜（Could you〜）」を付けたりして丁寧な言い方をしますが、①これも敬語と言えるでしょう。文法③ 文法④

　私たちが敬語を使うのは、相手を尊重し敬う※気持ちをあらわすことで、人間関係をよりよくするためです。敬語を使うことで自分の印象をよくしたいということも、あるかもしれません。

　ところが、中には、相手によって態度や話し方を変えるのはおかしい、敬語なんて使わないでいいと主張する人もいます。文法⑤ 文法⑥

　しかし、私たちの社会に敬語がある以上、

それを無視した話し方をすると、人間関係がうまくいかなくなることもあるかもしれません。

確かに敬語は難しいものですが、相手を尊重し敬う気持ちがあれば、使い方が多少間違っていても構わないのです。

※　敬う…尊敬する。

>> 翻譯

　　正在學日文的外國人覺得最難學的，似乎是敬語的用法。就連住在日本的我們都覺得困難了，對外國人來說當然更是難上加難了。

　　有時候我會聽到一種說法：只有日文才有敬語，外文沒有這種文法。沒有這回事。英文裡也有禮貌的措辭。當希望別人開門時，簡單的說法是「Open the door.（開門。）」，但是禮貌的說法則是加上「Will you～(Can you～)」或是「Would you～(Could you～)」，①這應該也可以被歸類為敬語吧。

　　我們之所以使用敬語，目的是藉此來表示尊重與尊敬※對方，藉以增進人際關係。或許還希望透過使用敬語，讓對方對自己留下好印象。

　　然而其中，也有人認為根據對象的不同，而以不同的態度和說話方式應對很奇怪，因而主張不使用敬語。

　　但是，既然我們的社會有敬語的存在，如果交談時刻意不使用，恐怕會導致人際關係的惡化。

　　敬語的用法確實很難，但只要懷有尊重與尊敬對方的心意，即使用法不完全正確也沒有大礙。

※ 敬う：尊敬。

31 ①これは、<ruby>何<rt>なに</rt></ruby>を<ruby>指<rt>さ</rt></ruby>しているか。

1 「Open the door.」などの<ruby>簡単<rt>かんたん</rt></ruby>な<ruby>言<rt>い</rt></ruby>い<ruby>方<rt>かた</rt></ruby>

2 「Will (Would) you 〜」や「Can (Could) you 〜)」を<ruby>付<rt>つ</rt></ruby>けた<ruby>丁寧<rt>ていねい</rt></ruby>な<ruby>言<rt>い</rt></ruby>い<ruby>方<rt>かた</rt></ruby>

3 <ruby>日本語<rt>にほんご</rt></ruby>にだけある<ruby>難<rt>むずか</rt></ruby>しい<ruby>敬語<rt>けいご</rt></ruby>

4 <ruby>外国人<rt>がいこくじん</rt></ruby>にとって<ruby>難<rt>むずか</rt></ruby>しく<ruby>感<rt>かん</rt></ruby>じる<ruby>日本<rt>にほん</rt></ruby>の<ruby>敬語<rt>けいご</rt></ruby>

>> 翻 譯

[31] 所謂①這，指的是什麼呢？

1 「Open the door.」之類的簡單說法

2 加上「Will (Would) you 〜」或是「Can (Could) you 〜」的禮貌說法

3 日文所獨有、很困難的敬語

4 外國人覺得很難學的日文的敬語

👆 **題型解題訣竅**　　　　　　✅ 指示題 参考 24 頁

考點 所謂這，指的是什麼呢？

關鍵 1. 指示詞「これ」是替換曾經敘述過的事物時→答案在指示詞之前。

2. 答案在「これ」的同一段裡。

位置 「これ」的前一句。

6 答えは 2

「これ」の指す内容を前の部分から探す。「『Will you 〜（Can you 〜）』や『Would you 〜（Could you 〜）』を付けたりして丁寧な言い方をします」とある。したがって、2 が適切。2 の内容を「これ」に入れて、意味が通じるか確かめてみよう。

正確答案是 2

可以從前文找出「これ」(這) 所指涉的內容。前面提到「『Will you 〜 (Can you 〜)』や『Would you 〜 (Could you 〜)』を付けたりして丁寧な言い方をします」(禮貌的說法是加上「Will you 〜 (Can you 〜)」或是「Would you 〜 (Could you 〜)」)。所以選項 2 是最適切的答案。可以試著將選項 2 的內容放入「これ」(這)，確認文意是否通順。

もんだい

32 敬語を使う主な目的は何か。
1 相手に自分をいい人だと思われるため
2 自分と相手との上下関係を明確にするため
3 日本の常識を守るため
4 人間関係をよくするため

▶翻 譯

[32] 使用敬語的主要目的是什麼呢？
1 為了讓對方覺得自己是好人
2 為了明確界定出自己與對方的位階

3 為了維護日本的常識

4 為了增進人際關係

 題型解題訣竅 ✅ **主旨題** (參考 20 頁)

考點 作者要告訴我們的觀點,使用敬語的主要目的是什麼呢?

關鍵 1. 抓住中心段落在第三段。抓住它就能準確的概括作者要告訴我們的觀點、論點、看法了。

2. 根據中心段落,總結出作者的觀點「人間関係をよくするため(為了增進人際關係)」。

位置 第三段。

題解 日文解題/解題中譯 答案是 **4**

6 答えは 4

　敬語を使う目的が問われている。目的を表す語「ため」に注目するとよい。3 段落に「私たちが敬語を使うのは、相手を尊重し敬う気持ちをあらわすことで、人間関係をよりよくするため」とある。したがって、4 が適切。

正確答案是 4

　題目問的是使用敬語的目的,所以只要找出表示目的的詞語「ため」(目的是)即可。第三段寫道「私たちが敬語を使うのは、相手を尊重し敬う気持ちをあらわすことで、人間関係をよりよくするため」(我們之所以使用敬語,目的是藉此來表示尊重與尊敬對方,藉以增進人際關係)。因此選項 4 是最適切的答案。

もんだい

33 「敬語」について、筆者の考えと合っているのはどれか。

1 言葉の意味さえ通じれば敬語は使わないでいい。

2 敬語は正しく使うことが大切だ。

3 敬語は、使い方より相手に対する気持ちが大切だ。

4 敬語は日本独特なもので、外国語にはない。文法⑦

▶▶翻 譯

[33] 關於「敬語」，以下哪一段敘述與筆者的想法吻合？

1 只要能夠能夠傳達話語的意義，就不需要使用敬語。

2 正確使用敬語是很重要的。

3 敬語比起用法，更重要的是表達心意給對方。

4 敬語是日本獨有的用法，外文中沒有這種文法。

題型解題訣竅　　　✔ **正誤判斷題＋主旨題** 參考 36、20 頁

考點 關於「敬語」，以下哪一段敘述與筆者的想法吻合？

關鍵 1. 詳細閱讀並理解問題句，注意本題要選出正確的選項。

2. 先看選項，遇到這類詢問作者想法的題目時，必須嚴格根據文章的意思來進行理解和推斷，不可以自己提前做假設。

3. 看到題目詢問作者想法，而文章又為闡述主張的論說文時，可配合主旨題解法，通常重點都會在文章末段的總結出現，比對選項後可找到答案。

位置 解答的材料在整篇文章裡。

6 答えは 3

1. ×…5 段落に「私たちの社会に敬語がある以上、それを無視した話し方をすると、人間関係がうまくいかなくなることもあるかもしれません」と述べて、「敬語は使わないでいい」という考えを否定している。

2. ×…最後の一文に「相手を尊重し敬う気持ちがあれば、使い方が多少間違っていても構わない」とある。敬語を「正しく使うこと」が大切だとは述べていない。

3. ○…最後の一文の「相手を尊重し敬う気持ちがあれば、使い方が多少間違っていても構わない」とは、「使い方」より、「相手に対する気持ち」が大切だということ。

4. ×…2 段落に「敬語があるのは日本だけで、外国語にはないと聞くことがありますが、そんなことはありません」とある。つまり、外国語にも敬語があると述べているのである。

正確答案是 3

1. ×…第五段提到「私たちの社会に敬語がある以上、それを無視した話し方をすると、人間関係がうまくいかなくなることもあるかもしれません」(既然我們的社會有敬語的存在，如果交談時刻意不使用，恐怕會導致人際關係的惡化)，因此否定了「敬語は使わないでいい」(不需要使用敬語) 這種想法。

2. ×…文章最後提到「相手を尊重し敬う気持ちがあれば、使い方が多少間違っていても構わない」(只要懷有尊重與尊敬對方的心意，即使用法不完全正確也沒有大礙)。並沒有提到「正しく使うこと」(正確使用) 敬語非常重要。

3. ○…文章最後提到「相手を尊重し敬う気持ちがあれば、使い方が多少間違っていても構わない」(只要懷有尊重與尊敬對方的心意，即使用法不完全正確也沒有大礙)，因此比起敬語的

「使い方」(用法)、「相手に対する気持ち」(表達心意給對方)
更為重要。

4. ×…文中第二段提到「敬語があるのは日本だけで、外国語に
はないと聞くことがありますが、そんなことはありません」
(只有日文才有敬語，外文沒有這種文法。沒有這回事)。也就
是說，作者想表達的是外文中也有敬語的用法。

Grammar

1

〜でさえ
連…，甚至…

<u>私でさえ</u>、あの人の言葉にはだまされました。
～名詞+でさえ
就連我也被他的話給騙了。

2

〜にとって
(は／も／の)
對於…來說

<u>僕たちにとって</u>、明日の試合は重要です。
～名詞+にとって
對我們來說，明天的比賽至關重要。

3

〜だけ（で）
只是…，只不過…；
只要…就…

<u>後藤は口だけで</u>、実行はしない男だ。
～名詞+だけ（で）
後藤是個舌燦蓮花，卻光說不練的男人。

4

〜かわりに
代替…

<u>正月は、海外旅行に行くかわりに</u>近くの温泉に
行った。　　　～動詞普通形+かわりに
過年不去國外旅行，改到附近洗溫泉。

5

〜によって
依照…；由…；根
據…；因為…

<u>成績によって</u>、クラス分けする。
～名詞+によって
根據成績分班。

6

〜なんて
…之類的，…什麼
的

<u>アイドルに騒ぐなんて</u>、全然理解できません。
～動詞+なんて
看大家瘋迷偶像的舉動，我完全無法理解。

7

に対する
向…，對（於）…

<u>この問題に対して</u>、意見を述べてください。
～名詞+に対し
請針對這問題提出意見。

生活與職場都很常見的尊敬語和謙讓語

日本人是非常重視禮節的民族，話人人都會說，但要說得得體卻是一大學問。以下舉出兩題，小試身手一下吧！

原形（中譯）	尊敬語	謙讓語
言う（說）	おっしゃる	申しあげる
見る（看）	ご覧になる	拝見する
行く（去）	いらっしゃる	まいる
食べる（吃）	召し上がる	いただく
いる（在）	いらっしゃる	おる
する（做）	なさる	いたす

◎ 敬語活用對話

1. あなたは何時ごろこちにいらっしゃいますか。

　　(1) 10時にいらっしゃいます。

　　(2) 10時に参ります。

　　(3) 10時までです。

2. 酒井先生をご存知ですか。

　　(1) はい、知りません。

　　(2) いいえ、存じません。

　　(3) はい、ご存知です。

參考解答 1.(2) 2.(2)

問題六　翻譯與題解

第6大題　請閱讀以下的文章，然後回答問題。答案請從1、2、3、4之中挑出最適合的選項。

信号機の色は、なぜ、赤・青（緑）・黄の3色で、赤は「止まれ」、黄色は「注意」、青は「進め」をあらわしているのだろうか。

①<u>当然のこと</u>過ぎて子どもの頃から何の疑問も感じてこなかったが、実は、それには、しっかりとした理由があるのだ。その理由とは、色が人の心に与える影響である。

まず、赤は、その「物」を近くにあるように見せる色であり、また、他の色と比べて、非常に遠くからでもよく見える色なのだ。さらに、赤は「興奮※1色」とも呼ばれ、人の脳を活発にする効果がある。したがって、「止まれ」「危険」といった情報をいち早く人に伝えるためには、②<u>赤がいちばんいい</u>ということだ。
└文法①

それに対して、青（緑）は人を落ち着かせ、冷静にさせる効果がある。そのため、＿＿③＿＿をあらわす色として使われているのである。
文法②┘

最後に、黄色は、赤と同じく危険を感じさせる色だと言われている。特に、黄色と黒の組み合わせは「警告※2色」とも呼ばれ、人はこの色を見ると無意識に危険を感じ、「注意しなけ

單字》

» **信号**（鐵路、道路等的）號誌；信號，燈號；暗號

» **当然** 當然，理所當然

» **過ぎる** 過於；超過；經過

» **与える** 給與，供給；授與；使蒙受；分配

» **非常** 非常，很，特別；緊急，緊迫

» **効果** 效果，成效，成績；（劇）效果

» **情報** 情報，信息

» **伝える** 傳達，轉告；傳導

» **踏切**（鐵路的）平交道，道口；（轉）決心

» **工事** 工程，工事

» **さまざま** 種種，各式各樣的，形形色色的

れば」、という気持ちになるのだそうだ。踏切や、「工事中につき危険！」を示す印など、黄色と黒の組み合わせを思い浮かべると分かるだろう。

　このように、信号機は、色が人に与える心理的効果を使って作られたものなのである。ちなみに、世界のほとんどの国で、赤は「止まれ」、青（緑）は「進め」を表しているそうだ。

※1　興奮…感情の働きが盛んになること。
※2　警告…危険を知らせること。

> 翻譯

　交通號誌燈的顏色為什麼是紅、青（綠）、黃這三種顏色，並且以紅色代表「停止」、黃色代表「注意」、綠色代表「通行」呢？

　這個再①理所當然不過的事，大家從小就不曾懷疑，但事實上，這種設計有其理論根據。它的理論根據就是色彩對人類心理的影響。

　首先，紅色是能夠讓那個「物體」看起來像在近處的顏色，此外，和其他顏色相較，這種顏色即使在很遠的距離也夠一眼辨識出來。不單如此，紅色也被稱為「興奮※1色」，具有刺激人類腦部的效果。因此，為了將「停止」、「危險」這些訊息盡早傳遞給人們，②紅色是最適當的顏色。

　相對來說，青色（綠色）則具有讓人鎮定、冷靜的效果。所以，就被用作表示③的顏色。

　最後，黃色被稱為和紅色同樣讓人感到危險的顏色。尤其黃色和黑色的組合也被稱為「警告※2

色」，據說人們只要看到這種色彩，下意識就會感到危險，產生「必須小心」的想法。只要回想一下，諸如標示平交道和「施工中危險！」的標記，就是採用黃色和黑色的組合，應該就能明白了吧。

交通號誌燈的設計，即是運用上述色彩對人類產生的心理效果。順帶一提，據說世界各國幾乎都是使用紅色來表示「停止」、綠色來表示「通行」。

※1 興奮：情感強烈波動。

※2 警告：通知危險。

もんだい

34　①当然のこととは、何か。

1　子どものころから信号機が赤の時には立ち止まり、青では渡っていること

2　さまざまなものが、赤は危険、青は安全を示していること

3　信号機が赤・青・黄の３色で、赤は危険を、青は安全を示していること

4　信号機に赤・青・黄が使われているのにはしっかりとした理由があること

▶ 翻譯

[34] 文中提到的①理所當然，是指什麼呢？

1　從小就知道看到紅燈要站住，看到綠燈可以通行。

2　很多東西都用紅色表示危險、綠色表示安全。

3　交通號誌燈是紅、綠、黃三色，用紅色表示危險、綠色表示安全。

4　交通號誌燈使用紅、綠、黃有其理論根據。

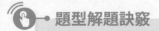
考點 文中提到的理所當然，是指什麼呢？

關鍵 1.【what】なに (事) [是指什麼？]

　　　2. 答案在跟選項句相同、近似或相關的關鍵詞或詞組裡。

　　　3. 例如：「赤は『止まれ』」意思近似「赤は危険だ」;「青は『進め』」意思近似「青は安全だ」。

位置 第一段裡。

題解 日文解題／解題中譯　　　　　　　　　　　　　　　答案是 ③

こた
答えは 3

　「当然のこと」とは「そうなることが当たり前であること」。ここでは、信号機の色は「赤・青（緑）・黄の 3 色で、赤は『止まれ』、黄色は『注意』、青は『進め』をあらわしている」ことを指している。「赤は『止まれ』」とは「赤は危険だ」、「青は『進め』」とは「青は安全だ」と言い換えることができる。したがって、3 が適切。

正確答案是 3

　「当然のこと」(理所當然的事) 是「そうなることが当たり前であること」(這件事是當然的) 的意思。在本文中是指交通號誌燈的顏色為「赤・青 (緑)・黄の 3 色で、赤は『止まれ』、黄色は『注意』、青は『進め』をあらわしている」(紅、青 (緑)、黃這三種顏色，並且以紅色代表「停止」、黃色代表「注意」、綠色代表「通行」)。「赤は『止まれ』」(紅色代表「停止」) 是因為「赤は危険だ」(紅色表示危險)、「青は『進め』」(綠色代表「通行」) 是因為「青は安全だ」(綠色表示安全)。因此，選項 3 是最適切的答案。

35 ②赤がいちばんいいのはなぜか。

1 人に落ち着いた行動をさせる色だから。

2 「危険！」の情報をすばやく人に伝えることができるから。

3 遠くからも見えるので、交差点を急いで渡るのに適しているから。

4 黒と組み合わせることで非常に目立つから。

▶▶翻譯

[35] 為什麼②紅色是最適當的顏色呢？

1 因為是能讓人在鎮定中行動的顏色。

2 因為能夠迅速將「危險！」的訊息傳遞給人們。

3 因為從遠方就能看見，所以很適合用來催促人們快速穿越平交道。

4 因為和黑色組合起來非常醒目。

題型解題訣竅　　　　　✔ 因果關係題　參考26頁

考點 為什麼紅色是最適當的顏色呢？

關鍵 1. 在文章裡找到畫底線的詞組，往前後搜尋。

2. 底線詞彙後方說「ということだ」，表示結論，可知要往前找答案。

3. 詞組前的整個段落詳細論述原因，仔細閱讀後回到選項選出最符合的答案。

位置 由底線之前的內容找到答案。

6 答<ruby>こた<rt></rt></ruby>えは 2

1. ×…「赤は『興奮色』とも呼ばれ、人の脳を活発にする効果がある」とある。「落ち着いた行動をさせる色」は青である。
2. ○…② ＿＿のすぐ前に「『止まれ』『危険』といった情報をいち早く人に伝える」とある。
3. ×…「交差点を急いで渡るのに適している」は文章中で述べられていない内容。
4. ×…赤と黒の組み合わせについては述べていない。

正確答案是 2

1. ×…文中提到「赤は『興奮色』とも呼ばれ、人の脳を活発にする効果がある」(紅色也被稱為「興奮色」, 具有刺激人類腦部的效果), 而「落ち着いた行動をさせる色」(能讓人在鎮定中行動的顏色) 是綠色。
2. ○…因為② ＿＿的前面提到「『止まれ』『危険』といった情報をいち早く人に伝える」(將「停止」、「危險」這些訊息盡早傳遞給人們)。
3. ×…「交差点を急いで渡るのに適している」(適合用來催促人們快速穿越平交道) 是文中沒有提到的內容。
4. ×…本文並沒有針對紅色和黑色的組合說明。

もんだい

36 ＿＿③ に適当なのは次のどれか。

1 危険　　2 落ち着き　　3 冷静　　4 安全

▶▶翻譯

[36] 以下何者最適合填入③？

1 危險　　2 鎮定　　3 冷靜　　4 安全

題型解題訣竅

填空題 參考32頁

考點 這題是意思判斷填空題。屬句中填空題。

關鍵 1. 根據前後段落之間的意思，可推出兩句間的邏輯關係，加以判斷正確答案。

2. 從前一段紅色能迅速將「危險」的訊息傳遞給人們，而填空的這一段的開頭是「それに対して（相對來說）」，知道這一段要表示的是相反的訊息了。

3. 與「危險」相對的意思就是「安全了」，也就是綠色被用作表示安全的顏色。

4. 要先掌握作者意圖，而不能僅根據一般常識或看法。

位置 空格前面一句話。

題解 日文解題／解題中譯

答案是 **4**

こた
答えは 4

1. ×…「危険」をあらわすのは「赤」。

2・3. ×…「青（緑）は人を落ち着かせ、冷静にさせる効果がある」とある。2「落ち着き」3「冷静」は青の効果を述べたもの。

4. ○…青（緑）は人を落ち着かせ、冷静にさせる色なので、危険ではない、大丈夫という意味の「安全」が適切である。

正確答案是 4

1. ×…表示「危険」（危險）的是「赤」（紅色）。

2・3. ×…文中提到「青（緑）は人を落ち着かせ、冷静にさせる効果がある」（青色〈綠色〉則具有讓人鎮定、冷靜的效果）。選項 2「落ち着き」（鎮定）和選項 3「冷静」（冷靜）描述的都是「青色」（綠色）的效果。

4. ○…「青色」（綠色）能讓人鎮定、冷靜，因此填入表示不危險、沒關係的意思的「安全」（安全）最為符合。

37 この文の内容と合わないものはどれか。

1 ほとんどの国で、赤は「止まれ」を示す色として使われて
いる。

2 信号機には、色が人の心に与える影響を考えて赤・青・黄
が使われている。

3 黄色は人を落ち着かせるので、「待て」を示す色として使
われている。

4 黄色と黒の組み合わせは、人に危険を知らせる色として使
われている。

▶▶ 翻 譯

[37] 以下哪一段敘述與這篇文章的內容不符？

1 幾乎所有的國家都是使用紅色這個顏色來表示「停止」。

2 交通號誌燈是依據色彩對人類心理的影響而採用紅、綠、黃。

3 黃色能讓人鎮定下來，所以被用作「等候」的顏色。

4 黃色和黑色的組合是被用來通知人們危險的顏色。

🖱 題型解題訣竅　　　　✔ 正誤判斷題 參考 36頁

考點 以下哪一段敘述與這篇文章的內容不符？

關鍵 1. 詳細閱讀並理解問題句，注意本題要選出錯誤的選項。

2. 先看選項，再一邊閱讀文章一邊找需要的答案。

3. 本題並未單獨談論黃色的特性，因此選項 3 應查看關鍵詞所
在句子前後的含意，區分作者論述與選項符合或不符合。
不確定時則使用刪去法刪除正確選項找到答案。

位置 解答的材料在整篇文章裡。

6 答えは3

1. ×…文章の最後の文に「世界のほとんどの国で、赤は『止まれ』、青（緑）は『進め』を表している」とある。

2. ×…2段落で、信号機に赤・青（緑）・黄の色が使われている理由とは、「色が人の心に与える影響である」と述べている。

3. 〇…黄色は「赤と同じく危険を感じさせる色」である。また、「待て」ではなく、「注意」を示す色である。

4. ×…黄色と黒の組み合わせを見ると、「無意識に危険を感じ、『注意しなければ』、という気持ちになる」とある。

正確答案是 3

1. ×…因為文章最後提到「世界のほとんどの国で、赤は『止まれ』青（緑）は『進め』を表している」（世界各國幾乎都是使用紅色來表示「停止」、綠色來表示「通行」）。

2. ×…第二段提到交通號誌燈用紅色、青色（綠色）、黃色的理由是「色が人の心に与える影響である」（色彩對人類心理的影響）。

3. 〇…文中提到黃色是「赤と同じく危険を感じさせる色」（和紅色同樣讓人感到危險的顏色），並不是用於表示「待て」（等候），而是「注意」（注意）。

4. ×…文中提到看見黃色和黑色的組合，就會「無意識に危険を感じ、『注意しなければ』という気持ちになる」（下意識就會感到危險，產生「必須小心」的想法）。

Grammar

1 〜ということだ 是說這個意思…；這就是…；聽說…，據說…	あの二人は離婚したということだ。 └─ 簡體句＋ということだ 聽說那兩個人最後離婚了。
2 〜に対して 對（於）…，向…	この問題に対して、意見を述べてください。 └─ 名詞＋に対して 請針對這問題提出意見。

問題七 翻譯與題解

第7大題　右頁是某間文化中心的介紹。請閱讀後回答下列問題。答案請從 1、2、3、4 之中挑出最適合的選項。

小町文化センター 秋の新クラス

講座名	日時	回数	費用	対象	その他
A 男子力 UP！4回でしっかりおぼえる料理の基本	11・12月 第1・3金曜日 （11/7・21。12/5・12。） 18:00～19:30	全4回	18,000円＋税 （材料費含む）	男性 18歳 以上	男性のみ
B だれでもかんたん！色えんぴつを使った植物画レッスン	10～12月 第1土曜日 13:00～14:00	全3回	5,800円＋税 ＊色えんぴつは各自ご用意下さい	15歳 以上	静かな教室で、先生が一人一人ていねいに教えます
C 日本のスポーツで身を守る！女性のためのはじめての柔道：入門	10～12月 第1～4火曜日 18:00～19:30	全12回	15,000円＋税 ＊柔道着は各自ご用意ください。詳しくは受付まで	女性 15歳 以上	女性のみ
D 緊張しないスピーチトレーニング	10～12月 第1・3木曜日 （10/2・16。11/6・20。12/4・18。） 18:00～20:00	全6回	10,000円 （消費税含む）	18歳以上	まずは楽しくおしゃべりから始めましょう
E 思い切り歌ってみよう！「みんな知ってる日本の歌」	10～12月 第1・2・3土曜日 10:00～12:00	全9回	5,000円＋楽譜代500円 （税別）	18歳以上	一緒に歌えばみんな友だち！カラオケにも自信が持てます！

單字》

» **基本** 基本，基礎，根本

» **含む** 帶有，包含；含（在嘴裡）；瞭解，知道；含蓄

» **緊張** 緊張

» **トレーニング 【training】** 訓練，練習

» **おしゃべり** 閒談，聊天；愛說話的人，健談的人

» **思い切り** 狠狠地，盡情地，徹底的；斷念，死心；果斷

» **自信** 自信，自信心

» **参加** 參加，加入

➤ 翻 譯

小町文化中心秋季新班

講座名稱	日期時間	上課堂數	費用	招生對象	備註
A 男子力UP！四堂課就能學會基礎烹飪	11・12月第一和第三週的星期五（11／7、21，12／5、12。）18:00～19:30	共4堂	18,000 圓＋稅（含材料費）	男性18歲以上	限男性
B 人人都會畫！用色鉛筆練習植物畫	10～12月第一週的星期六13:00～14:00	共3堂	5,800 圓＋稅＊請自行準備色鉛筆	15歲以上	在安靜的教室裡，老師仔細指導每一位學員
C 用日本的傳統運動保護自己！專為女性開設的柔道初級班	10～12月第一～四週的星期二18:00～19:00	共12堂	15,000 圓＋稅＊請自行準備柔道道服。詳情請洽櫃臺。	女性15歲以上	限女性
D 協助您消除緊張的演講訓練	10～12月第一和第三週的星期四（10／2、16，11／6、20，12／4、18。）18:00～20:00	共6堂	10,000 圓（含消費稅）	18歲以上	首先從愉快的聊天開始吧
E 盡情歌唱吧！「大家都會唱的日本歌」	10～12月第一、第二和第三週的星期六10:00～12:00	共9堂	5,000 圓＋樂譜費用500 圓（未稅）	18歲以上	大家一起唱歌就會變成好朋友！去卡拉OK超有自信！

38 男性会社員の井上正さんが平日、仕事が終わった後、18時から受けられるクラスはいくつあるか。

1　1つ　　　　　　　2　2つ

3　3つ　　　　　　　4　4つ

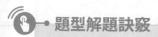翻譯

[38] 男性上班族井上正先生於平日下班後，能夠選擇幾門從18點起開始授課的課程？

1　1門　　　　　　　2　2門

3　3門　　　　　　　4　4門

題型解題訣竅

✔ 細節題　參考22頁

考點 男性上班族井上 正先生於平日下班後，能夠選擇幾門從18點起開始授課的課程？

關鍵 1. 先快速瀏覽整張講座須知，掌握講座須知大概的內容。

2. 從題目的關鍵詞給的提示去找答案。這裡的關鍵詞是「男性」、「平日」、「18時」，把它圈起來。

3. 帶著題目找答案，注意細節，對比講座須知中「對象」、「日時」的不同之處。

4. 對題目沒有提到的內容如「回數」、「費用」，可以快速跳過。

5. 圈出題目「男性」、「平日」、「18時」要的答案。

6. 需要在問題中找到相關依據，還要根據已知的信息做一整理，才能得出答案。

位置 全文。

6

答えは 2

「平日」とは、月・火・水・木・金曜日のこと。平日で 18:00 から始まるのは A と C と D。ただし、C は「女性」対象なので×。男性会社員の井上正さんが受けられるクラスは A と D の 2 つである。したがって、2 が適切。

正確答案是 2

平日是指星期一、二、三、四、五。平日 18:00 開始的課程有 A 和 C 和 D。但是，C 僅以女性做為授課對象，所以無法參加。男性上班族的井上正先生可以參加的課程有 A 和 D 兩種。因此選項 2 是正確的。

もんだい

39　主婦の山本真理菜さんが週末に参加できるクラスはどれか。

1　B と A

2　B と C

3　B と D

4　B と E

翻譯

[39] 家庭主婦山本真理菜小姐能在週末參加的課程是哪幾門？

1　B 和 A

2　B 和 C

3　B 和 D

4　B 和 E

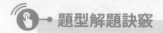

考點 家庭主婦山本 真理菜小姐能在週末參加的課程是哪幾門？

關鍵 1. 在做前一題時，已經掌握講座須知大概的內容。

2. 從題目的關鍵詞給的提示去找答案。這裡的關鍵詞是「主婦＝女性」、「週末」，把它圈起來。

3. 帶著題目找答案，注意細節，對比講座須知中「對象」、「日時」的不同之處。

4. 對題目沒有提到的內容如「回數」、「費用」，可以快速跳過。

5. 圈出題目「主婦＝女性」、「週末」要的答案。

6. 需要在問題中找到相關依據，還要根據已知的信息做一整理，才能得出答案。

位置 全文。

題解 日文解題／解題中譯

答案是 **4**

答えは4

　「週末」とは土曜日と日曜日のこと。週末にクラスがあるのは、BとE。どちらも主婦の山本真理菜さんは受けることができる。したがって、4が適切。

正確答案是4

　「週末」(週末)是指星期六和星期日。週末的課程有B和E。家庭主婦山本真理菜小姐兩者都可以參加。所以選項4是正確的。

学習能力を2倍にする

暮らし と 文化

關於週末

「週末」的範圍，到底是星期五、星期六、還是星期六、日呢？據 NHK 在 1999 年的調查顯示，日本全國有半數以上的人認為「週末」指的是「土曜日と日曜日」（星期六和星期日），而認為是「土曜日」（星期六）、「金曜日と土曜日」（星期五和星期六）、「金曜日から日曜日まで」（星期五到星期日）三者的人則各占一成多。因此新聞媒體在傳達訊息時都盡可能具體地加上星期或日期，例如「這個星期日」、「下週六 24 日」等。

◉ 關於週末的會話

A：あのう、キムさん、来週の金曜日、時間ある。

B：金曜日？国から友達が来るから、迎えに行くつもりだけど。

A：そうか。じゃ、無理だよな。

B：でも、午後は空いてるよ。

A：那個，金同學，你下週五有沒有時間呢？
B：星期五？朋友從我的國家來，所以我打算去接他們耶。
A：這樣啊，那…應該是沒辦法了吧。
B：不過，我下午有空喔。

文法比一比

にとって（は）、にとっても、にとっての　對於…來說

接續 {名詞} ＋にとって（は、も、の）

說明 【立場】表示站在前面接的那個詞的立場，來進行後面的判斷或評價，表示站在前接詞（人或組織）的立場或觀點上考慮的話，會有什麼樣的感受之意。相當於「〜の立場から見て」。中文意思是：「對於…來說」。

例句 コンピューターは現代人にとっての宝の箱だ。／電腦相當於現代人的百寶箱。

において、においては、においても、における　在…，在…時候，在…方面

接續 {名詞} ＋において、においては、においても、における

說明 【場面・場合】表示動作或作用的時間、地點、範圍、狀況等。是書面語。口語一般用「で」表示。

例句 職場においても、家庭においても、完全に男女平等の国はありますか。／不論是在職場上或在家庭裡，有哪個國家已經達到男女完全平等的嗎？

哪裡不一樣呢？

にとっては【立場】

においては【場面・場合】

男女平等

說明 「にとっては」表立場，前面通常會接人或是團體、單位，表示站在前項人物等的立場來看某事物；「においては」表場面・場合，是書面用語，相當於「で」。表示事物（主要是抽象的事物或特別活動）發生的狀況、場面、地點、時間、領域等。

だけ　只，僅僅

接續 {名詞（＋助詞）} ＋だけ；{名詞；形容動詞詞幹な} ＋だけ；{[形容詞・動詞]普通形} ＋だけ

說明 【限定】表示只限於某範圍，除此以外沒有別的了。

例句 お弁当は一つだけ買います。／只買一個便當。

だけしか　只…、…而已、僅僅…

接續 {名詞} ＋だけしか

說明 【限定】限定用法。下面接否定表現，表示除此之外就沒別的了。比起單獨用「だけ」或「しか」，兩者合用更多了強調的意味。中文意思是：「只…、…而已、僅僅…」。

例句 テストは時間が足りなくて、半分だけしかできなかった。／考試時間不夠用，只答了一半而已。

哪裡不一樣呢？

だけ 【限定】

だけしか 【限定】

說明 「だけ」也表限定，表示某個範圍內就只有這樣而已。用在對人、事、物等加以限制或限定；「だけしか」表限定。下面接否定表現，表示除此之外就沒別的了，強調的意味濃厚。

なんか、なんて

連 …都…（不）…；…等等，…那一類的，…什麼的；真是太…，…之類的

接續 {[名詞・形容詞・形容動詞・動詞] 普通形} ＋なんて

說明 【輕視】表示對所提到的事物，認為是輕而易舉、無聊愚蠢的事，帶有輕視的態度。中文意思是：「…什麼的」。

例句 朝自分で起きられないなんて、君はいったい何歳だ。／什麼早上沒辦法自己起床？你到底幾歲了啊？

ことか 淨…，光…，老…

接續 {疑問詞} ＋ {形容動詞詞幹な；[形容詞・動詞] 普通形} ＋ことか

說明 【感慨】表示該事態的程度如此之大，大到沒辦法特定，含有非常感慨的心情，常用於書面，相當於「非常に～だ」，前面常接疑問詞「どんなに（多麼）、どれだけ（多麼）、どれほど（多少）」等。

例句 あの人の妻になれたら、どれほど幸せなことか。／如果能夠成為那個人的妻子，不知道該是多麼幸福呢。

哪裡不一樣呢？

なんか 【輕視】

ことか 【感慨】

說明 「なんか」表輕視，可以含有說話人對評價的對象，進行強調，含有輕視的語氣。也表示舉例；「ことか」表感慨，表示強調。表示程度深到無法想像的地步，是說話人強烈的感情表現方式。

絕對合格 29

絕對合格 全攻略！

新制日檢 **N3** 必背必出閱讀 (25K)

發行人	林德勝
著者	吉松由美・田中陽子・西村惠子・ 山田社日檢題庫小組
出版發行	**山田社文化事業有限公司** 地址　臺北市大安區安和路一段112巷17號7樓 電話　02-2755-7622　02-2755-7628 傳真　02-2700-1887
郵政劃撥	**19867160號　大原文化事業有限公司**
總經銷	**聯合發行股份有限公司** 地址　新北市新店區寶橋路235巷6弄6號2樓 電話　02-2917-8022 傳真　02-2915-6275
印刷	**上鎰數位科技印刷有限公司**
法律顧問	**林長振法律事務所　林長振律師**
定價	**新台幣360元**
初版	**2022年 01 月**

© ISBN : 978-986-246-657-5
2022, Shan Tian She Culture Co. , Ltd.

STS

山田社

STS

山田社